FAIRE ARRÊTER LE JOUEUR DE HOCKEY

ICE DRAGONS HOCKEY ROMANCE, LIVRE TROIS

WILLOW FOX

SLOWBURN
PUBLISHING

Faire Arrêter Le Joueur De Hockey

Ice Dragons Hockey Romance, Livre Trois

Par Willow Fox

Publié par Slow Burn Publishing

Traduction par sarahlrnt

Relecture par Juliette Str

vi

Couverture par Slow Burn Publishing

Cover Design by GetCovers

UN

CHARLOTTE

— Tu me jures que ce n'est pas une blague ? demandé-je à Amber, ma meilleure amie.

Elle est allongée sur mon matelas dans mon appartement sur le campus, le menton posé sur ses mains et les pieds relevés par-derrière.

— Ce n'est pas une blague. Jasper m'a confirmé que Noah n'arrêtait pas de parler de la rousse sexy avec qui je traîne. Autrement dit, toi, ajoute-t-elle en me fixant sans même un sourire en coin.

Je roule mes lèvres l'une contre l'autre.

— Je n'ai rien à me mettre !

D'habitude, je ne suis pas la fille hyperactive et

nerveuse qui craque avant un date. J'ai eu ma part de rendez-vous, bien qu'il s'agisse principalement de mecs de l'université et non de joueurs de hockey professionnels.

J'ai des vues sur Noah Reece depuis le moment où je l'ai vu sur la glace. Heureusement, Amber est en couple avec Jasper Greyson, et lui et Noah jouent tous les deux pour les Ice Dragons, donc il n'y a pas de rivalité.

— Tu as un placard entier de vêtements que je rêverais d'avoir, minaude Amber.

— Oui, mais rien n'est nouveau là-dedans. J'ai déjà tout porté lors de dizaines d'autres rendez-vous avec des hommes, hommes auxquels je ne veux pas repenser.

Amber fait une grimace et s'assoit sur mon lit, laissant glisser ses jambes pour qu'elles pendent.

— Mets quelque chose de décontracté. C'est un rendez-vous au café avec Noah Reece, pas une soirée mondaine.

— Je n'aime pas les tenues décontractées.

Mon amie ne le sait pas ? J'aime m'habiller de manière sexy, mais en ce moment, chaque tenue de mon armoire me nargue à propos de mon passé, se moque de moi.

Amber grogne à ma remarque, et j'attrape un oreiller sur le lit pour le lui lancer au visage.

— Tout ce que tu fais, c'est décontracté, me nargue-t-elle.

Elle a raison, mais j'aime bien Noah, et cette seule pensée me donne des papillons dans le ventre. La décontraction, c'est facile. Ça évite que les choses deviennent compliquées et désordonnées. J'ai suffisamment de problèmes à régler entre l'université de New York et mon travail qui me tient occupée. Quand aurais-je le temps d'avoir un petit ami ?

Je passe une main dans mes cheveux.

Qui peut dire que Noah veut quelque chose de sérieux de toute façon ? C'est un hockeyeur professionnel. Peut-être cherche-t-il à s'amuser avec une nouvelle aventure ? Je pourrais être cette aventure. C'est ce que j'ai l'habitude d'être de toute façon.

Je toise Amber.

— Tu déteins sur moi.

Ses sourcils se froncent.

— Quoi ? Comment ?

Je ne lui avoue pas que son anxiété semble avoir débordé sur moi et qu'elle est restée accrochée comme un parasite, me dérobant ma santé mentale.

— Trouve-moi quelque chose à porter, réclamé-je.

Elle se lève du lit, fouille dans mon armoire et en sort une veste en cuir noire, un chemisier vert foncé et une mini-jupe noire courte.

— Porte ça avec ces bottes à lacets.

— Je croyais que c'était une soirée décontractée ? objecté-je, en observant la tenue qu'Amber a choisie.

Il n'y a rien de décontracté là-dedans. Cette tenue appelle au sexe. Du moins, c'est la raison pour laquelle je l'ai portée par le passé. Et est-ce que je veux coucher avec Noah Reece ?

Oui, bien sûr.

Je me jetterais volontiers sur lui si ça ne me valait pas une injonction de restriction de sa part.

C'est un dix sur dix. Il est sexy. Sportif professionnel. Et célibataire.

Pourquoi s'intéresserait-il à moi ?

Je suis une fille ordinaire, personne de célèbre. Personne d'intéressant, du moins comparé à son monde d'athlètes professionnels et de superstars. Il est sorti avec des mannequins. Je ne sais pas s'il est sorti avec elles ou s'il les a simplement emmenées à des événements chics, mais il y a toujours une superbe blonde à son bras.

Et moi ?

Je suis rousse, ce qui ne correspond pas à son type. Passionnée. Farouche. Et je ne joue jamais.

Je m'habille rapidement et applique une bonne dose d'eye-liner et de maquillage. Je passe mes doigts dans mes cheveux épais, scrutant mon reflet dans le miroir, essayant d'être sexy sans en faire trop. Je veux être sexy sans en avoir l'air, surtout en sachant ce à quoi je suis confrontée, et je suis sûre que c'est plus facile pour l'une de ses petites amies mannequins. Elles ont probablement toute une équipe qui les habille, les coiffe et les maquille.

J'adore ma meilleure amie, Amber, mais je ne lui confierais pas mon eye-liner même si ma vie en dépendait. Elle préfère porter peu ou pas de maquillage. Le look naturel lui va vraiment bien. Parfois, je l'envie. Elle peut être sexy au saut du lit. Moi, je dois prendre le temps de me préparer pour ça.

On frappe à la porte.

— J'y vais ! s'exclame Amber en sautant du lit et se dépêchant de sortir de ma chambre.

La porte n'est pas loin. Mon appartement est un T2. Habiter près de l'université de New York coûte cher, mais je n'ai rien à payer, donc ça vaut le coup.

Mon père est propriétaire des Island Bruisers, l'autre équipe professionnelle de hockey de New

York. Même ma meilleure amie ne sait pas qui est mon père. Elle ne l'a jamais rencontré. J'ai soigneusement évité de le mentionner, surtout lorsque nous sommes allées aux matchs des Ice Dragons et qu'elle a commencé à sortir avec un joueur de l'équipe.

— Salut, beau gosse.

J'entends la voix d'Amber depuis le petit appartement, et j'inspire nerveusement. Pourquoi flirte-t-elle avec Noah ?

Je jette un coup d'œil par la porte de la chambre, et Noah se tient à côté de Jasper.

Jasper, le petit ami d'Amber, la prend dans ses bras et lui entoure la taille.

— Hey, ma belle, murmure-t-il.

Je détourne les yeux pendant qu'ils s'embrassent et me faufile à nouveau dans la chambre.

— Elle est bientôt prête ?

La voix de Jasper retentit depuis le couloir.

— Oui, répond Amber. Je vais l'aider à lacer ses bottes.

Sur le parquet de la chambre, ses pas légers résonnent quand elle me rejoint. Je suis assise au bord du lit, en train de lacer mes bottes qui mettent une éternité à s'enfiler.

— Prête pour ton date coquin ?

Mes yeux s'écarquillent. Est-ce qu'elle réalise qu'ils peuvent nous entendre ? Gênée, je lui répond en chuchotant :

— Parle moins fort.

Amber hausse les épaules et sourit.

— J'approuve, m'assure-t-elle. Il va aimer.

Je lui lance un regard noir pour qu'elle baisse le ton, mais elle n'a pas l'air de s'en préoccuper. Je sors de la chambre et m'arrête, apercevant Noah près de la porte avec Jasper, le petit ami d'Amber.

— On vous laisse !

Elle attrape son sac en se dirigeant vers la porte. Jasper et elle sortent, nous laissant Noah et moi momentanément seuls dans mon appartement.

Il m'offre un grand sourire, ses yeux bruns, brillants et mouchetés d'ambre, me renvoyant leur éclat.

— Tu es jolie, lâche-t-il en me détaillant de haut en bas.

Mon corps s'enflamme lorsqu'il me détaille.

— Toi de même, rétorqué-je en plissant le nez.

« Joli » ne rend pas justice à son apparence. Il est rasé de près, il sent très bon et il est bien habillé, avec un pantalon noir et une chemise bleu foncé.

— Tu es très beau.

Ce simple rendez-vous autour d'un café semble

beaucoup plus formel, puisqu'il vient me chercher à mon appartement et que je vois sa tenue d'entrée de jeu. Ce n'est pas aussi décontracté que ce que l'on m'a fait croire. Je serre ma lèvre inférieure entre mes dents.

— Comment est-ce que je dois m'habiller ?

— Porte ce qui te convient le mieux pour le café, affirme Noah avec une expression innocente. Mais je trouve que tu es superbe.

Je dois rougir.

— Merci.

C'est rare qu'un homme me fasse un compliment sans chercher à me mettre dans son lit.

Il s'assure que je suis prête et j'attrape mes clés à côté de la porte, ainsi que ma pochette qui contient mon téléphone portable, mon portefeuille et quelques dollars en liquide.

Je ne sais pas trop à quoi m'attendre, et nous marchons jusqu'au métro. Il n'y a pas de voiture qui nous attend en bas, pas de moyen de transport sophistiqué. C'est très banal, et pour un joueur de hockey professionnel, je suppose que je m'attendais à quelque chose de plus extravagant. Mais ce n'est qu'un café.

Nous changeons de ligne de métro et je suis de

plus en plus intriguée à mesure qu'il me guide à travers les stations de métro de la ville.

— Tu sais qu'il y a de bons cafés sur le campus ? interrogé-je avec un sourire en coin.

— Oui, mais je ne peux pas t'impressionner dans ces endroits.

Je ne comprends pas ce qu'il veut dire jusqu'à l'arrêt suivant, où je remarque que nous sommes à la patinoire. Nous sortons de la station de métro et il me prend la main, me guidant vers les escaliers et la rue principale.

— Il y a un très bon café près de la patinoire ? interrogé-je.

Il sourit et se réjouit intérieurement.

— Quelque chose comme ça.

Noah m'emmène jusqu'à une entrée secondaire de la patinoire, où il montre sa carte d'identité, et on nous laisse passer.

Je ne pose aucune question.

De toute évidence, les agents de sécurité l'ont reconnu parce qu'il est l'un des joueurs des Ice Dragons, même s'il n'est pas là pour s'entraîner ou pour récupérer quelque chose dans le vestiaire.

Il me conduit à travers les couloirs jusqu'à une porte fermée à clé. Il sort une carte magnétique de son portefeuille et ouvre la porte. Les lumières s'allument automatiquement et j'admire la vue. Ce n'est pas la première fois que je me retrouve dans les coulisses d'un vestiaire ou à l'intérieur d'un stade. Mais il ne s'agit pas d'un vestiaire ou de la salle d'équipements, cette fois.

Il y a un bar à café contre le mur et des tables en bois pour s'asseoir. Sur le mur, il y a des photos des joueurs pendant différents matchs, et des articles de presse encadrés qui encensent les Ice Dragons pour avoir remporté la Coupe Stanley deux années de suite. Des maillots signés par d'anciens joueurs trônent fièrement dans des vitrines sur le mur opposé.

— Le personnel, les agents et parfois la presse utilisent le bar à café pour des interviews, explique Noah.

— Je pensais qu'il s'agissait d'un rendez-vous autour d'un café, pas d'une interview.

Voyant mon sourire narquois, Noah s'esclaffe.

— Je te promets que je ne vais pas t'interroger comme certains journalistes aiment le faire. J'ai juste pensé que tu aimerais voir où je travaille.

Il se dirige directement vers le bar à café et prend une tasse.

— Qu'est-ce que je te sers ? Ici, tout est

automatisé. Il y a du cappuccino, du latte, du café, ou je peux te préparer une boisson glacée.

— Tu travailles au noir comme barista ? le taquiné-je.

— Comment as-tu deviné ? Qu'est-ce que ce sera ?

— Un cappuccino, c'est parfait.

Il prépare un cappuccino, manipulant la machine comme un expert, alors que je me dirige vers l'une des tables pour m'asseoir. Quelques minutes plus tard, il revient, apportant nos deux tasses fumantes.

— Je vais devoir te donner un pourboire, plaisanté-je pendant qu'il dépose les mugs sur la table avec précaution.

Il sourit et boit une gorgée de sa boisson, sans me répondre.

— Quand tu as proposé un rendez-vous autour d'un café, j'étais loin de penser à ça.

— Tant mieux. J'aime surprendre.

Je bois une gorgée.

— Laisse-moi deviner, tu es de nature compétitive.

— Ça fait partie du sport. Tu es une fille magnifique. Je serais stupide de penser que c'est ton premier rendez-vous. Je voulais te montrer clairement ce que j'ai à offrir.

— L'accès à un café ? Par les coulisses ?

Je lui lance un grand sourire.

— Tu n'as pas besoin d'essayer de m'impressionner. Regarde-toi.

Je le désigne.

Il est assis à côté de moi à la petite table en bois.

— Je pourrais dire la même chose de toi.

Noah penche la tête et me fixe. Il mime les cases d'une liste qu'il coche avec ses doigts à mesure qu'il me décrit.

— Intelligente, ambitieuse, drôle, magnifique.

— Ça ne fait que quatre qualités.

Je fais un signe de tête vers son pouce, qui est toujours plié.

— Qu'est-ce que tu aimes faire pour t'amuser ? À part jouer au hockey ?

— Tu as déjà joué ? demande-t-il.

— J'ai peut-être tenté brièvement quand j'étais plus jeune.

Je ne précise pas que « plus jeune », signifie il y a seulement quelques années. J'ai joué au hockey au lycée, notre équipe est allée jusqu'à un tournoi d'État que nous avons gagné. Je minimise mon niveau, surtout parce que c'est son métier. Devant n'importe qui d'autre, je me vanterais, mais là je ne me sens pas à l'aise.

Ses yeux brillent.

— Finis ton café, ensuite on va te trouver une paire de patins et aller s'affronter.

Vingt minutes plus tard, j'ai une paire de patins aux pieds. Il me tend une crosse et prend la sienne, ainsi qu'un palet.

Ma jupe en cuir est un peu trop courte à mon goût pour une partie, mais ma veste en cuir me tient agréablement chaud.

Je glisse avec aisance sur l'étendue immaculée. Les lignes dessinées par mes patins vont sûrement beaucoup énerver les employés de la patinoire demain matin, mais, est-ce qu'ils ne doivent pas resurfacer la glace avant un match, de toute façon ?

Il y a deux buts, situés de part et d'autre de la surface de jeu.

— Les invités d'abord, annonce-t-il comme s'il me faisait une faveur, tout en lançant le palet qui glisse le long de la surface gelée dans ma direction.

Je me mords la langue et j'accélère, contourne Noah et finis par donner un solide coup de canne pour envoyer un tir cadré.

Il est soit mal préparé, soit complètement abasourdi que je sache jouer. Peut-être qu'il me laisse marquer, mais ça ne ressemble pas au Noah que j'ai vu aux matchs des Dragons.

Est-il distrait ?

— Je croyais que tu avais l'esprit de compétition ? crié-je.

Il secoue la tête et son regard me transperce. Il s'étire.

— Je m'échauffe. Ça ne sert à rien de se froisser un muscle.

Je patine vers le banc, en enlevant ma veste en cuir. J'ai déjà chaud, et nous venons à peine de commencer. Je vais transpirer avant même que notre affrontement batte son plein.

— Je suis prêt, déclare-t-il en se redressant. Tu es sûre que tu ne veux pas t'étirer d'abord ?

Il a raison, je devrais le faire avant de patiner et de le poursuivre sur la surface, mais j'ai trop hâte de commencer le match.

— Ça ira.

— Ne viens pas dire que je ne t'ai pas prévenue.

Il court après le disque et je réalise qu'il a déjà commencé le match.

Je lâche un juron et me dépêche de le rattraper, mais ma seule option, maintenant qu'il attaque, est de défendre le but, ce qui n'est pas mon point fort.

Le temps que j'atteigne le but, il a déjà envoyé la rondelle de plastique au fond des filets.

— Je m'échauffe, précise-t-il.

J'ignore sa remarque et annonce le nouveau score :

— Ex aequo.

J'ai commencé le match avant qu'il ne soit complètement prêt, mais il ne m'a pas prévenu qu'il devait s'étirer. Je croyais qu'on avait déjà commencé.

Il ne me contredit pas, probablement parce qu'il sait qu'il peut facilement me botter les fesses. Mais je ne vais pas m'incliner si facilement et le laisser gagner. Je vais tout donner.

Il m'envoie le palet après avoir marqué, et je m'élance en glissant avec, du mieux que je peux, tentant à tout prix de le bloquer alors qu'il se rapproche de moi. Je me place dos à lui. Je suis plus petite, et même si ses longs bras et jambes me mettent en difficulté alors qu'il cherche à récupérer la *puck*, je suis plus rapide que lui. Je m'empresse de me faufiler discrètement par le côté, en m'éloignant rapidement.

Mais avec ses grandes enjambées, il me rattrape et nos jambes s'emmêlent, nous propulsant sans ménagement sur le sol dur, Noah en premier, puis mon corps atterrissant maladroitement sur lui. Je lui pose la question, toujours assise sur lui :

— Est-ce que ça va ?

Tente de reprendre son souffle alors que nos crosses de hockey reposent sans vie à côté de nous.

— Ouais, j'en ai encore le souffle coupé.

Il pose ses mains sur mes hanches, amusé.

— Tu vas bien, toi ?

— Je crois que c'est toi qui as pris le plus gros de la chute.

Je devrais me lever, me défaire de ses bras. Mais mon corps n'est pas de cet avis. Il est coincé entre le sol gelé et moi, et je n'ose pas lui avouer que la chaleur de son torse et de tout son corps m'embrase littéralement.

Il sourit, les yeux rivés sur moi tandis que j'effleure sa bouche.

Il mordille ma lèvre inférieure, avide d'aller plus loin. Ses doigts glissent le long de ma peau, sous mon chemisier, dans le bas de mon dos, me caressant, me serrant plus fort. Impossible de ne pas remarquer la tension croissante entre nous, relevée sur mes cuisses alors que je chevauche ses hanches.

Il n'essaie pas de le cacher non plus. Pourquoi le ferait-il ?

Les lumières de la patinoire vacillent et j'esquisse

un mouvement de recul, craignant que quelqu'un ne les éteigne sans se rendre compte qu'il reste quelqu'un à l'intérieur.

Le tonnerre résonne au-dessus de nous, résonnant à travers l'aréna, et les lumières vacillent à nouveau. À contrecœur, je me relève de ma position assise sur Noah et lui tends la main.

Nous ramassons nos bâtons et il attrape le palet alors que nous patinons vers le banc des joueurs pour nous diriger vers les vestiaires.

Il me faut quelques minutes pour rechausser mes bottes. J'enfile ma veste en cuir et nous nous dirigeons vers la sortie. Noah ouvre la porte en grand et s'arrête, me retenant avant que nous ne sortions.

Un rideau de pluie dense s'abat sur le trottoir. Aucun de nous n'a pensé à prendre un parapluie. Lorsque nous sommes partis tout à l'heure, le ciel était menaçant, mais il ne pleuvait pas.

— Je peux nous commander un Uber, propose Noah. On a peu de chances de trouver un taxi dans le coin hors des soirs de match, à moins de marcher sur au moins un kilomètre, et...

Il désigne le ciel d'un geste.

— D'accord, merci.

Je marche sur place pendant qu'il contacte notre Uber, et nous attendons son arrivée avant de sortir en trombe. Nous sommes trempés lorsque nous atteignons le véhicule et montons ensemble sur la banquette arrière.

La conductrice nous aperçoit dans le rétroviseur.

— Noah Reece. Oh mon Dieu ! s'exclame-t-elle, ravie. J'ai vu votre photo quand j'ai accepté la course, mais je ne pensais pas que c'était vraiment vous. Est-ce que je peux avoir un autographe ?

Elle déborde d'enthousiasme, et Noah sourit poliment.

Je n'arrive pas à savoir s'il est ravi de l'attention qu'on lui porte ou s'il joue le jeu parce que ça fait partie de son travail, de rendre les fans heureux.

— Bien sûr, vous avez quelque chose à me faire signer ? Je n'ai pas de stylo non plus.

— Oh, pas de problème ! Tenez, vous pouvez signer mon bras au marqueur.

Il rit et se penche en avant, utilisant le marqueur qu'elle lui fournit. Je devrais être soulagée que cette femme ne soulève pas son haut pour lui demander de signer sa poitrine.

— Si vous avez l'intention de vous le faire tatouer, vous feriez mieux de le garder à l'abri de la pluie, blagué-je.

— Bonne idée. J'irai directement au salon de tatouage après vous avoir déposés.

Elle n'est pas sérieuse.

J'interroge Noah, qui se contente de hausser les épaules et de reculer à côté de moi. Il étire son bras, le pose le long du dossier du siège, ses doigts effleurant mon épaule avec douceur.

Une pointe de jalousie me transperce. Je n'arrive pas à l'expliquer. Noah n'est pas mon petit ami - nous nous connaissons à peine - mais je n'ai pas envie que d'autres femmes flirtent avec lui.

Il sourit, son regard braqué sur moi, m'observant attentivement alors qu'il passe un bras autour de mon épaule, m'attirant plus près.

— Jalouse ? me chuchote-t-il à l'oreille.

J'inspire vivement.

— Non. Pourquoi serais-je jalouse ?

Il sourit et hausse les épaules.

— Comme ça.

Il ouvre la bouche et la referme instantanément, comme s'il était sur le point de parler, puis se ravise.

Je ne le pousse pas à me dire ce qu'il a sur le cœur. C'est nouveau. Je ne veux pas gâcher une soirée parfaite, sans compter la pluie et l'orage.

La chauffeuse s'arrête devant mon immeuble. J'avais espéré que la pluie aurait cessé, ou, au moins, qu'elle serait plus fine, mais sans succès. Je vais finir trempée à l'instant même où je vais poser le pied hors de l'abri qu'est le véhicule.

— Attendez-moi, exige Noah. Je reviens tout de suite. Je veux m'assurer qu'elle soit bien rentrée.

Je lui jette un coup d'œil, surprise qu'il soit prêt à finir mouillé pour avoir la chance d'obtenir un baiser de bonne nuit. L'inviter à monter me semble un peu précipité, surtout qu'il a ordonné à la conductrice de l'attendre.

Je me précipite hors du hors du véhicule et monte les marches de l'entrée, l'eau coulant à flots tandis que j'insère ma clé dans la porte principale pour pénétrer à l'intérieur.

Noah est juste derrière moi, debout sous le ciel, la pluie tombant sur lui en cascades, tandis qu'il plisse les yeux pour me voir à travers le déluge.

— Tu veux entrer ? J'ai du café.

Je ris maladroitement de mon offre, étant donné que c'était le but de notre rendez-vous, d'aller boire un café ensemble.

— J'aimerais bien, mais je ne devrais pas, réfléchit-il, et j'entends le moteur rugir lorsque le véhicule n'attend plus Noah, et s'éloigne en le plantant là, ruisselant de pluie sur mon perron.

Il jure et je souris en riant.

— Entre. On peut toujours t'appeler un taxi,

proposé-je, parvenant enfin à tourner la clé dans la serrure et à ouvrir la porte d'un coup sec.

Le couloir est lumineux, contrastant avec le ciel couvert de sombres nuages d'orage dehors. Nous sommes trempés, nos chaussures gouttent, laissant derrière nous une flaque sur le sol alors que nous nous dirigeons vers les escaliers.

— Pas d'ascenseur, préviens-je.

— Je pense que je peux m'en sortir.

C'est un athlète, un professionnel. Bien sûr qu'il peut monter quelques marches. Je m'agrippe à la rampe et monte l'escalier, dégoulinant au passage.

Noah est juste sur mes talons et j'espère que je ne vais pas glisser et tomber en arrière, je l'entraînerais dans ma chute. Heureusement, j'arrive au troisième étage et j'ouvre la porte de la cage d'escalier et la tiens ouverte pour que Noah me suive.

Il me laisse nous guider jusqu'à mon appartement, non pas qu'il ne soit jamais venu auparavant. Il est venu accompagné de Jasper quelques heures plus tôt pour passer me prendre.

— Par ici, l'entraîné-je dans le couloir vers ma porte d'entrée.

Je déverrouille la porte, j'allume les lumières et frissonne. Le chauffage est à peine allumé. Ces derniers jours ont été plutôt doux, une hausse de température très appréciable en automne.

Mais avec la pluie qui imbibe mes vêtements, j'ai froid. Il faut que je les ôte. Je titube dans l'entrée de mon appartement, m'efforçant inlassablement de délacer mes bottes sans m'appuyer sur le mur parce que je suis mouillée.

Noah m'observe un instant et enlève ses chaussures de lui-même. Ses chaussettes déposent une empreinte mouillée sur le parquet. Il les enlève ensuite puis passe sa chemise par-dessus sa tête.

Je l'admire, penchée en avant alors que je débats toujours avec mes bottes, ce qui me fait perdre l'équilibre et trébucher.. Il me rattrape, juste avant que je m'effondre au sol avec la grâce et l'élégance d'une vache. Je suis toute débraillée, et je ne peux pas croire qu'une seule pensée sexy lui traverse l'esprit pendant qu'il se déshabille.

Pourtant, je ne pense qu'à lui. Ses abdominaux ciselés, ses cheveux mouillés et sa peau qui réfléchit la lumière. Mon corps irradie une chaleur familière, et les frissons que j'ai ressentis à cause du froid se dissipent alors que la pièce gagne plusieurs degrés.

— Attention, prévient Noah en posant ses mains sur mes épaules pour m'empêcher de tomber la tête la première sur le sol.

Son contact est chaud et ferme, et ses doigts se déplacent de mes épaules à mes bras.

— Comment as-tu fait pour réussir à enfiler ces bottes ? s'interroge-t-il en me voyant galérer à les enlever.

C'est une lutte acharnée, et je lui suis reconnaissante de ne pas me moquer de moi.

— Elles n'étaient pas mouillées.

Je ne vais quand même pas me traîner jusqu'à ma chambre avec mes vêtements humides et m'affaler directement au sol juste pour enlever mes chaussures.

— Elles ont rétréci à cause de la pluie, c'est sûr… marmonné-je pour moi-même.

Il rit alors qu'il a visiblement entendu ma remarque.

— Laisse-moi faire, propose-t-il en se mettant à genoux.

Je sursaute légèrement à la vue de sa position, son nez juste à côté de mon entrejambe, ma jupe en cuir remontant légèrement après m'être penchée en avant et avoir failli chuter.

Sa voix est rocailleuse et grave lorsqu'il lève les yeux vers moi.

— Mets tes mains sur mes épaules.

Je suis à sa merci, le haut de mes lacets est

desserré mais pas assez pour me libérer. Il les délace et m'aide à guider mon pied hors de la botte, me laissant m'appuyer sur lui pour me soutenir.

— Une de moins. Plus qu'une, annonce-t-il d'un ton rauque, et pendant un instant, il fixe ma jupe, directement au niveau de ma chatte, avant que son regard ne remonte pour rencontrer le mien.

— Tu frissonnes.

Ses yeux sont sombres, sa voix profonde, et j'inspire vivement.

— Je n'avais pas remarqué.

La chaleur me submerge intégralement tandis qu'il me stabilise. Un de mes pieds repose sur le sol froid, l'autre est bien calé dans la botte de cuir.

Les mains de Noah se posent sur mes hanches, me maintenant face à lui, ses doigts fermes et chauds se déplaçant sur ma cuisse nue, son contact m'enflammant.

Nos yeux plongés les uns dans les autres, ses mouvements sont lents et méthodiques alors qu'il se dirige vers sa cible, les lacets de ma botte.

Je me mords les lèvres, enfouissant un gémissement au fond de moi comme le feu qui s'attise avec une chaleur incontrôlable. Son contact est électrique, la tension entre nous, magnétique, et je veux le tirer sur ses pieds, l'embrasser, le toucher, le goûter.

Avec son expression intense, il me contemple tout en défaisant le lacet de ma botte en cuir, sans jamais ciller.

— J'ai l'impression d'être Cendrillon, plaisanté-je. Sauf que c'est toi qui m'enlèves mes pantoufles de verre.

Noah sourit, amusé tout en desserrant les lacets de haut en bas. Mes pieds me font mal à cause des talons, mais la douleur est atténuée par sa présence.

— Tiens bon, prévient-il avant de tirer sur la botte et de la faire glisser doucement le long de ma jambe jusqu'à ce qu'elle s'enlève de mon pied.

— Impressionnant.

— En effet. Comment se fait-il que des femmes arrivent à porter ça et à marcher ?

Je n'ai pas eu autant de mal à les enlever lors de notre rendez-vous au café, lorsque nous avons décidé d'enfiler une paire de patins, mais la pluie a agi comme un étau, compressant le cuir froid et humide autour de mes jambes et mes pieds.

— Avec beaucoup de pratique et d'entraînement, concédé-je.

Noah n'a pas bougé du sol, les mains sur mes jambes nues. Son contact est chaud et possessif lorsqu'il remonte ses paumes le long de mes mollets et mes cuisses. Il dessine des petits motifs sur ma peau nue, ma jupe se soulève légèrement alors qu'il écarte davantage mes jambes.

Il peut voir ma culotte depuis sa position sur le sol, et ma langue s'échappe de ma bouche, laissant échapper un léger soupir satisfait lorsque ses lèvres se déplacent sur l'intérieur de mes cuisses.

— Je peux sentir ton odeur, ma belle. Tu sens si bon, murmure-t-il en embrassant et en léchant mes cuisses, remontant vers ma culotte. Je veux te goûter.

Sa langue s'élance, me goûte par-dessus ma culotte, et je suis sûre que je suis déjà mouillée lorsque sa langue effleure ma chatte à travers le doux tissu de coton.

— Noah, murmuré-je, et ma respiration se coupe lorsqu'il trouve ce point doux et délicat, ma petite bosse, avec sa langue.

Mon bassin se plaque contre sa bouche et ses doigts pressent mes hanches, me maintenant en place et me guidant tandis qu'il me titille à travers ma culotte.

Mon cœur bat à tout rompre dans ma poitrine, et je n'entends plus que le son de mes halètements, tant il me réchauffe jusqu'à la mœlle. J'emmêle mes doigts dans ses épais cheveux noirs, le rapprochant plus près, avide de plus alors que je tremble contre lui.

— Gentille fille, murmure-t-il en se reculant légèrement, juste assez pour faire glisser ma culotte sur le côté.

Mes lèvres s'écartent et je sursaute lorsque sa langue effleure mon clitoris gonflé d'excitation. Je m'appuie sur le mur derrière moi, j'ai besoin d'un soutien, de quelque chose pour me stabiliser car j'ai l'impression de flotter.

— Regarde-moi dans les yeux, bébé.

Les mots de Noah me ramènent à l'instant présent, j'obéis pour l'observer, croisant le sien. Cette intimité fait exploser mon cœur, et mon corps se raidit, frissonnant et tremblant dans son étreinte.

Il ne ne cesse pas plus qu'il ne ralentit tant que je ne suis pas redescendue du septième ciel, haletante, le souffle court.

Il se retire doucement, détache ma jupe en cuir pour la laisser retomber le long de mes cuisses en se levant.

— La prochaine fois qu'on sort ensemble, je veux que tu ne portes pas de culotte.

Mes joues brûlent et je me mords la lèvre inférieure. Il me cloue au mur avec son corps ardent et fort, me collant contre lui.

Je frissonne, mes vêtements mouillés par la pluie, et je meurs d'envie de continuer.

— La chambre, murmuré-je, lui ordonnant de me suivre, même si c'est lui qui est aux commandes, me plaquant contre le mur près de la porte d'entrée.

Nous venons à peine de pénétrer dans l'appartement.

Un sourire provocateur passe sur ses lèvres et il m'attire contre lui, me laissant sentir sa bite à travers son pantalon.

— Je te suis.

Ses mains sont sur ma taille, mes hanches, effleurant chaque centimètre de peau, ôtant ma veste de mes épaules et me déshabillant avant même que je n'arrive dans la chambre.

Les rideaux sont fermés et j'allume la lumière, à tâtons, car Noah me distrait. Je suis en culotte et en soutien-gorge, et je me retourne pour lui faire face, nos lèvres s'entrechoquant pendant que je bataille contre la dernière couche de vêtements qui nous sépare. Il a déjà enlevé sa chemise, mais son pantalon est encore humide à cause de la pluie.

Je détache le bouton et mes mollets heurtent le matelas, m'asseyant au bord pendant que je baisse son pantalon. Son sexe est à peine caché dans son caleçon et je le retire avec précaution, satisfaite du spectacle qui s'offre à moi. Il est magnifique, chaque partie de lui, et j'ai envie de lui rien qu'en regardant sa bite.

Je déglutis avec hésitation.

J'ai connu d'autres hommes, mais aucun d'entre eux n'était aussi bien monté. Ma bouche devient sèche et je passe la langue sur mes lèvres en le fixant, incapable de m'en détacher.

— Tu hésites ? s'inquiète Noah.

Il joue avec l'élastique de ma culotte, ses doigts glissent le long de ma taille, faisant lentement descendre le tissu.

Je secoue la tête.

— Jamais.

Je me hisse sur la pointe des pieds pour atteindre ses lèvres, puis l'attire vers le bas dans un autre baiser passionné et l'entraîne avec moi sur le matelas.

Il enjambe mes hanches, me coinçant sous son poids.

— Domine-moi, murmuré-je avec un air de défi alors qu'il m'attrape par les bras pour les soulever au-dessus de ma tête.

Il les appuie contre le matelas, les maintenant ensemble d'une main tandis que l'autre parcourt mes seins.

— Tu as apporté un préservatif ? demandé-je, réalisant où ça nous mène.

Il grogne et se relève.

— Laisse-moi vérifier mon portefeuille.

La chaleur de son corps me manque et je me traîne jusqu'au bord du lit, le regardant fouiller dans la poche de son pantalon à la recherche de son portefeuille. Il l'ouvre et jette un coup d'œil à l'intérieur.

— Je ne m'attendais pas à ce qu'on le fasse ce soir, admet-il.

— Moi non plus, ajouté-je en me mordant la lèvre inférieure. Je veux dire, j'espérais, mais dans la hâte de me préparer, j'ai oublié de m'arrêter au magasin en bas de la rue.

— Je peux courir en chercher là-bas.

— Sous la pluie ?

Je secoue la tête. Est-ce qu'il reviendrait vraiment ?

— On peut faire autre chose. Je peux te rendre la pareille, dis-je en le tirant vers le lit pour qu'il s'y allonge.

— Je ne m'attendais pas à un statu quo.

— Un statu quo ? C'est comme ça qu'on dit ?

Je ris et balaie mes cheveux sur le côté en me mettant à califourchon sur lui.

— J'ai une meilleure idée. Tourne-toi. Soixante-neuf.

Il esquisse un geste du doigt pour que je me tourne dans l'autre sens.

— C'est une meilleure idée ?

Tout à coup, les lumières vacillent à cause de l'orage, puis s'éteignent.

Je réprime un juron, non pas que je n'ai jamais fait ça dans le noir, mais j'appréciais la vue de la bite de Noah et je voulais mémoriser chaque détail au cas où ce ne serait qu'un coup d'un soir. Je n'ai pas l'habitude de sortir deux fois avec le même homme, mais pour lui, je pourrais faire une exception.

Surtout si cette exception implique des préservatifs pour notre prochaine rencontre.

Le tonnerre gronde au-dessus de nos têtes et un éclair illumine momentanément la pièce.

Je me tortille sur le lit, essayant de ne pas lui donner un coup de genou dans l'aine, étant donné que je ne vois rien. Ses mains sont placées sur mes hanches, guidant mes mouvements.

— Ne me dis pas que tu as peur du noir, me taquine-t-il.

— Peur ? Non, mais je voulais garder une photo mentale de tes « attributs ».

— Mes « attributs » ?

J'aimerais que la lumière soit allumée parce que je suis quasi sûre qu'il est en train de sourire. Je peux entendre le rire dans ses mots, l'amusement provoqué par mon petit commentaire sur son paquet pas si petit que ça.

Mon estomac pousse un horrible grognement au point qu'il est impossible qu'il n'ait pas entendu que je suis affamée. Nous avons sauté le dîner, et alors que j'avais prévu de préparer quelque chose en rentrant à la maison après notre rendez-vous au café, ce plan a été mis de côté.

— Nous devrions manger avant de reprendre les festivités, dit Noah.

Il me donne une claque sur les fesses et je sursaute sous l'effet du contact soudain. La douleur est légère et plutôt agréable, mais je préfère garder ça pour moi.

— La prochaine fois, préviens-moi si tu as faim.

Je ris intérieurement, avant de proposer :

— J'ai faim. Allez, on va commander à emporter, et peut-être qu'on pourra convaincre le livreur de nous apporter une boîte de préservatifs aussi.

Noah me fait rouler sous lui pour me coincer.

— J'aime ta façon de penser, Belle Rousse.

— Trois surnoms en un peu moins de trois heures, répliqué-je.

Je ne sais pas réellement combien de temps nous avons passé ensemble, mais je ne peux pas m'empêcher de le taquiner.

— J'en essaie plusieurs pour voir celui qui t'irait le mieux.

Noah insiste pour payer le dîner et nous commandons de la nourriture indienne que nous nous faisons livrer. En moins d'une heure, notre repas arrive. Noah a remis ses vêtements et propose d'aller la chercher en bas pendant que j'installe des bougies dans le salon pour qu'il soit plus facile de voir nos repas et de se voir l'un et l'autre.

J'ai enfilé un jogging confortable et un t-shirt ample. Je devrais peut-être m'habiller de sorte à impressionner Noah, mais il m'a déjà vue nue et la lumière n'est pas encore revenue après l'orage.

Il est de retour après quelques minutes,, me montrant le sac de livraison et le sachet entre ses doigts, contenant un seul préservatif scellé.

— Tu n'as pas fait ça, m'exclamé-je, choquée qu'il ait osé demander un préservatif au livreur. Je commande chez eux toutes les semaines. Oh mon dieu ! Ils ne me verront plus jamais de la même manière.

— Ne t'inquiète pas. Je lui ai donné un très bon pourboire. Il m'a même proposé d'apporter une boîte entière la prochaine fois que tu commanderas à emporter.

— Maintenant, je sais que tu plaisantes, lui lancé-je sidérée tout en priant pour que le livreur n'ait pas dit ça. Je vais peut-être changer de restaurant indien, finalement.

— Ce ne serait pas drôle ! Sauf si tu veux que je t'envoie mon gars ?

— Tu as un gars ?

Noah sort les récipients en plastique du sac et pose le tout sur la table, tandis que j'attrape deux verres dans le placard et les remplis d'eau.

— J'ai embauché un chef cuisinier une fois ou deux...

Il laisse les mots se suspendre dans les airs pendant que nous prenons place à table en nous versons une portion dans chacune de nos assiettes, partageant ainsi les plats.

— C'est quoi ton truc ? questionne Noah en me fixant, sa fourchette suspendue dans les airs

— Comment ça ?

— Je sais pourquoi je suis célibataire. Le hockey, c'est ma vie. Je vis et je respire ce sport. Je n'ai pas beaucoup de temps à consacrer à une partenaire. Ce que je n'arrive pas à comprendre, c'est pourquoi toi, tu es célibataire. Tu es mignonne, intelligente et pleine d'esprit. Sans parler du fait que tu es sexy à mort.

J'avale une bouchée de mon dîner, affamée et essayant également de ne pas répondre à sa question. Ses flatteries font battre mon cœur. J'évite son expression intense en plantant ma fourchette dans mon poulet.

— Qu'est-ce que tu cherches ? rétorqué-je, en évitant sa question.

— Quelqu'un d'honnête, de loyal...

Je lève la main, l'arrêtant avant qu'il énumère toutes les qualités banales réclamées par les hommes. Je le questionne plutôt :

— Tu veux quelque chose de sérieux ou une aventure ?

J'ai besoin de savoir ce qu'il attend parce que le ramener à mon appartement n'est pas vraiment nouveau pour moi, mais s'il veut un deuxième rendez-vous, ce n'est pas quelque chose que j'ai l'habitude de faire.

Il se déplace sur sa chaise.

— Tu ne me ménages vraiment pas.

Je lève les yeux, croisant son regard sombre.

Peut-être que je n'aurais pas dû, parce que maintenant je ne peux plus m'en détacher, même si j'en ai très envie, parce que les papillons s'envolent davantage dans mon estomac à chaque seconde où il m'observe. C'est comme s'il voyait à travers moi, tout ce qu'il y a en moi, et ça me met légèrement mal à l'aise. Mais je préfère ne rien dire.

— Je veux juste connaître tes attentes. Nous n'en avons pas parlé.

Je prends une bouchée de mon repas.

— J'aimerais avoir l'occasion d'en savoir plus sur toi, déclare-t-il. Non pas que ce que nous avons fait tout à l'heure n'ait pas été amusant.

Il a un sourire de garçon qui traverse ses traits et lui donne un air incroyablement jeune et innocent. Même si je sais qu'il est à l'opposé de ça une fois dans la chambre à coucher.

C'est un athlète professionnel. Je suis sûr qu'il a fréquenté des douzaines de femmes.

— Mais ma carrière passe avant tout. Toujours, déclare Noah.

Ça me dérange beaucoup moins que je ne le pensais d'entendre ces mots sortir de sa bouche.

— Je suis d'accord avec ça. Je savais dans quoi je m'engageais quand tu m'as demandé de sortir avec toi.

Il prend une bouchée du dîner, en savoure le goût.

— C'est bon, dit-il en pointant sa fourchette vers son assiette.

Je ne peux m'empêcher de m'interroger : y-a-t-il autre chose que je n'ai pas vu ou que je ne sais pas sur lui ? Contrairement à ma meilleure amie, je ne l'ai pas *stalké* sur Internet avant notre rendez-vous.

— Comment se fait-il que tu sois toujours célibataire ? Pas de femme. Pas d'enfants. À moins que tu n'aies une famille secrète ?

Il sourit en secouant la tête.

— Très drôle. Je n'ai jamais été marié et je n'ai pas d'enfants. Ne te méprends pas. J'aime les enfants... la plupart du temps. As-tu déjà rencontré la fille de Kyler ? Elle est plutôt difficile.

Il rit en me dévisageant.

— Nous avons été présentés lors d'un de vos matchs. Bristol est une enfant brillante.

La petite fille est la nièce de ma meilleure amie, alors bien sûr, je la connais. Amber et moi sommes comme des sœurs.

— Elle est intelligente et cause toujours des ennuis à Kyler et Emerson.

L'orage commence à se calmer, et au milieu du dîner, les lumières se rallument dans l'appartement.

— Tu veux te mater un film après manger ?

demandé-je, en prenant une autre bouchée de mon repas.

Mon estomac capricieux a au moins cessé de m'embarrasser.

— Un film, ça me dit bien, acquiesce Noah. Je te laisserai même le choisir. Mais promets-moi que ce ne sera pas un de ces films de filles.

— Un film de filles ? Je ne te promets rien, beau gosse.

— Allez, Belle Rousse.

Il sourit en me fixant. Il penche légèrement la tête, en parcourant mon corps.

J'ai presque l'impression qu'il me déshabille du regard, et je détourne le mien avec un rire nerveux.

— Tu es un vrai dragueur. Combien de filles as-tu emmenées au stade de hockey pour un rendez-vous autour d'un café ?

— Tu es la première, confesse-t-il, et cet aveu me coupe le souffle.

Je ramène mes cheveux derrière mon oreille, essayant de ne pas exploser de joie en me mordant la lèvre inférieure.

— Je ne pensais pas que tu étais vierge, plaisanté-je.

— Crois-moi, Belle Rousse, quand il s'agit de sexe, je ne suis pas vierge.

DEUX

NOAH

Charlotte est belle, drôle et, surtout, elle m'a fait bander instantanément dès que nous sommes sortis de son appartement pour notre « rendez-vous au café », qui était une idée fantastique, l'emmener à l'aréna pour un café. Je n'aurais jamais imaginé que cette fille sache jouer au hockey.

Elle semble parfaite.

Bien sûr, Jasmine l'était aussi, jusqu'à ce qu'elle me trompe.

Je ne m'engage pas dans des relations. Des aventures, oui. C'est facile et bien moins compliqué.

Mais il y a quelque chose chez Charlotte qui me donne envie de voir où ça peut nous mener.

C'est risqué.

Faire passer ma carrière avant tout a modelé et façonné ce que je suis en tant que joueur des Ice Dragons dans la National Hockey League (NHL). Je ne suis pas devenu aussi bon en flemmardant et en emmenant des filles sexy au cinéma et à de longs dîners.

Ce n'est pas que je n'apprécie pas un peu de flirt et de préliminaires, car c'est le cas, mais consacrer mon temps à une relation ne m'a jamais réussi.

Pourtant, je suis là, assis sur le canapé de Charlotte, mon bras enroulé autour de ses épaules, tandis que nous nous plantons devant le film plutôt girly qu'elle a choisi.

Et pour une raison ou une autre, ça ne me dérange pas. Je veux dire, l'intrigue est assez simple. Un homme rencontre une femme. Il tombe amoureux d'elle. Elle lui brise le cœur. Elle s'excuse et il finit par lui pardonner.

Du moins, je suppose que c'est comme ça que se déroule l'histoire. Mais j'ai cessé de prêter attention à l'écran car je suis attiré par les cheveux roux de Charlotte et par sa jolie lèvre inférieure qu'elle n'arrête pas de mordiller.

Garder ma bite dans mon pantalon est une épreuve. Non pas que je veuille la dégainer directement, mais, bon sang, le billet de cent dollars que j'ai donné au livreur pour son dernier préservatif se trouve dans son portefeuille. Et je n'ai pas l'impression que nous allons nous en servir, du moins pas avant quelques heures.

Ce qui n'est pas le pire. Passer du temps avec une belle fille est agréable. Être auprès de Charlotte me procure un apaisement qui me réchauffe de l'intérieur. Elle décuple mes sens, chacun d'eux.

— Tu t'ennuies ? s'enquiert-elle, la voix douce comme du miel.

Elle penche méthodiquement la tête vers moi, me fixant de ses yeux bleus brillants tels des joyaux marins.

— J'adore les films d'amour prévisibles.

Ma voix est pleine de sarcasme et elle se blottit contre moi, pour que je resserre mon étreinte. Je l'attire sur mes genoux, j'ai besoin de répit car le film m'endort.

Au moins maintenant, je sais quoi faire la prochaine fois que j'aurai une crise d'insomnie, ce qui n'arrive pas très souvent. La plupart du temps, c'est après un match, quand je n'ai pas encore décompressé après ma victoire.

Elle attrape la télécommande, et je ne peux que supposer qu'elle est sur le point de me la passer quand mon téléphone s'agite dans ma poche. Je pensais l'avoir complètement éteint.

Le portable de Charlotte sonne sur la table basse à côté du canapé.

— Désolée, je voulais le mettre en mode silencieux, dit-elle en m'escaladant pour attraper son téléphone et couper l'appel.

— Laisse-moi deviner, c'est Amber.

Mon téléphone vibre. Je me déplace sur le canapé et fouille dans ma poche pour voir le nom de Jasper sur mon écran alors qu'il essaie de me joindre.

— Jasper, songe-t-elle en jetant un coup d'œil à mon écran, avant de revenir s'asseoir à côté de moi.

La chaleur de son corps niché sur mes genoux me manque déjà. Elle reprend :

— Tu crois qu'ils veulent nous demander comment s'est passé notre rendez-vous au café ?

Je clique sur « ignorer » sur mon téléphone et hausse les épaules, glissant mon téléphone sur la table basse.

— Probablement. Il ne m'appellerait pas juste pour savoir si je suis bien rentré à la maison.

Son rire résonne dans sa poitrine alors qu'elle

s'adosse au canapé et me laisse l'entourer de mon bras.

— Tu es drôle. J'aime bien ça chez toi. J'ai une idée.

— Oh oh. Ces quatre mots n'annoncent rien de bon.

Elle attrape le coussin, l'air espiègle, puis l'abat d'un grand coup sur mon torse.

— On devrait faire une farce à Amber et Jasper.

J'attrape le coussin avant qu'elle ne me frappe à nouveau avec. Je le maintiens hors de sa portée, en le tenant au-dessus de ma tête. Je suis un peu plus grand que Charlotte et, assise, il n'y a aucune chance qu'elle le récupère, à moins qu'elle ne se lève ou ne se mette à quatre pattes, ce qui ne serait pas désagréable, qu'elle me chevauche pour l'avoir.

— Quel genre de farce ?

Je la sonde, à quoi pense-t-elle ?

— On leur dit qu'on va se marier.

Ses mots m'assomment et le coussin que je tenais au-dessus de nous tombe sans ménagement sur mes genoux.

— C'est une très mauvaise idée.

Elle tend la main vers le coussin en lin bleu et le saisit tout en frôlant mon entrejambe sans le vouloir. Du moins, je ne pense pas que ce soit intentionnel, mais elle vient de suggérer un faux mariage comme prank.. Je ne sais pas si elle est tarée ou brillante. Ça surprendrait Jasper, en supposant qu'il tombe dans le panneau.

— Et alors ? Pourquoi pas ? plaisante Charlotte, qui hausse un sourcil en se reculant sur le canapé, protégeant farouchement le coussin.

Elle le tient contre sa poitrine et étend ses jambes pour les poser à côté de moi. Ce geste est intime pour deux personnes qui viennent de se rencontrer, mais pour une raison ou une autre, j'ai l'impression de la connaître depuis toujours.

— D'abord, il pleut et la mairie est fermée. Personne ne croirait ça.

— On va se marier, souligne Charlotte. Ça ne veut pas dire qu'on s'est mariés aujourd'hui. On dira que tu as fait ta demande lors de notre rendez-vous, et que j'ai accepté.

Je penche la tête en arrière, fixant le plafond.

— Je sors avec une cinglée, murmuré-je.

— J'ai entendu, prévient Charlotte en me lançant le coussin sur la tête.

Je l'aperçois du coin de l'œil et mon bras se lève pour bloquer le tir. Je réplique :

— Ce n'était pas un secret.

— Alors, on sort ensemble ?

Elle me fixe, un air curieux sur le visage. Ses yeux bleus sont un peu plus foncés qu'avant, et ses joues ont pris une teinte légèrement rosée qui commence à s'harmoniser avec ses cheveux de feu. Plus je l'observe et étudie ses traits, plus je les découvre.

Son visage est parsemé de taches de rousseur, presque invisibles, comme si elle les cachait derrière du maquillage.

— Ce n'est pas le cas. On ne sort pas ensemble, rétorqué-je en évitant la question.

Cette histoire de faux mariage c'était son idée. Je trouve ça fou, mais c'est tentant. J'ai entendu parler des blagues de merde que Jasper a faites à son frère Kyler. Ce serait assez drôle qu'il se fasse avoir.

— Cette histoire de *date* mise à part... élude-t-elle en agitant la main devant nous, pour revenir à son propos. Tu es partant ?

— Pour participer à la farce ? questionné-je, voulant m'assurer qu'elle n'est pas sérieuse à propos de cette idée de fiançailles.

Parce que je ne vais pas me marier avec une nana que j'ai rencontrée il y a quelques heures. Je l'ai vue à des matchs et tout ça, mais nous n'avons pas vraiment fait connaissance jusqu'à aujourd'hui.

C'est le genre d'opportunité qu'une fan de

hockey comme Jasmine ne raterait pas. Mais dans son cas, elle m'obligerait à l'emmener devant l'autel avant minuit : un scénario digne d'un conte de fée débile.

Mon téléphone portable vibre à nouveau sur la table basse, et Charlotte me dévisage toujours.

— Tu es avec moi ?

— Eh bien, je ne suis pas contre toi, lui assuré-je en me penchant en avant pour attraper mon téléphone. Tu es folle, et moi je suis fou de te suivre.

Je ne quitte pas Charlotte des yeux pendant que je réponds à l'appel.

Je peux entendre le souffle de ses lèvres tandis que je décroche, sa poitrine se soulève et s'abaisse, et sa respiration s'accélère légèrement. Est-ce de la nervosité ? Ses joues s'empourprent. Elle serait une très mauvaise joueuse de poker. Je peux voir toutes ses réactions.

— Hey, mec, j'ai une grande nouvelle.

— Ah ouais ? Le rendez-vous s'est bien passé ? Amber a essayé d'appeler Charlotte pour savoir comment ça s'était passé, mais elle ne décroche pas.

— Oh, c'est parce que je suis toujours chez elle.

— Ah oui ? dit Jasper en ricanant. Ils sont toujours ensemble, bébé !

— Oh ! Alors laisse-les tranquilles, réagit Amber. Laisse-les retourner à leur rendez-vous galant.

— Mets le téléphone sur haut-parleur. On veut vous annoncer la bonne nouvelle en même temps, interviens-je.

Charlotte a un sourire malicieux, ses yeux brillent et elle acquiesce avec enthousiasme.

Jasper marque une pause.

— Ok. Qu'est-ce qui se passe ? De bonnes nouvelles ?

Je suis sûr qu'ils essaient tous les deux de deviner avant qu'on leur annonce.

Charlotte et moi nous échangeons un regard.

— Nous allons nous marier !

Charlotte pousse un cri d'excitation et se lève d'un bond du canapé, dansant comme si la nouvelle était réelle.

— Quoi ?

La voix d'Amber est beaucoup plus forte et choquée que celle de Jasper, qui reste silencieux.

— Qui a demandé qui en mariage ? questionne-t-elle.

— Moi, confirmé-je en essayant d'être convaincant. Après une nuit ensemble, j'ai su que nous étions faits l'un pour l'autre. Elle est la crosse de mon palet.

— Dégueulasse, murmure Jasper. Et je pense que tu as inversé l'analogie, mais je suis heureux pour vous deux. Et même si je suis très surpris, tant mieux pour toi, si tu sais ce que tu veux et que tu as couilles de te lancer.

— Vous n'êtes pas sérieux, déclare Amber.

Il n'y a pas d'humour dans son ton. Je jette un coup d'œil au téléphone qui se trouve entre nous, puis à Charlotte, attendant qu'elle rétablisse la vérité.

— Ni l'un ni l'autre ne veut d'enfants ou de mariage. Et vous êtes soudain fiancés après un seul rendez-vous ? Je n'y crois pas.

— C'était un très bon rendez-vous autour d'un café, avoue béatement Charlotte. Il m'a emmenée à la patinoire et nous avons joué au hockey après avoir partagé une excellente tasse de café.

— Tu es drôle, concède Amber. J'aime bien le fait que vous pensiez tous les deux pouvoir nous piéger. Bien essayé. Profitez bien de votre bonne soirée, tous les deux.

Amber met fin à l'appel et Charlotte s'installe sur le canapé à côté de moi.

— C'était amusant, plaisante-t-elle en me poussant du bras. Quelqu'un d'autre que nous pourrions essayer de convaincre ? Jasper a gobé notre histoire.

— Oh que oui.

Je lui montre l'emoji qu'il vient de m'envoyer, un doigt d'honneur. J'ajoute :

— Il va probablement m'en faire baver à l'entraînement demain, mais ça en vaudra la peine. Surtout quand je raconterai à son frère comment je l'ai eu.

— On dirait que vous êtes proches.

— Oui, on doit l'être. Ça fait partie du sport.

— C'est vrai, dit Charlotte en haussant les épaules. Je suppose que vous devez lire dans les pensées de l'autre.

— Le langage du corps, les signaux, ce genre de choses pour le jeu.

Elle se lève et se dirige vers le réfrigérateur.

— Je peux t'apporter quelque chose ? De l'eau ? Du vin ? Je crois qu'il y a du jus de fruits dans le frigo.

— Je prendrai ce que tu prends.

— Ce sera du vin. Je garde mon rouge au réfrigérateur. Certaines personnes s'en offusquent, mais je préfère mon vin froid.

Je lève un sourcil.

— Tu es un monstre, blagué-je, alors qu'elle

apporte la bouteille de vin encore fermée dans le salon, ainsi que le tire-bouchon.

— Tu penses pouvoir l'ouvrir pour moi ? demande-t-elle en me déposant le tire-bouchon dans une main et la bouteille de vin dans l'autre.

Elle retourne à la cuisine d'un pas nonchalant, et je ne peux m'empêcher de suivre ses mouvements des yeux lorsqu'elle va chercher deux verres à vin.

Elle est comme un incendie avec ses cheveux rouge vif et son regard hypnotique. J'ai passé plus de temps avec elle ce soir que je ne le fais avec la plupart des filles en un rendez-vous.

— Je pense que je peux faire ça, signalé-je lorsqu'elle revient avec les verres à vin et les pose sur la table basse.

En quelques secondes, j'ai ouvert la bouteille de vin et je nous sers un verre à chacun, puis j'en tend un à Charlotte.

Je lève mon verre, prêt à porter un simple toast, et mon portable s'allume alors qu'il est en silencieux. J'inspecte l'écran et grimace.

Jasmine.

Quand je ne réponds pas assez vite et qu'elle tombe sur le répondeur, elle rappelle.

Elle a toujours été tenace.

Je bois une gorgée de vin et prends la bouteille pour me resservir.

Charlotte incline la tête et me sonde.

— Tout va bien ?

Sa voix est calme, paisible, et elle ne se doute pas que je suis sur le point d'être emporté par un ouragan.

Je ne veux pas prendre l'appel. Si Jasmine cherche à me joindre, c'est qu'elle est impliquée dans un nouveau drama et qu'elle a besoin de mon aide. Je retourne le téléphone, écran vers le bas. J'en ai fini avec elle. Et avec les dramas.

— Ce n'est rien. Juste une vieille amie.

L'amertume imprègne chaque mot qui franchit la barrière de mes lèvres. Charlotte est pensive :

— Ex-petite amie ?

— Oui, mais c'est fini. Depuis des années. Elle est mariée, alors je ne sais pas pourquoi elle m'appelle.

Je passe une main dans mes cheveux, empoigne la bouteille de vin et remplis mon verre.

— Ça a l'air compliqué.

Charlotte sourit, pas jalouse ni troublée par ce que je lui dis. C'est agréable de voir qu'elle a une grande confiance en elle. Honnêtement, c'est sexy.

— Premier amour ? devine-t-elle.

Je suis facile à lire quand il s'agit de Jasmine. C'est une histoire courte, simple et qui ne se termine pas bien, ce qui n'est pas si mal puisque j'ai une belle femme assise en face de moi sur le canapé.

— Tu ne veux pas l'entendre, préviens-je en lui épargnant les détails.

— Bien sûr que si, me contredit Charlotte en se rapprochant de moi.

Elle pose une main sur mes genoux.

— Nous avons tous un passé. Tu peux m'en parler. Quel est votre passif ?

Elle a le pouvoir de me calmer comme je ne l'aurais jamais cru possible. J'expire doucement.

— Je suis tombé amoureux d'elle quand la Ligue m'a sélectionné. On a bien accroché. On a commencé une relation exclusive, ou que je croyais exclusive, et puis elle m'a ghosté. J'ai pensé qu'elle ne supportait d'être sous les projecteurs, jusqu'à ce que je voie aux informations qu'elle avait épousé un autre joueur professionnel. C'est une histoire assez courte.

— Mince. Est-ce qu'il joue encore au hockey ?

Elle incline légèrement la tête, ce que je trouve absolument adorable. Elle m'accorde toute son attention.

— Oui, il joue avec les Island Bruisers.

— Comment s'appelle-t-il ? s'enquiert-elle en arquant un sourcil inquisiteur.

— Grant Brass. Tu n'as probablement jamais entendu parler de lui. Il est toujours au banc des pénalités ou sur la touche pour les conneries qu'il fait.

Une lueur traverse ses yeux. Le nom lui évoque clairement quelque chose, mais dès que je l'aperçois, cet éclair de lucidité, il s'évanouit. Elle reprend :

— Et tu n'as pas parlé à ton ex depuis ?

— Non, je n'ai certainement pas été invité au mariage trois mois après notre rupture.

— Aïe. Non pas que tu aurais souhaité assister à l'événement, j'imagine, mais trois mois, ça ressemble à un mariage précipité, présume Charlotte.

— Assez parlé d'elle.

Je prends les mains de Charlotte et pose nos verres sur la table avant de l'entraîner sur mes genoux.

— Et toi ?

— Et moi ? répète-t-elle, d'une voix douce et rêveuse, à califourchon sur mes hanches.

Ses doigts creusent des stries dans mes cheveux, caressant mon crâne et mon cou.

— Je suis un livre ouvert. Demande-moi tout ce que tu veux.

— Tout ce que je veux, songé-je, les mots se perdant momentanément dans ma tête.

Je ne saurais même pas quelles questions lui poser.

Il y a un calme, un silence nocturne qui nous entoure. L'orage est passé.

— As-tu déjà été amoureuse ?

C'est une question facile, mais une réponse difficile à entendre. Je ne sais pas trop pourquoi je veux connaître son passé. Peut-être qu'elle ne ressent aucune jalousie, mais je ne peux pas en dire autant.

Charlotte sourit et secoue la tête, insouciante.

— Jamais. Je préserve mon cœur pour la bonne personne.

Je ricane à ses mots.

— Tu préserves ton cœur ?

— À défaut d'avoir préservé ma virginité.

J'essaie de ne pas m'étouffer avec mon vin en entendant son aveu. Elle est audacieuse et franche. C'est ce que j'aime chez elle. Mais ce n'est pas la seule chose que j'aime. Je suis un homme, et ma bite ne cesse de me rappeler qu'elle est la plus belle femme que j'aie jamais vue. Elle reprend, en tendant le bras pour atteindre la télécommande :

— Tu veux voir la suite du film ?

Pendant un instant, je pense avoir un répit

jusqu'à ce qu'elle remette le film en marche, et je rage intérieurement.

— Je te jure que si tu essaies de me friendzoner...

— Je n'essaie pas. On peut mettre autre chose, propose-t-elle en me désignant la télécommande.

Cette situation me rappelle les gens en couple, et je reprends mes esprits une seconde.

Je ne fais pas dans le couple.

Je ne sors pas avec des femmes. À vrai dire, je prends un verre, je couche avec elles et je passe généralement à la suivante. L'engagement à long terme ne fait pas partie de mes plans après Jasmine. Pas plus que de passer la nuit ou de dormir chez l'autre. Je suis déjà resté plus longtemps avec Charlotte qu'avec n'importe quelle autre fille, à l'exception de mon ex.

— On peut aussi faire autre chose, sous-entend Charlotte en se déplaçant sur le canapé, touchant ma poitrine.

Elle me regarde d'un air suggestif, un sourire en coin.

— Autre chose, réfléchis-je. Qu'est-ce que tu as en tête ?

Je suis prêt à parier que « autre chose » signifie « sexe », mais j'aime faire durer le plaisir avec elle.

Les taquineries et les flirts sont une nouvelle

forme de préliminaires que je trouve divertissante. J'ai l'habitude que les femmes viennent me voir, me fassent comprendre qu'elles veulent baiser, puis repartent après une partie de jambes en l'air.

Elle termine son verre de vin. Ses joues sont roses, mais je sais que son degré d'alcoolémie ne va pas altérer sa décision de passer à l'acte ou son consentement. Elle vient de finir un unique verre de vin, la bouteille ouverte sur la table n'est toujours pas terminée.

Charlotte se mord la lèvre inférieure, se pince le nez de la manière la plus adorable qui soit, puis se met à califourchon sur moi. Ses doigts caressent ma nuque et elle appuie son front contre le mien

— Est-ce que je dois te faire un dessin ? demande-t-elle d'une voix haletante qui me fait instantanément durcir.

Son parfum de femme me plaît aussi beaucoup, avec ses notes florales de lavande et quelque chose de beaucoup plus musqué et boisé.

Sur mon cou, elle trace de petits motifs, et je l'imagine en train d'épeler les mots, mais ce pourrait n'être que la pulpe de ses doigts qui danse sur ma peau.

Je n'attends pas qu'elle m'en dise plus, le désir m'envahit alors qu'elle se frotte à moi, me faisant comprendre qu'elle veut que je la baise. Nos lèvres s'attirent comme des aimants et je ne sais pas qui d'elle ou moi a déclenché ce feu entre nous, ça n'a pas d'importance.

La chaleur nous lèche comme une flamme sauvage tandis que je maintiens ses hanches et la soulève légèrement pour la déshabiller. Elle est magnifique nue, plus parfaite que n'importe quelle peinture ou œuvre d'art que j'ai pu voir.

Nos vêtements sont rapidement jetés en tas sur le sol. Je la porte jusqu'à la chambre, nos lèvres s'emmêlent comme nos corps, lorsque je trébuche sur son chemisier jeté par terre un peu plus tôt. Mes jambes se tordent sans ménagement.

En jurant, je tente de retrouver mon équilibre. Je suis à quelques mètres du lit et je parviens à l'y déposer avant de devoir me rattraper pour ne pas atterrir la tête la première dans le matelas, les pieds toujours sur le sol.

Charlotte glousse.

— Désolé, je sais que ce n'est pas drôle.

Elle continue de rire comme si elle ne pouvait pas s'en empêcher, et je grogne en traînant les pieds et en jetant le vêtement à l'autre bout de la pièce.

Son sac est toujours par terre. Il s'avère que ce sont ces deux objets qui m'ont mis à terre.

— Tu essaies de me tuer avant ma prochaine partie ? Peut-être que tu es vraiment fan des Island Bruisers, lui lancé-je d'un ton mauvais.

Elle arbore une moue et se redresse au bord du lit. Ses bras se tendent vers moi, m'invitant à m'asseoir avec elle. J'aurais préféré faire une dizaine d'autres choses si je ne m'étais pas ridiculisé.

Ça aurait pu être pire. J'aurais pu me retrouver la tête la première sur le sol, le nez cassé. Même si j'aurais aimé penser que j'avais un peu plus de grâce, étant donné tout le temps que j'ai passé sur la glace. Mais j'ai déjà chuté violemment par le passé.

Pour une raison que j'ignore, j'ai l'impression de tomber à nouveau, mais cette fois-ci, ce ne sont pas mes pieds qui s'emmêlent dans ses affaires éparpillées.

— Ton ami Jasper t'a parlé de ça ? m'interroge-t-elle.

Ses dents agrippent sa lèvre inférieure. Je tends la main, l'effleurant de mon pouce, l'incitant à la relâcher.

— Je l'ai constaté moi-même, confirmé-je. Et j'ai cru comprendre que tu étais à l'origine de son soutien envers l'équipe adverse.

Un sourire en coin se dessine sur ses traits.

— Tu aimes quand je fais ça ?

Je ris intérieurement.

— Non, ma belle, rétorqué-je. J'aime quand tu encourages mon équipe. Tu devrais porter mon maillot quand tu vas voir un match.

— Même si ce n'est pas un match des Dragons ? minaude-t-elle avec un sourire complice.

— Oui. Même si tu assistes à un match avec deux autres équipes, tu montres ta loyauté envers les Dragons.

Encore cette moue, elle réfléchit à ma demande. Puis donne son verdict :

— Ça me semble un peu... possessif.

Il y a une étincelle dans ses yeux, elle fait rugir la chaleur et le feu directement dans mon bas-ventre.

C'est foutrement vrai.

Mon sourire en coin ne quitte pas mon visage. Là tout de suite, rien ne pourrait l'effacer. Impossible de masquer la jubilation qui s'empare de moi.

— Bien, parce que je ne couche pas avec des fans des Island Bruiser, préviens-je en mémorisant chaque détail de son corps au cas où elle me briserait le cœur en ne supportant pas les Ice Dragons.

Un rire parcourt son corps alors qu'elle recule et s'allonge contre le matelas.

— Et si je te disais que je déteste le hockey ?

Je l'étudie, le rouge de ses joues qui descend jusqu'à sa poitrine, pendant qu'elle se met à l'aise.

— C'est ça ton idée des confidences sur l'oreiller ? Parce que je n'aime pas ça.

Charlotte me tend la main, et je la rejoins alors qu'elle m'attire auprès d'elle. Je m'allonge sur le côté, un bras sur sa hanche alors que nos fronts se touchent presque.

— Je réfléchis simplement à ce qui se passerait si je détestais ce sport.

— Mais ce n'est pas le cas, réfuté-je.

Je suis certain qu'elle ne déteste pas ce sport. Je l'ai vue avec sa meilleure amie, Amber, encourager les Island Bruisers. Elle possède même un de leurs maillots. Il est impossible qu'elle déteste le hockey. Je lui retourne la question :

— Est-ce que c'est une hypothèse ? Est-ce que je coucherais avec quelqu'un qui n'aime pas mon travail ? Est-ce que tu coucherais avec un type qui n'aime pas l'université dans laquelle tu es ?

— C'est une question sans intérêt, réplique-t-elle en s'appuyant sur son coude pour me faire face alors qu'elle se met sur le côté. Je ne suis pas à l'université pour toujours.

— Je ne jouerai peut-être pas éternellement pour les Dragons. J'ai un contrat de trois ans depuis que j'ai été recruté. Après ça, tout peut arriver.

— Okay, donc je ne déteste pas ça, m'avoue Charlotte en m'entrainant plus près d'elle, ses bras autour de moi.

Je la serre plus fort, nous faisant rouler de façon à ce que je sois allongé au-dessus d'elle, chevauchant ses hanches. Je la sonde, je veux la comprendre. Elle est un mystère pour moi, un mystère que je veux démêler mais dont je crains qu'il ne se défasse si les fils ne sont pas assez serrés.

— Est-ce que tu aimes secrètement le hockey ?

Je la soupçonne de cacher quelque chose. Elle sait jouer à ce sport et est plutôt douée, ce qui ne correspond pas au profil de quelqu'un qui le détesterait.

Elle m'embrasse, et que ce soit pour me faire taire ou pour me faire comprendre qu'elle ne veut plus parler, j'approuve. Nous nous roulons sur le lit, elle se bat pour être au-dessus, et même si j'aime dominer dans la chambre à coucher, c'est excitant quand une fille sait ce qu'elle aime et n'a pas peur de l'ordonner. Elle me pose une question, un sourire grandissant sur le visage.

— Tu as déjà été attaché ?

— Ça dépend.

Je réfléchis, mes mains sur ses hanches, traçant une ligne jusqu'à ses seins, puis redescendant jusqu'à son nombril.

Elle se déhanche, le sourire grandit sur son visage : elle apprécie visiblement mon contact. Je la distrais.

Bien.

J'aime peut-être plus contrôler que je ne le laisse paraître.

Je la fais tourner, plaquant ses bras contre le matelas à ses côtés. Nos lèvres s'emmêlent comme nos jambes, luttant pour le contrôle.

— Est-ce que tu dois toujours avoir le contrôle ? demande-t-elle entre deux baisers en me mordant la lèvre inférieure.

Je gémis sous l'effet de la douleur, mais il y a aussi du plaisir derrière la douleur superficielle, qui disparaît à chaque seconde qui passe.

Mince, elle sait ce qu'elle fait

J'aime ça. Je devrais la laisser prendre les rênes si elle veut diriger, mais fuck it. Je ne sais pas à quel point je vais être libre de mes mouvements si elle m'attache ce soir.

— La plupart des femmes ne se battent pas quand je les domine dans la chambre.

Je la fixe et son souffle se bloque dans sa gorge. Elle se détourne, l'air embarrassé.

— Regarde-moi, ma belle, insisté-je.

Une teinte de rouge s'étend de ses joues à sa gorge et elle se retourne lentement pour me défier.

— Je ne suis pas comme les autres femmes que tu ramènes chez toi, assure-t-elle, et cette fois, sa voix est plus confiante.

Charlotte me pousse sur le dos et descend le long de mon corps.

— Peut-être que tu devrais m'attacher, murmuré-je.

— Quoi ? interroge-t-elle en levant les yeux vers moi, sa bouche s'approchant de ma bite qui supplie qu'on la suce.

Je frissonne, la douleur me tourmente tandis qu'elle me fixe, me taquine et attend ma réponse.

Est-ce qu'elle ne m'a vraiment pas entendu ?

J'expire, mais mon cœur bat la chamade dans ma poitrine.

— Tu vas me tuer, lâché-je.

Elle esquisse un sourire.

— Bien. Juste, ne meurs pas ce soir. D'accord ?

Avant que je n'aie le temps de répondre, ses lèvres pulpeuses forment un « O » parfait lorsqu'elles entrent en contact avec mon gland. Sa langue me titille, me goûte, et toute autre pensée s'évanouit dans l'instant.

Charlotte sait ce qu'elle fait. Elle n'a pas besoin d'être guidée, et la façon dont ses mains s'occupent de mes couilles tandis que ses lèvres se déplacent sur ma queue est agréable.

Mon souffle se bloque dans ma gorge. Je n'ai pas eu de fellation depuis des mois, enfin, pas une bonne. Là, sa bouche, ses lèvres, sa langue et tout ce qu'elle fait me rapproche de la jouissance.

Je passe mes doigts dans ses cheveux, voulant qu'elle me prenne plus profondément.

Elle comprend, et je sens le doux bruit du fond de sa gorge pendant que je baise sa bouche. C'est une sensation animale, brute et sauvage. Il n'y a rien de doux ou de beau à part sa posture, à genoux, penchée en avant, en train de sucer ma bite.

— Putain, grogné-je en sentant que je me rapproche, je ne vais plus tenir longtemps.

Je lui tapote l'épaule, essayant doucement de l'avertir et de la repousser.

Elle libère ma bite de ses lèvres, avec ses yeux de biche et un gloussement.

— Comment c'était ?

J'halète, j'essaie de reprendre mon souffle.

— Tu ne te doutes pas de ma réponse ?

Charlotte secoue la tête et je la tire pour qu'elle s'allonge avec moi, elle sur le dos, moi chevauchant ses hanches.

Merde, j'ai tellement envie d'elle depuis que je l'ai vue dans les tribunes, criant pour l'équipe adverse, l'encourageant. Elle est comme un parfait petit défi que je veux remporter.

L'emprise de la possessivité, comme un squelette emprisonnant mon cœur, me fait souffrir d'une manière que je n'ai jamais ressentie, que je n'ai jamais vraiment expérimentée auparavant.

Elle n'est pas comme les groupies, les filles avec lesquelles j'ai l'habitude de sortir après un match pour profiter de l'adrénaline et sécréter une autre dose d'endorphine.

Elle est mystérieuse, ses boucles rousses tombent en cascade sur ses épaules et son dos, comme une auréole.

— Es-tu bruyante quand tu jouis ? lui demandé-je en souriant et en déposant des baisers chauds sur son torse.

Elle se tortille sous mon contact, et je ne l'ai même pas encore léchée. J'ai l'intention de la dévorer, de voler chaque souffle de son corps.

Ses jambes s'écartent, s'ouvrant volontairement à moi alors que mes lèvres réchauffent son nombril et déposent des baisers doux et chauds sur son ventre et jusqu'à ses cuisses. Mais je ne lui accorde pas le plaisir qu'elle recherche. Mes lèvres la taquinent en embrassant l'intérieur de ses cuisses et en descendant le long de sa jambe, mes doigts traçant de légers motifs pendant que je la serre contre moi.

Elle est déjà essoufflée et impatiente, un spectacle à voir et à chérir. La pâleur de sa peau contre ses cheveux roux s'illumine avec un rougissement qui s'étend sur sa poitrine.

— Tu ne m'aides pas, se plaint-elle en haletant, alors que je viens à peine de commencer à la faire souffrir de désir.

Je peux voir sa faim dévorante dans ses yeux plissés alors qu'elle s'efforce de garder son sang-froid.

Je veux qu'elle se perde dans la sensation, qu'elle oublie tout pendant un moment et qu'elle se laisse envahir par son désir.

Elle garde son attention sur moi, ce qui accroît mon envie de la pénétrer, mais je ne céderai pas à mes tentations et à mes besoins tant que les siens n'auront pas été comblés. Son sexe est luisant et gonflé, son désir est évident alors que je m'insinue lentement entre ses cuisses, mes doigts légers comme une plume, traçant un chemin le long de ses lèvres.

Sa tête bascule en arrière et sa respiration devient plus forte, plus rapide.

— Non, non. Pas encore, préviens-je avec un sourire provocateur.

Oh, je veux qu'elle se lâche, qu'elle s'abandonne complètement, mais pas avant de l'avoir goûtée à genoux et d'avoir observé ses yeux rivés sur moi.

Il y a quelque chose de primal à la voir m'observer faire, à la voir perdre le contrôle sous ma langue.

Je la lèche lentement, méthodiquement, goûtant et titillant son clitoris. Elle gémit et ses doigts se crispent sur les draps à côté d'elle.

Elle est fébrile, et j'imagine que son cœur palpite autant que le mien, alors que je profite du spectacle de son corps tremblant et avide.

Charlotte gémit, ses halètements sont de plus en plus forts, de plus en plus pressants alors qu'elle lutte pour garder son sang-froid.

Le sourire ne fait que grandir sur mes lèvres alors que je continue à lécher et à sucer, introduisant un, puis deux doigts à l'intérieur de sa chaleur.

Je suis récompensé par un petit cri de plaisir, sa respiration s'accélère alors qu'elle est agitée de spasmes contre le matelas. Son dos s'arque, et je la sens vaciller au bord de la transe. Elle s'agrippe à mes doigts tandis qu'elle poursuit son orgasme, gémissant sous l'effet de l'extase intense qui la traverse.

Elle jure en s'effondrant sur le lit, luisante et rayonnante alors que je remonte le long de son corps.

— C'était incroyable.

Je ris et presse mes lèvres contre les siennes, j'ai besoin d'y goûter, j'ai faim de plus.

— Je n'étais pas sûr, plaisanté-je, incertain compte tenu des jurons qu'elle n'a pu retenir à la fin de son orgasme.

J'ai entendu des femmes remercier les divinités ou moi-même, mais d'habitude, les jurons sont réservés aux moments où je les taquine et ne les laisse pas prendre leur pied.

Charlotte continue de me déconcerter. Elle m'envoûte, sa complexité et sa beauté m'hypnotisent.

Ses doigts m'agrippent lorsque je sépare nos lèvres suffisamment longtemps pour reprendre mon souffle. Elle me pousse sur le dos, caresse ma bite, prête à l'insérer en elle.

— Attends, m'étouffé-je, les mots quittant à peine mes lèvres. Le préservatif.

— Putain, grogne-t-elle à nouveau, et ses yeux s'écarquillent, réalisant ce qui a failli se passer.

Il me faut une minute pour récupérer le préservatif et l'enfiler. Cette fois, c'est moi qui suis au-dessus, qui commande, et je guide ma longueur à l'intérieur d'elle. Je me déplace lentement, prenant mon temps, centimètre par centimètre, pour la laisser s'adapter à mon avancée.

Ses lèvres sont écartées, légèrement enflées par les baisers, et je me penche pour les rejoindre. J'ai besoin de goûter à nouveau à sa bouche alors que je m'enfonce plus profondément.

Elle gémit lorsque j'atteins son fond.

— Ça va ? m'inquiété-je, en regardant vers le bas, en me concentrant sur le fait de prendre mon temps et de ne pas céder à mes désirs.

J'ai besoin de savoir si elle est toujours d'accord. Charlotte acquiesce et expire une grande bouffée d'air avant d'enrouler ses jambes autour de moi.

Elle est serrée et chaude, mais c'est une sensation incroyable. Ses doigts effleurent mon dos et ses ongles griffent mes fesses, me rapprochant et me serrant davantage.

— Plus fort, murmure-t-elle à mon oreille.

Chaque respiration et chaque halètement m'encouragent, me donnant envie de la satisfaire à nouveau. Je sais qu'elle est proche, que ses parois se resserrent sur moi, mais je ne suis pas prêt à ce que ça se termine si vite.

Avec agressivité, elle me fait rouler sur le dos, me chevauchant, et elle rejette la tête en arrière.

Putain, elle est canon. Ses cheveux sont ébouriffés, ses joues rosées. Ses yeux sont à moitié plissés, luttant pour me fixer, mais elle ne les détourne pas.

Mes doigts caressent ses seins, jouent avec ses tétons. Ses lèvres s'écartent, formant un petit « o » parfait qui fait tressaillir ma bite, et elle se resserre, ce qui suffit à me rapprocher de l'orgasme.

— Jouis avec moi, réclame-t-elle, et ses mains se posent sur ma poitrine, puis sur mes bras, essayant de les immobiliser pendant qu'elle me chevauche.

— Je suis proche, confirmé-je, au bord de l'extase.

Les secondes s'écoulent tandis qu'elle tremble et se resserre, ses parois comme un étau autour de ma bite. Elle gémit mon nom, et le son est doux comme du miel qui coule de ses lèvres.

— Noah, répète-t-elle, et c'est tout ce qu'il faut pour que nous nous laissions submerger, comme des vagues sur la plage, nous emportant vers le rivage.

Elle s'effondre contre moi, mon cœur bat

impitoyablement contre ma poitrine, et je jure que je peux sentir le sien. Charlotte halète, tentant de s'allonger à côté de moi lorsque je la guide sur le dos et que je me relève pour me débarrasser du préservatif.

Je jure que la pièce tourne, et je me tiens au bord du lit pendant un moment avant de reprendre mes forces.

————

Elle s'endort, la chambre est parfaitement calme et paisible.

Je ne peux pas passer la nuit ici. Je sors du lit, récupère mes vêtements et m'enfuis en douce. Je ne saurais pas comment gérer la matinée de demain si je restais. Ça pourrait être gênant, et en plus, je dois me lever tôt pour l'entraînement.

Rentrer chez moi, c'est logique.

Pourquoi est-ce que je me sens si con de partir ?

J'attrape mon portefeuille et mes clés, et le léger bruit de pas dans sa chambre réveille Charlotte.

— Tu n'es pas obligé de partir, murmure-t-elle.

Je soupire lourdement et me penche pour déposer un baiser sur ses lèvres.

— Peut-être que je te verrai à un match cette semaine ?

Un sourire paresseux se dessine sur son visage.

— Portant le maillot de l'ennemi ? Alors, oui, je serai là, me provoque-t-elle en laissant échapper un bâillement.

Je grogne, kidnappant ses lèvres avec un autre baiser brûlant pour lui rappeler ce que nous venons de faire.

— Tu porteras mon maillot, Belle Rousse, et tu crieras mon nom depuis les tribunes comme tu l'as fait ce soir.

Un rougissement s'étend sur ses joues alors que ses yeux se ferment paresseusement. Elle est en train de sombrer dans le sommeil.

— Fais de beaux rêves, murmuré-je avant de sortir de son appartement.

La pluie s'est arrêtée, et bien qu'il fasse frais et nuageux dehors, il fait plus beau qu'il y a quelques heures lorsque nous nous étions fait arroser. Je commande un Uber et j'attends dehors, dans les rues sombres et vides, qu'il arrive.

Ça ne prend pas longtemps, et je traverse la ville en un temps record, me dirigeant vers mon immeuble.

— M. Reece, m'accueille le portier. Vous avez un visiteur dans le hall.

À cette heure-ci ? Je n'arrive pas à imaginer qui aurait pu se présenter et ne pas appeler pour essayer de me joindre. Je me dirige vers l'intérieur du bâtiment et jette un coup d'œil vers les sièges du hall. Ses yeux bleus et froids me fixent.

Jasmine.

Elle est emmitouflée dans une parka d'hiver et des petits bras entourent son corps. Depuis quand a-t-elle un enfant ?

Je n'ai jamais cherché à savoir ce qu'elle devenait. Elle est mariée et notre histoire appartient au passé.

Jasmine se lève, berçant l'enfant endormi contre sa poitrine. Alors qu'elle s'approche, je vois sa peau s'assombrir et des ecchymoses fraîches se former sur sa joue pâle.

— Qui t'a fait ça ?

Un goût amer, comme du sang froid et métallique, tache ma langue. Je ne veux même pas prononcer son nom.

Elle hoche la tête, lentement, prudemment.

— Mon mari.

— Putain de merde !

Je grogne et je serre les poings.

— J'ai besoin d'un endroit où rester. Un endroit où il ne peut pas nous trouver, implore Jasmine.

Je la dévisage. Elle a l'air d'être sincère. Ce n'est pas sa qualité première. Je ne peux m'empêcher de me demander si elle m'a trompé avec lui, mais ça n'a pas d'importance.

— Et tu pensais que je t'aiderais.

Il y a du dédain dans ma voix. J'essaie de garder le volume bas, pour que le concierge n'entende pas la conversation.

— Montez à l'étage.

Les mots sortent de mes lèvres, mais au moment où je les prononce, je les regrette presque.

— Merci, souffle Jasmine, sa main se posant sur mon bras.

Je ne saurais dire si c'est de la gratitude ou quelque chose de plus.

Je rejette son bras. C'est strictement platonique. Un ami qui aide une autre amie dans le besoin. Et elle a raison. Son mari ne viendra pas les chercher, elle et leur enfant, chez moi.

— Je te le promets, c'est juste pour ce soir.

Jasmine me suit jusqu'à l'ascenseur, et le petit bout de chou qu'elle tient dans ses bras commence à s'éveiller. Ses paupières s'ouvrent et se referment aussi vite. Il a les joues roses et les lèvres rouges assorties.

Les portes de l'ascenseur s'ouvrent et Jasmine entre la première. Le petit garçon se tortille contre sa mère, enfouissant ses bras et son visage dans sa poitrine. Je ne sais pas s'il essaie de se cacher ou de se rendormir. Je ne suis pas souvent en contact avec des enfants.

— A-t-il touché à l'enfant ? questionné-je, la mâchoire serrée, les dents qui grincent.

J'ai peur d'entendre la réponse, mais à première vue, le petit garçon ne présente aucun signe de maltraitance ou de négligence.

— Non, il n'a pas touché à Zayn.

— Zayn, marmonné-je en appuyant sur le bouton de l'ascenseur, laissant échapper son nom.

Je n'essaie pas de faire le calcul. Le garçon a l'air assez vieux pour être mon fils. Mais elle m'aurait prévenu si elle était tombée enceinte. Elle ne se serait pas enfuie pour épouser Grant.

— Quel âge a-t-il ? Est-il de moi ? l'interrogé-je, car l'abîme infini dans mon estomac me révèle ce qu'elle tait.

Jasmine rit nerveusement, et ce son me déchire de l'intérieur.

Pourquoi n'a-t-elle pas dissipé ma peur et n'a-t-elle pas dit non ?

— Jasmine ?

Ma voix monte d'une octave et les portes de l'ascenseur s'ouvrent. Je déverrouille la porte de mon appartement et l'invite à l'intérieur.

Je ne devrais pas la laisser entrer. Je ne devrais pas l'aider. Pas si elle m'a menti.

— Est-ce qu'il est mon fils ? questionné-je à nouveau, cette fois-ci d'une voix plus forte.

Je ne peux pas empêcher la colère de remonter à la surface, pas plus que je ne peux empêcher le soleil de se lever.

— Peut-être, confesse Jasmine, d'une voix douce et hésitante. Je n'en suis pas sûre à cent pour cent.

Et merde ! Je savais qu'elle m'avait trompé. Mon estomac se serre à l'idée que le petit garçon dans ses bras pourrait être le mien.

Je montre sa joue.

— C'est pour ça que Grant a fait ça ?

— Non, il m'a frappé parce que c'est un connard.

Elle me suit à l'intérieur et j'allume les lumières. Je suis fatigué et j'ai envie d'aller me coucher, mais cette nouvelle m'a fait exploser mon taux d'adrénaline encore plus que quand je marque un but pendant un match.

— Tu peux rester ce soir, mais demain matin, tu dois aller porter plainte à la police et faire un test de paternité.

Elle expire doucement.

— À propos de ça...

— Tu n'es pas en position de négocier, Jasmine.

Mon sang est en ébullition, et je me rends dans la cuisine pour attraper une bouteille de bière. J'en ai bien besoin pour soulager la migraine naissante dans ma tête. Je doute que la bière m'aide, mais elle me met hors de moi.

Pourrait-elle mentir à propos de l'enfant ? Elle essaie de m'inspirer de la pitié. Qui ferait ça ?

Jasmine.

Elle a toujours été manipulatrice. Je n'ai jamais voulu voir les red flags pourtant flagrants chez elle.

— Je ne peux pas porter plainte parce que son frère est policier. Il est aussi mauvais que Grant, si ce n'est pire, murmure-t-elle. Je me cacherais bien, mais Grant m'accusera d'avoir kidnappé mon fils et toute la police sera à ma recherche.

— Putain !

Je ne peux pas m'empêcher de laisser la colère m'envahir. J'essaie de contrôler ma rage. Au moins, quand je suis sur la glace, elle est canalisée par le jeu.

Je ne frapperais jamais une femme, mais je ne permettrai pas que Grant frappe Jasmine. Il y a des limites à ne jamais franchir.

— J'ai juste besoin d'un endroit où dormir ce soir. J'irai chez ma sœur dans la matinée.

Un rire sinistre s'échappe de ma poitrine.

— Ta sœur ? Tu ne penses pas qu'il va te chercher là-bas ?

— Nous ne sommes pas si proches, me contredit Jasmine. Il ne sait pas où elle vit. Il ne l'a jamais rencontrée.

Son idée est ridicule.

— Tu l'as dit toi-même. Ton beau-frère est policier. Tu ne penses pas qu'il puisse trouver cette information ? Et tu viens d'affirmer que tu ne peux pas te cacher.

— Je n'ai pas beaucoup d'options, déplore Jasmine.

Elle berce Zayn contre sa poitrine et lui frotte le dos.

— Peut-être que le test de paternité est une bonne idée. S'il n'est pas le fils de Grant, alors aucun juge sain d'esprit ne lui donnera la garde.

— Aucun juge ne lui accorderait la garde s'il savait qu'il était violent, garantis-je.

— Je te l'ai déjà dit, son frère...

— Je sais.

Je ne peux pas laisser passer ça. Que ce petit garçon soit lié à moi ou non, il ne mérite pas d'être élevé par un monstre.

Elle pousse un lourd soupir.

— Est-ce qu'on peut juste... poursuivre cette discussion demain ?

— Oui, bien sûr. Le petit et toi, vous pouvez partager la chambre d'amis. Je n'ai pas de berceau. Est-ce qu'il en a besoin ?

— On se débrouillera pour ce soir, confirme Jasmine. Merci.

———

Quand le jour se lève, je ne suis pas de très bonne humeur. Il est tôt, j'ai à peine dormi, et quand j'émerge enfin, la porte de la chambre d'amis est grande ouverte.

Elle est partie.

Je ne devrais pas m'en préoccuper.

Sauf que Jasmine a peut-être choisi de mettre au monde mon fils et me l'a caché. Je me passe une main dans les cheveux, prépare un café et me dirige vers la salle de bains pour prendre une douche.

Elle n'a pas laissé de mot. Non pas que je

m'attendais à une longue lettre, mais au moins un remerciement après le chaos de la nuit dernière aurait été un minimum.

Va-t-elle aller jusqu'au bout de ce test de paternité ? Peut-être qu'elle est partie plus tôt pour éviter de se retrouver face à moi et au fait que je suis le père et qu'elle le sait.

En quelques minutes, j'ai pu prendre ma douche, m'habiller, et me servir une tasse de café.

Je compte dans ma tête que l'âge du petit garçon correspond à peu près à la dernière fois où j'ai couché avec Jasmine. Merde. Il pourrait être à moi.

Il pourrait aussi être le fils de ce salaud, auquel cas j'aiderais toujours Jasmine et le petit, mais ma responsabilité se limiterait à les éloigner de Grant.

Ça ne devrait même pas être mon fardeau, mais je ne peux pas lui tourner le dos. Même s'il y a eu des moment où je l'ai détestée pour ce qu'elle a fait, s'enfuir pour épouser Grant. L'avait-elle fait en sachant qu'elle était enceinte, mais sans savoir qui était le père ?

Le café est amer et je l'avale noir, sans crème ni sucre. Je ne supporterai rien de sucré aujourd'hui.

Je vais à l'entraînement. J'ai besoin de dépenser un peu de cette énergie. Je dois m'assurer que je suis bien concentré sur le match de demain. Au moins, c'est un match à domicile. Je n'aurai pas à me soucier de voyager en dehors de la ville.

Même si, là tout de suite, je préfèrerais m'éloigner de la tempête de merde qui a soudainement envahi ma vie.

———

— Alors, ta soirée ? s'informe Jasper, en agitant ses sourcils de manière suggestive avec un sourire.

— Ouais ouais, putain de bien, marmonné-je.

Je devrais être de meilleure humeur, étant donné que j'ai passé une soirée parfaite avec Charlotte, mais ce souvenir me semble à des millions de kilomètres, comme s'il provenait d'une autre vie.

Jasper s'assied en face de moi dans le vestiaire, alors que nous nous habillons pour une nouvelle journée d'entraînement.

— Merde, s'écrie Jasper. Elle t'a friendzoné ?

— Non.

Je ne développe pas. Je me change assez rapidement et je lace mes patins, voulant échapper à ce genre de questions. Au moins, sur la glace, même en faisant des exercices, je peux m'éclaircir l'esprit et me sentir libre.

— La nuit a été courte ? demande Kyler en me jetant un coup d'œil. T'as une sale gueule.

— Merci, mec. Sympa.

Je quitte le vestiaire, rassemblant toutes mes facultés mentales pour ne pas défoncer l'intégralité de mon équipe avant le début de l'échauffement. De toute façon, se bagarrer entre nous est généralement mal vu. On préfère éviter les blessures avant un match.

Kyler est probablement la seule personne de l'équipe à qui je pourrais parler de la situation, du moins en ce qui concerne Zayn. Il a un enfant, une fille qu'il a élevée en tant que père célibataire jusqu'à ce qu'Emerson arrive. Ils sont fiancés maintenant.

Ça n'arrivera pas avec Jasmine.

Ce simple nom sur mes lèvres me retourne l'estomac.

Et penser à Charlotte me semble mauvais et sale. Elle a même assuré elle-même qu'elle ne voulait pas d'enfants. Soudain, le fait que je puisse avoir un enfant nous enchaîne l'un à l'autre. Je ne lui ferai pas ça. Elle est encore à l'université. Elle a toute la vie devant elle.

Et moi ?

Je peux me payer une nounou s'il s'avère que Zayn est en fait mon fils. Chaque chose en son temps. Jasmine doit encore faire le test de paternité sur l'enfant, et n'ont-ils pas besoin d'un échantillon de mon ADN pour les comparer ?

————

Je n'ai pas de nouvelles de Jasmine de toute la journée. Non pas que j'attende un coup de fil ou un texto, mais c'est silence radio. Ce que je trouve encore plus troublant, car et si elle était retournée voir Grant et qu'elle lui avait pardonné ?

Après m'être changé, je saisis mon téléphone dans mon casier et je lui envoie un message. Ça fait un moment, mais je suppose que son numéro n'a pas changé. Si c'est le cas, je n'ai aucun moyen de la joindre.

« Tu n'as pas besoin de mon ADN pour le test ? »

Trois points apparaissent au fur et à mesure qu'elle tape, puis disparaissent. Elle tarde à répondre, puis finit par le faire.

« Si, je t'enverrai l'adresse du laboratoire. »

— Tout va bien ? s'inquiète Kyler en me regardant alors que je suis assis sur le banc en bois, penché sur mon portable, toute mon attention focalisée dessus.

Ce n'est pas vraiment dans mes habitudes, car il n'y a pas beaucoup de personnes qui comptent pour moi au point de leur envoyer des textos, et qui ne sont pas déjà dans la pièce avec moi.

— Ouais, juste des histoires... de filles.

— Tu n'as pas passé une bonne soirée avec Charlotte ? plaisante Jasper, qui a entendu ma conversation avec son frère aîné.

— Charlotte était super...

Les mots restent en suspens parce que j'ai presque oublié notre petite partie de jambes en l'air d'hier soir. Je pousse un soupir. Elle n'a pas à partager mon fardeau. D'après ce que j'ai entendu, elle est un esprit libre, raison de plus pour fermer cette porte et la laisser vivre sa vie.

— Mais ? me relance Kyler. Ce n'est pas ton genre ?

— Elle a de belles jambes et un beau cul, bien sûr que c'est son genre, blague Jasper.

Je fusille sur place. Oui, j'ai la réputation de me taper plein de nanas, mais ça ne signifie pas que je n'ai aucune exigence.

— Elle ne se résume pas à son physique, contesté-je, les yeux rivés sur Jasper.

J'attrape le maillot trempé de sueur que je viens de porter et je le lui lance au visage.

Jasper l'attrape avant de se le prendre en pleine tronche. Il le laisse tomber par terre, grimaçant de dégoût.

— C'est quoi le problème ? Tu es trop collant ? présume-t-il, essayant de comprendre pourquoi je ne voudrais pas la revoir.

— Non, je ne crois pas.

Elle n'avait pas l'air désemparée quand je suis parti hier soir. J'aurais probablement dû rester, nous avons passé un bon moment, et ça m'aurait évité de tomber sur Jasmine en rentrant à la maison.

— Elle déteste le hockey ? moque Kyler. Parce que, crois-le ou non, ça peut s'arranger. Sauf, bien sûr, si elle est fan d'une autre équipe. Dans ce cas, tu ne pourras plus la revoir. A moins que cette pécheresse ne se convertisse à la Sainte Église des Ice Dragons.

Je ricane à sa plaisanterie.

— Elle a tendance à porter des maillots des Island Bruisers à nos matchs, affirmé-je en me tournant vers Jasper.

— Hé ! Ne me regarde pas. C'est ta copine qui a convaincu Amber de porter cette monstruosité.

— Ce n'est pas ma petite amie, le corrigé-je, un peu trop rapidement.

Il lève les mains en signe de reddition.

— Ton amie. Peu importe. C'est pareil. Je ne t'ai jamais vu avoir des amies femmes avec lesquelles tu ne sortais pas.

Je reste silencieux, je déteste qu'il ait raison. J'ai l'habitude de coucher avec les nanas que je fréquente, mais seulement parce qu'elles sont belles et qu'elles me draguent. Je n'ai même pas besoin de faire le premier pas car elles se jettent généralement sur moi.

Kyler se racle la gorge. Peut-être qu'il sent la tension entre nous. Jasper et moi sommes amis depuis que nous avons été recrutés par la NHL. Il se trouve que c'était la même année, alors nous avions un point commun, ne connaissant personne et étant les nouvelles recrues de l'équipe.

— C'est juste que...

Je me frotte la nuque. Est-ce que je peux leur parler de Jasmine et du petit garçon ? Je me déplace, mal à l'aise, sur le banc. Peut-être que je peux juste laisser de côté la partie concernant l'enfant.

Ils me regardent tous les deux, attendant que je m'explique.

— Jasmine s'est pointée devant ma porte hier soir.

— Pourquoi est-ce que tu es rentré chez toi,

bordel ? demande Jasper, un doigt levé. Ne réponds pas à ça. Qu'est-ce que Jasmine voulait ?

Il va droit au but.

Les mots sont durs, comme si j'avais trahi Charlotte alors que nous ne sortons pas ensemble. Je ne sais pas ce que nous sommes, nous n'avons pas d'étiquette, et pourtant je me sens toujours comme une merde par rapport à ça.

— Son mari la bat. Elle voulait un endroit sûr où passer la nuit.

Kyler grogne.

— C'est quoi ce bordel, mec ? Il y a des refuges pour ça. Tu n'as pas besoin que Jasmine ramène ses problèmes chez toi.

Ces mots me giflent plus que je ne veux l'admettre.

— Elle était désespérée, lâché-je comme si c'était une explication suffisante. Et son beau-frère est flic. Tu ne crois pas qu'ils savent où se trouvent tous les refuges ?

Jasper pousse un juron et jette un coup d'œil à Kyler.

— Est-ce que son mari est au courant pour son passé ? Pour toi ? Tu n'as pas besoin que les ennuis te suivent partout.

Je me prends la tête dans les mains.

— Ne m'en parle pas, murmuré-je.

J'ai bien fait d'éviter les médias et la presse à scandale. Ils sont présents après un match, lorsque nous devons répondre aux questions, mais j'essaie de garder ma vie privée. Et jusqu'à présent, il n'y a pas eu de ragots juteux. Rien qui puisse inciter les paparazzis à me traquer.

Mais maintenant, avec la nouvelle de Zayn, c'est comme un nuage orageux suspendu au-dessus de ma tête, attendant de déverser sa pluie torrentielle.

Et une variété d'émotions me perturbe, un mélange : de colère pour ne pas avoir su que j'avais peut-être un fils et que Jasmine le cachait ; et de tristesse parce que j'ai potentiellement déjà raté tant de choses.

J'ai l'estomac retourné à l'idée d'être père.

Ce n'est pas quelque chose que j'envisageais. J'ai toujours été prudent dans mes relations sexuelles, parce que les enfants et une carrière d'athlète de haut niveau ne font pas vraiment bon ménage. Peut-être que certaines personnes y parviennent, mais je ne suis pas du genre à fonder une famille.

Ce n'est pas moi.

Ce n'est pas mon rêve.

Et certainement pas avec Jasmine.

Ma bouche est aussi aigre que mon estomac, la nausée m'envahit.

Kyler me tapote le dos, inconscient du problème de l'enfant parce que je ne leur en ai pas encore révélé. Ça ne sert à rien d'en parler tant que ce n'est pas sûr. Si j'ai de la chance, ce ne sera pas le cas. Jasmine pourrait très bien avoir un autre père pour son bébé, qui ne soit pas un connard violent.

— Tu veux venir chez moi ? On peut boire un verre ce soir et te faire oublier Jasmine, propose Kyler. Jasper et Amber peuvent t'accompagner.

— Eh bien, merci, réplique Jasper en faisant un doigt d'honneur à Kyler pour cette invitation détournée.

— Quoi ? répond Kyler, impassible. J'étais sérieux. Toi et ta copine êtes les bienvenus.

Jasper acquiesce en grognant.

— Cette invitation avait l'air aussi accueillante que...

Je les interromps tous les deux, les empêchant de se chamailler.

— Gardez ça pour la glace et notre match de demain, les réprimandé-je comme des enfants.

— D'accord, maman, se moque Jasper, et je grommelle, tentant par tous les moyens de refouler les sentiments qui remontent à la surface.

— Ferme-la avant que je ne prenne ma crosse et que je te l'enfonce dans...

— Reece ! me crie l'entraîneur Malone.

Je grogne intérieurement, ferme mes lèvres et me retourne pour faire face à l'entraîneur qui a décidé de nous honorer de sa présence dans les vestiaires.

— Je dois te parler, ordonne l'entraîneur en me faisant signe de le rejoindre.

— Bonne chance, me taquine Kyler. On se voit ce soir ?

J'ai envie de fuir mon appartement quelques heures, surtout si Jasmine décide de s'y rendre. Je ne peux pas la repousser, je ne peux pas être si cruel, mais je ne veux pas non plus avoir affaire à elle. Pas avant d'être allé au laboratoire, d'avoir fait le test et d'avoir obtenu les résultats.

J'ai besoin de connaître la situation pour qu'elle ne puisse plus me manipuler.

Je suis l'entraîneur jusqu'à l'entrée de notre vestiaire. Il me fixe. Suis-je à ce point un livre ouvert ?

— Tu n'as pas joué comme d'habitude pendant l'entraînement, dit Malone.

— C'est juste un jour sans, affirmé-je en guise d'excuse. Demain, je serai focus dans le jeu quand il faudra l'être.

— T'as intérêt, petit, souffle le coach.

Il n'insiste pas, et je lui suis reconnaissant de sa discrétion.

Je sors, Kyler est sur mes talons. Il passe son bras autour de mon épaule.

— Alors, tu viens ce soir pour boire un verre et dîner ?

C'est une invitation que je ne peux pas refuser.

TROIS

CHARLOTTE

Il ne m'a pas appelée ni envoyé de message après la nuit dernière. J'ai l'impression d'être une fille creepy et obsédée qui vérifie constamment son téléphone pour voir s'il y a un message. En vérité, il n'en a pas envoyé un seul. J'ai vérifié mon téléphone toutes les quelques minutes depuis que je me suis réveillée ce matin.

Pas un seul texto ou emoji.

Il est occupé. Je suis sûre que c'est la seule raison pour laquelle je ne reçois rien. Je pourrais prendre l'initiative. Je le ferai peut-être ce soir, si je n'ai toujours pas de nouvelles et qu'il a fini de s'entraîner.

Est-ce qu'il pourrait m'envoyer balader ?

Il m'a prévenu qu'il faisait passer sa carrière en premier, et je pensais que j'étais d'accord avec ça.

Je me mordille la lèvre, troublée par le sentiment de peur qui m'a envahie depuis la minute où il est parti.

Je ne suis pas ce genre de femme.

J'ai eu mon lot de rencontres sans lendemain, sans aucune attache.

Est-ce que c'est c'était le cas de ma nuit avec Noah ? Je n'en ai pas eu l'impression, mais nous nous connaissons à peine. Il se concentre sur sa carrière. Moi, je devrais me concentrer sur l'école et mon travail.

Mais je reste mon téléphone au lieu de faire mes devoirs, qui sont ennuyeux et compliqués.

J'envoie finalement un message à Amber parce qu'au moins elle m'aide à garder les pieds sur terre.

— Combien de temps s'écoule entre un rendez-vous et le premier texto ?

Mon téléphone s'allume et Amber ne prend pas la peine de répondre par texto. Elle m'appelle.

— Tu as couché avec Noah ? crie mon amie, et son excitation explose dans les aigus avec démesure.

— Je ne révélerai rien. Mais hypothétiquement,

si une fille sort avec un mec sexy, à quel moment doit-il lui envoyer un texto ?

Je connais bien les relations amoureuses et les moments de plaisir sous la couette. Mais en général, je ne m'attends pas à ce qu'un homme me rappelle parce qu'il est toujours clair qu'il s'agit que d'une nuit. Je ne leur donne jamais mon numéro de téléphone.

— Tu me demandes des conseils pour sortir avec quelqu'un ? s'exclame-t-elle, et cette fois, je ne sais pas si c'est de la joie ou de l'inquiétude.

Je sais qu'elle n'a pas beaucoup d'expérience dans le domaine des petits amis, à part Jasper, qui est un sacré bon parti.

— Je te demande de te renseigner auprès de Jasper à propos du temps qu'il faut pour passer d'un rendez-vous à un texto.

Amber s'esclaffe.

— Je ne sais pas s'il y a un délai précis, mais je lui poserai la question ce soir. Nous avons été invités à dîner chez son frère Kyler. Tu veux venir ?

Je reste silencieuse pendant une seconde, réfléchissant aux options qui s'offrent à moi pour ce soir.

— Je ne suis pas invitée. Ce ne serait pas impoli de débarquer à la maison de Kyler comme ça ?

— C'est aussi la maison de ma sœur, ajoute Amber. Ils parlent de mariage. Je suis sûre qu'Emerson aimerait avoir l'avis d'une autre femme sur tous les préparatifs.

Je plisse le nez. Je n'ai jamais été très féminine. Je me maquille et j'aime les mini-jupes, mais l'idée d'organiser un mariage me retourne l'estomac.

— Seulement si je ne dérange pas.

Je descends de mon lit, ferme mes livres de cours et ouvre mon placard d'un coup sec. J'enfile un jogging et un t-shirt, quelque chose que je ne porterais jamais en public. Certaines filles y arrivent. Pas moi.

— Tu ne déranges personne. Jamais. Tu es mon invitée, déclare Amber.

— Code vestimentaire ?

Je ne m'attends pas à un événement formel ce soir, mais je ne veux pas être trop habillée.

— Une tenue décontractée ? La dernière fois que j'y suis allée, ils ont fait un feu dans le jardin après le dîner. Apporte un pull ou quelque chose de chaud. Il faisait froid ce soir-là.

— Ça me paraît parfait.

Je lui demande le reste des détails avant de raccrocher et de regarder mon armoire, ne trouvant rien à me mettre.

Trois heures plus tard, j'arrive à la demeure, ce qui n'est pas une mince affaire avec la grille gigantesque qui se dresse devant moi. J'appuie sur la sonnette et j'attends qu'on me fasse entrer. J'ai un mauvais pressentiment. Peut-être est-ce dû au ciel maussade et à la menace de pluie qui plane au-dessus de ma tête. Je frissonne, je resserre ma veste en cuir et je me dépêche de monter les marches.

Avant que je ne frappe, la porte d'entrée s'ouvre et Amber m'entoure de ses bras.

— Je suis désolée, me chuchote-t-elle à l'oreille, et je ne sais pas quoi penser de ses excuses.

Ne suis-je pas invitée à l'intérieur ?

Les plans de la soirée sont-ils annulés parce que quelque chose est arrivé ?

— Qui est à la porte ? interroge Jasper, qui hausse un sourcil en me voyant.

Il lâche un juron et se précipite dans le couloir.

— Entre, me propose Amber.

— Tu es sûre ? Ce n'était pas un accueil très chaleureux de la part de ton petit ami.

Amber roule des yeux et hausse les épaules.

— Il est juste préoccupé. Les gars sont déjà autour du feu dans l'arrière-cour pendant que Kyler fait griller le dîner. Je vais leur annoncer ton arrivée.

J'enlève mes talons et les laisse près de la porte d'entrée.

Les yeux d'Amber s'écarquillent.

— On devrait peut-être commencer par la cuisine. Prendre une bouteille de vin avant de rejoindre les gars dehors, où il fait frais.

— Du vin, c'est bien, confirmé-je sans hésiter.

Mes mains sont un peu froides à cause de la météo. J'ai pris le métro de mon appartement à la maison de Kyler et Emerson, qui est plutôt un manoir. J'essaie de ne pas rester bouche bée devant tant de luxe.

Je suis Amber dans la cuisine, mes pas sont légers et silencieux lorsque nous traversons le couloir.

Une petite fille de cinq ou six ans traverse l'entrée en trombe et passe devant nous. Elle porte une blouse de peintre. Ses doigts sont couverts de rouge, de bleu et de violet et elle flotte tel un torrent de couleurs. Elle nous remarque :

— Vous avez vu Emmie ?

C'est Bristol, la fille de Kyler. Je l'ai rencontrée lors d'un match de hockey il y a quelques semaines. C'est vraiment un ouragan, et je m'étonne qu'elle n'ait pas taché les murs avec ses doigts peints et sa blouse à volants.

—Elle est dehors, répond Amber. Mais tu ne devrais pas courir dans la maison.

— C'est bon, assure Bristol. Mes mains sont sèches.

Elle les essuie sur son vêtement de peinture qui a été blanc autrefois, pour montrer que le plus gros de la peinture ne s'effrite pas partout.

Avant qu'Amber ne puisse répondre, la petite s'élance dans le couloir et sort vraisemblablement à l'extérieur. De la fenêtre de la cuisine, je peux apercevoir l'arrière-cour, le feu qui gronde et la foule de gars qui boivent des verres.

— Les enfants, soupiré-je en riant et en secouant la tête.

Amber saisit la bouteille de vin blanc et nous verse à chacune un grand verre. Je viens d'avoir vingt et un ans. Elle, en revanche, a encore quelques mois devant elle. Mais ça ne nous a jamais empêchées de nous amuser un peu.

— J'ai l'impression que j'aurais dû apporter quelque chose ce soir, une bouteille de vin, un dessert, regretté-je en réalisant à quel point j'avais les mains vides en arrivant.

La plupart des fêtes auxquelles je participe se déroulent sur le campus et n'ont pas la même ambiance. Amber me rassure :

— Ce n'est pas grave. Ne t'inquiète pas pour ça.

Je bois une gorgée de vin et elle renverse sa tête en arrière, finissant son verre en quelques secondes.

— Tu as peur que ta sœur te voie boire ?

C'est un problème entre elles. Emerson n'est pas d'accord pour qu'Amber consomme de l'alcool avant son vingt et unième anniversaire. Je ne sais pas trop pourquoi. Et je n'ai pas cherché à savoir. J'ai juste remarqué qu'elle le cachait et qu'elle ne voulait pas être prise en flagrant délit au bar avec une fausse carte d'identité.

Amber expire une grande bouffée d'air.

— Des nouvelles de ton date ? se renseigne-t-elle.

— Noah ?

Je secoue la tête.

— Silence radio. Je te jure que je pensais qu'il était intéressé, qu'il voulait plus qu'un simple rendez-vous. J'ai passé des heures avec lui. Suis-je si mauvaise juge de caractère ? Ou est-ce que les mecs ne me trouvent pas attirante pour autre chose qu'un coup rapide ?

Ça ne fait qu'un jour. Tu ne devrais pas être autant accro après seulement une nuit avec un type. Je reprends :

— Je le jure. J'en ai fini avec les mecs. Et les

rendez-vous. Je ne coucherai plus jamais avec un mec parce qu'il est canon. Parce que tu sais quoi, les mecs les plus sexy sont les pires ! Ils savent qu'ils sont beaux et qu'ils peuvent avoir toutes les filles qu'ils veulent. Et ne me parle pas des joueurs de hockey et des athlètes. Grrr !

Je termine mon verre cul sec, et j'attrape la bouteille.

Il y a des bruits de pas et de mouvement, et j'aperçois une ombre traverser le couloir.

Quelqu'un se cache à l'extérieur de la cuisine.

— Hello ? crié-je, sans une once de féminité en moi.

Je jure que je ne suis pas en état d'ébriété. Un seul verre ne me suffit pas, mais la colère qui monte provient de toute la frustration refoulée d'aujourd'hui, quand j'attendais que Noah Reece m'appelle.

Pourquoi me met-il dans un tel état ?

Je n'ai jamais ressenti ça pour aucun mec de toute ma vie.

Pourquoi lui ?

Qu'est-ce qui rend Noah différent ?

Je porte la bouteille de vin à mes lèvres, penche la tête en arrière et bois.

— Désolée, réitère Amber, mais cette fois ses

excuses sont plus douces, et sa lèvre inférieure se crispe.

— Pourquoi tu t'excuses ? questionné-je, déconcertée qu'elle ait répété ça deux fois dans la même journée.

La première fois, j'ai failli l'oublier, mais je ne peux m'empêcher de me demander à quoi elle fait référence.

Noah Reece sort du couloir, où il s'était vraisemblablement caché, et s'avance à la lumière du jour.

— Qu'est-ce que tu as entendu ? l'interrogé-je en lui lançant un regard noir, écartant la bouteille d'alcool un instant en attendant sa réponse.

— Juste la partie où tu as dit que j'étais sexy.

Je souffle.

— Tu aimerais bien. Tu penses que tu es sexy. Tu n'as ni appelé ni envoyé de texto, l'accusé-je comme si ça expliquait mon comportement.

Je bois une nouvelle gorgée de vin à même la bouteille.

Noah réduit la distance entre nous et Amber fait un pas en arrière, sortant précipitamment de la cuisine.

— Traîtresse, marmonné-je alors qu'elle me laisse seule avec Noah.

— Combien en as-tu bu ? interroge-t-il en désignant la bouteille de vin d'un signe de tête.

— Tu peux l'arracher de mes doigts froids et morts.

Il hausse un sourcil.

— Est-ce que c'est pas un peu dramatique ?

— Mauvaise journée et je n'aime pas ce que je suis en train de devenir, avoué-je. Fais-moi un procès.

Je bois une nouvelle gorgée d'alcool, laissant le goût glisser dans ma gorge. Il est de bonne qualité, contrairement à ce qu'on achèterait.

Noah me lance un air perplexe.

— Je t'aime beaucoup, confesse-t-il.

Je ris sombrement, piquée au vif par l'amertume.

— Oui, assez pour coucher avec moi. Pas assez pour m'envoyer un texto ou m'appeler le lendemain matin.

Je grimace, détestant la colère dans mon ton, le son de ma propre voix m'irritant encore plus.

— Désolé, m'excusé-je promptement.

— Je t'ai dit que je faisais passer ma carrière en premier. Tu étais d'accord avec ça.

Je sais admettre quand je me comporte comme une biatch. J'expire un grand coup et je renonce enfin à la bouteille de vin pour la lui tendre. C'est ma façon de m'excuser silencieusement.

Noah la prend, la porte à ses lèvres et boit.

— Mauvaise nuit, affirme-t-il.

— Aïe.

Je trébuche d'un pas en arrière vers les placards. Je me frotte la nuque, ses mots me déchirent.

— Je n'avais pas réalisé que notre rendez-vous était si nul pour toi. Je suppose que c'est pour ça que tu...

— Arrête tout de suite, exige-t-il en me fixant. Tu n'as pas le droit de t'apitoyer sur ton sort parce que je ne t'ai pas appelé. J'étais occupé. Et la mauvaise nuit, c'est ce qui s'est passé après que je suis parti de chez toi.

Un frisson me parcourt, et je me sens coupable de cette accusation.

— Oh.

Mes yeux s'écarquillent alors que je passe de la bouteille de vin vers lui.

— Il t'est arrivé quelque chose sur le chemin du retour ?

Je l'étudie, son visage, sa mâchoire tendue. Il n'a pas l'air d'avoir été agressé, mais il aurait pu l'être sous la menace d'une arme.

— En quelque sorte, soupire-t-il. C'est bon. Je préfère ne pas en parler.

Je secoue la tête.

— Tu n'as pas le droit de faire ça. Me dire qu'il s'est passé quelque chose d'horrible, puis que tu refuses d'en parler.

— Pourquoi pas ? demande-t-il, fixant les placards, son regard loin de moi.

— Parce que je tiens à toi !

Je grimace devant mes mots et mon ton. Nous nous connaissons à peine, mais partager une soirée, et pas seulement emmêlés dans mes draps, m'a fait me sentir plus proche de lui que de n'importe quel autre garçon que j'ai rencontré.

— Nous avons eu un seul date, me rappelle-t-il, et je détourne les yeux, croisant les bras sur ma poitrine.

— Oui, et alors ?

J'essaie de ne pas le laisser minimiser ce que nous avons eu, ce que nous avons fait ensemble. J'ai apprécié sa compagnie, même lorsque nous avons maté un film ou dîné ensemble.

— C'était bien, concède Noah, d'une voix plus calme, plus douce, plus rationnelle.

Le silence plane comme un brouillard entre nous.

— Que s'est-il passé hier soir ? chuchoté-je.

— Mon ex s'est pointée. Elle était à mon appartement, elle m'attendait.

— Alors, tu te remets avec ton ex, ajouté-je pour terminer sa phrase.

Je ne peux pas faire ça. Faire semblant de ne pas m'en soucier. Oui, c'était une nuit, mais je ne m'attendais pas à n'être qu'un bouche-trou pour lui.

— Excuse-moi, murmuré-je en m'éloignant de la cuisine et en me dirigeant vers le couloir.

— Attends.

Noah m'agrippe le poignet et me tire pour que je me retourne face à lui.

Ma bouche s'ouvre et je le fixe, attendant qu'il parle. Qu'il me donne une raison de rester, de comprendre ce qui se passe.

— Je ne me remettrai pas avec mon ex. Mais c'est plus compliqué que ça.

— Plus compliqué ? répété-je, les yeux comme des soucoupes. Elle est enceinte ?

Je pose la question avant d'y avoir vraiment réfléchi. Noah n'a pas parlé d'une petite amie ou d'une rupture récente. Mais peut-être n'avait-il pas envie d'en parler hier soir. Ce ne serait pas une conversation appropriée pour un premier rendez-vous.

— Non, elle n'est pas enceinte, rétorque-t-il, stoïque, refusant de dévoiler quoi que ce soit. Mais je dois m'occuper de ses conneries. C'est pour ça que je ne t'ai pas envoyé de texto. Je ne voulais pas t'impliquer.

Ok, pas enceinte.

— Vous étiez mariés tous les deux ? me renseigné-je, tentant de deviner ce qui se passe.

Qu'est-ce qui peut bien le mettre si mal à l'aise ?

Il me sourit.

— Heureusement, non. Elle est mariée à un vrai taré. J'essaie juste de l'aider. C'est tout. Mais je ne veux pas te mêler à son bordel. Je t'aime bien, Charlotte. J'aimerais continuer à te voir.

— Mais ? objecté-je, attendant qu'il me laisse tomber, qu'il m'avoue ne pas être intéressé et préférer se réconcilier avec son ex.

— Pas de mais.

Il esquisse un léger sourire.

— Tu es un bon parti, et je ne veux pas que tu partes avec un autre.

Je glousse à sa remarque. Il n'y a aucun homme à l'université de New York que je souhaiterais connaître davantage. Il a toujours été question de sexe avec eux, jamais rien de plus.

— Je n'ai pas l'intention de sortir avec quelqu'un

d'autre, attesté-je. Crois-moi, après notre rendez-vous d'hier soir à la patinoire, je ne pense pas que quelqu'un d'autre puisse être à la hauteur.

— Bien, se réjouit-il, le sourire grandissant sur son visage.

Ses yeux brillent lorsqu'il me contemple, ses mains posées sur mes hanches, me tenant fermement et me gardant près de lui.

— J'espère que tu seras à mon match demain. Pour m'encourager.

— Je ne manquerais pas ça.

Il me regarde fixement, l'air heureux, ce qui fait remonter les papillons à la surface.

— Ensuite, tu seras la bienvenue au Blue Line, quand nous fêterons notre victoire.

Je n'évoque pas ce qui est prévu en cas de défaite.

— Je serai là.

Je suis déjà allée au Blue Line avec Amber quand elle flirtait avec Jasper, et qu'ils m'ont abandonnée au bar. Ça ne m'a pas spécialement dérangée, mais la perspective de cette nouvelle soirée me réjouit davantage.

— Parfait. Et je m'attends à ce que tu portes mon maillot.

Je m'esclaffe intérieurement.

— Ce n'est pas une mince affaire, Reece.

Il est visiblement amusé.

— Je ne connais même pas ton nom de famille.

Je penche la tête et réfléchis. Dois-je lui avouer ?

— Je suppose que non.

Je préfère le tenir en haleine. J'aime qu'il y ait un peu de mystère dans notre relation.

Noah me serre plus fort contre son corps ferme.

— Tu ne vas pas me le dire ?

Je secoue la tête.

— Ce ne serait pas très fun, non ?

Son regard me transperce.

— D'accord. Si tu me dis ton nom de famille, je répondrai à n'importe quelle question.

— Oh, un échange de bon procédés, me réjouis-je, les yeux brillants. Ça sonne comme quelque chose d'amusant et un peu dangereux.

— Alors, ton nom de famille ? insiste-t-il.

— Grace.

— Charlotte Grace, dit-il en répétant mon nom complet. J'aime bien.

— Merci. Même si je n'ai pas vraiment le choix que de vivre avec, répliqué-je en haussant les épaules. Maintenant, c'est mon tour.

Je me frotte les mains en riant, excitée à l'idée de lui demander quoi que ce soit.

— Qu'est-ce que tu veux savoir, Grace ?

C'est étrange d'entendre mon nom de famille sur ses lèvres, mais ce n'est pas une mauvaise sensation, c'est juste inhabituel, comme un surnom affectueux ou un secret connu de nous seuls.

— Tu m'aurais appelée après notre nuit ensemble si je n'étais pas tombée sur toi aujourd'hui ?

Il aspire une grande bouffée d'air.

— Honnêtement, non.

Je pince les lèvres et recule d'un pas. Je ne devrais pas être surprise, mais la vérité est douloureuse.

— Je peux t'expliquer ? demande-t-il, et je le laisse continuer, choisissant de ne pas l'interrompre. Je voulais t'appeler, mais je ne pensais pas qu'il était juste de t'entraîner dans le drama avec Jasmine.

Je grimace en l'entendant prononcer son nom, en espérant qu'il ne le remarque pas.

— Jusqu'à ce que je remonte la pente et que Jasmine sorte de ma vie, tu mérites mieux.

— C'est à moi d'en décider, pas à toi, m'opposé-je. Et je ne comprends toujours pas pourquoi ton ex débarque soudainement dans ta vie.

— Comme je l'ai dit, elle a besoin d'aide. J'essaie juste de la lui offrir.

— Et elle ne peut s'adresser à personne d'autre ?

Je ne veux pas passer pour la petite amie jalouse,

mais je ne saisis pas pourquoi elle se montre, à moins qu'elle n'en veuille à quelque chose, comme son argent. C'est un joueur professionnel de la NHL. Elle a probablement eu vent de son succès et veut en profiter.

— C'est plus compliqué que ça, affirme-t-il. Et ce n'est pas à moi d'en parler.

— D'accord, soufflé-je, en laissant tomber.

La base d'une relation est la confiance. Et je fais confiance à Noah.

— Est-ce que je vais rencontrer ton insaisissable ex-petite amie ? Est-ce qu'elle vient à tes matchs ?

Il rit jaune.

— Non, son mari a été muté l'an dernier. Il joue pour les Island Bruisers.

Noah grimace, il omet quelque chose.

Elle n'en a pas après l'argent de Noah si elle est mariée à un joueur de Ligue. C'est au moins un bon point. Mais je mentirais si je disais que je ne suis pas déçue qu'ils ne soient pas à l'autre bout du pays.

— Donc, elle assiste à ses matchs.

Je fronce les sourcils.

— Les Dragons ne jouent-ils pas contre les Bruisers à la fin du mois ?

— Tu as étudié mon emploi du temps ?

QUATRE

NOAH

La rencontre avec Charlotte en début de semaine a été sacrément gênante. Depuis que nous sommes tombés l'un sur l'autre chez Kyler, nous nous envoyons des textos.

J'attends toujours les résultats du test ADN pour savoir si le petit garçon est bien mon fils. Je suis passé à la clinique pour donner mon échantillon d'ADN au laboratoire et ils doivent me contacter pour me communiquer les résultats.

L'attente est la partie la plus difficile.

Non, garder le secret est pire.

Il ne sert à rien de le dire à qui que ce soit s'il

s'avère que ce n'est rien. Ce qui, connaissant Jasmine, pourrait très bien être le cas.

Je ne l'ai pas vue, ni le petit garçon depuis la nuit où elle est arrivée sans prévenir et sans être invitée. Elle a disparu, ce qui est troublant.

S'est-elle remise avec son mari ?

S'est-elle enfuie pour se cacher de lui ? Si oui, dans ce cas, où est-elle, et reviendra-t-elle si le garçon est le mien ?

Lorsque nous jouons contre les Island Bruisers, je ne suis pas dans mon match. Je suis encore moins concentré lorsque je remarque Charlotte dans les tribunes avec Amber, assise derrière la vitre et le banc de notre équipe.

Elle porte mon maillot et mon cœur se gonfle de fierté.

Putain, qu'elle est belle.

Son regard croise le mien, elle sourit et me salue avec enthousiasme.

Je lui fais un bref signe de tête. C'est tout ce que je peux faire en cet instant. Mon attention doit se porter sur le disque et le jeu.

Je ne m'étais jamais inquiété qu'une fille soit une distraction auparavant, mais maintenant je ne peux pas m'empêcher de la chercher, surtout après que j'ai empêché les Bruisers de marquer un but et que j'ai réussi à passer le palet à Jasper qui a marqué.

Elle se lève, applaudit et encourage. Je ne peux m'empêcher d'imaginer que ce n'est que pour moi.

Pour sa défense, toute la foule hurle d'excitation, mais c'est elle que je remarque dans la marée de spectateurs.

Nous gagnons par deux buts dans la dernière période, et je me dirige vers les vestiaires avec les autres joueurs à la fin du match.

— J'ai aperçu ta copine dans les gradins, remarque Jasper alors que nous allons nous changer.

Je ris intérieurement. Je ne suis pas sûr que Charlotte soit techniquement ma petite amie. Ce n'est pas comme si nous avions mis une étiquette sur notre relation.

— Je pourrais dire la même chose pour toi. Amber était avec elle ce soir.

Kyler passe son bras autour de nos épaules.

— Et c'était la première fois qu'elles vous soutenaient toutes les deux et portaient vos maillots ?

Il a dû le remarquer.

Comme la plupart des membres de l'équipe ont remarqué il y a quelques semaines quand Amber et

Charlotte étaient habillées avec des maillots des Island Bruisers. J'ai trouvé ça drôle tant que je ne connaissais aucune des deux filles.

Si Charlotte refaisait cette connerie maintenant, je serais furieux.

— Dit le mec dont la fiancée vient avec un maillot de merde à notre match, le taquine Jasper.

Kyler me libère et secoue son cadet, l'immobilisant par le cou par une clé digne d'un catcheur.

Jasper n'accepte pas de se faire humilier comme un con et parvient à donner quelques coups dans le torse de Kyler.

— Les garçons !

L'entraîneur Malone intervient, comme un père qui gronde ses fils.

Kyler desserre sa prise et Jasper le pousse pour lui asséner un dernier coup de poing avant que nous convergions vers le banc pour enlever nos patins et notre équipement.

Après s'être nettoyés, douchés et habillés, quelques-uns d'entre nous doivent donner des interviews à la presse. Heureusement, Kyler, Aiden et Chase s'en chargent.

Je m'en sors sans avoir à faire d'interviews, ce qui me soulage car je déteste la presse. Ils aiment déformer nos paroles pour en faire le gros titre ultime.

— Tu viens au Blue Line ? se renseigne Jasper alors que nous sortons des vestiaires.

— Pourquoi je refuserais quelques verres de la victoire ?

J'espère que Charlotte restera après le match. J'ajoute :

— Amber vient ce soir ?

Les filles étaient ensemble au match, ce qui me fait espérer que si Amber se joint à nous, Charlotte aussi.

Ce n'est pas que les filles vivent ensemble. Elles vivaient à proximité l'une de l'autre et fréquentent toutes les deux l'université de New York, mais Amber vit avec Jasper.

J'ai presque l'impression d'être un stalker en sachant tout ça, mais c'est parce que Jasper ne fait que bavarder à propos de sa petite amie et que je l'écoute, l'oreille toujours attentive.

Jasper esquisse un sourire.

— Tu me demandes ça parce que tu veux savoir si Charlotte vient au Blue Line. Tu l'as invitée ?

Je grogne.

— Quand est-ce que ça a empêché Amber de venir ?

Même si j'en ai parlé à Charlotte et que j'espérais qu'elle viendrait traîner avec nous, je ne savais pas exactement où nous en étions après ce qui s'était passé il y a quelques nuits.

— C'est ma petite amie, menace Jasper en me rentrant dedans. N'oublie pas ça.

— Comment le pourrais-je alors que tu lui récites de la poésie et écris des lettres d'amour ?

Jasper me lance un regard noir.

— Je ne fais pas ça.

— C'est vrai, le taquiné-je en lui tapotant dans le dos. Trop viril pour faire ce genre de choses chevaleresques, je comprends.

— Eh ! Je n'ai jamais dit que je ne savais pas comment courtiser une fille. J'ai séduit Amber, pas vrai ?

Sérieusement ? Est-ce qu'il pense avoir conquis Amber, parce que cette fille lui a couru après pendant des mois avant qu'ils ne finissent par sortir ensemble, ou du moins à ce que j'ai entendu ?

Jasper ne m'a pas avoué quand ils sont sortis ensemble, mais la tension sexuelle entre eux était palpable depuis des mois. Et puis, un jour, ce n'était plus si terrible.

Conclusion : ils ont fait l'amour.

Pas que je ça me concerne particulièrement.

Mais le fait est qu'il n'a pas eu à la courtiser. Elle était déjà à fond sur lui depuis longtemps. Merde, c'est moi qui ai essayé de le convaincre de ne pas sortir avec elle, mais c'était plus une question de code d'honneur entre frères que d'autre chose.

Je ne réponds pas à sa question. Si je lui rétorque qu'ils étaient colocataires et que c'est ce qui l'a amenée dans son lit, il risque de me sauter dessus, et je préfère garder la brutalité physique pour le hockey.

— Oui, d'accord, confirmé-je avec un sourire crispé.

Nous sortons et nous dirigeons vers la sortie arrière où les filles nous attendent. Je jette un coup d'œil à mon téléphone et mon estomac se retourne.

Les résultats de la recherche de paternité sont arrivés.

Je range mon téléphone dans ma poche arrière. Je ne suis pas prêt. Je ne sais même pas comment je me sens par rapport à tout ça.

Il n'y a aucun signe de Charlotte. Elle n'est pas à côté d'Amber. Je me force à sourire, essayant de ne pas avoir l'air déprimé alors qu'il est clair pour moi qu'elle n'était pas intéressée pour m'accompagner ce soir. Et c'est peut-être mieux ainsi. Si je suis le père du petit garçon, puis-je vraiment entraîner Charlotte dans ma galère ?

Ma carrière a toujours été prioritaire. Si je dois placer un enfant en haut de ma liste de priorités, une petite amie tombera encore plus bas sur cette liste.

Expirant bruyamment, je me frotte la nuque. Mes doigts me démangent d'attraper mon téléphone portable.

Non.

C'est la dernière chose que j'ai besoin de voir, les résultats ce soir devant les gars. Ils poseraient trop de questions, et tant que je ne saurai pas quels sont les résultats, je n'en parlerai à personne.

Jasper attire Amber dans ses bras, leurs lèvres s'embrassent fougueusement. Je détourne les yeux, n'ayant pas besoin de les voir jouer au hockey avec leurs langues.

L'irritation s'insinue dans mes veines.

Je ne peux pas expliquer ce malaise, leur joie si palpable me frappe en plein visage.

— Prêts à aller au bar ? interrogé-je, interrompant leur séance de pelotage.

Ils ne peuvent pas attendre qu'on prenne notre table au Blue Line avant de s'y mettre ?

Amber recule d'un pas, sourit à Jasper avant de jeter un coup d'œil dans ma direction.

— Nous devrions attendre Charlotte. Elle est aux toilettes.

Je souffle, soulagé qu'elle ne soit pas partie.

— Oh. Elle aurait pu utiliser les nôtres, assuré-je en marchant sur place, jetant un coup d'œil vers le couloir.

Être près d'elle me rend heureux, et en ce moment, j'ai besoin de ma dose de Charlotte Grace.

Son nom me fait tiquer, une familiarité qui tourbillonne autour de moi comme un brouillard vaporeux. Mais je n'arrive pas à le situer. J'ai déjà entendu ce nom. J'en suis sûr. Quelque part.

— Dégueulasse, s'exclame Amber en plissant le nez, pour me tirer de mes pensées. Ça doit sentir le slip sale d'après-match ou ce genre de chose.

— N'importe quoi, rétorqué-je, consterné par sa remarque.

Je suis soulagé lorsque je vois Charlotte se diriger vers nous dans le couloir. Ses cheveux roux tombent en cascade dans son dos, légèrement ondulés, et elle est tellement sexy.

Je m'éclaircis la gorge, mal à l'aise. Il va falloir que je garde les idées claires si je ne veux pas lui sauter dessus avant que nous sortions de l'aréna.

C'est une façon de mettre la merde de mon passé derrière moi, mais ce n'est pas la meilleure option.

C'est un peu ce qui m'a mis dans ma situation compliquée, à la base. Enfin, pas exactement. Jasmine n'était pas un coup d'un soir. Elle était dans ma vie avant que je ne devienne joueur professionnel, quand je pensais que je voulais d'une relation. Après elle, j'ai été un célibataire à cent pour cent, qui couchait avec quiconque me manifestait de l'intérêt.

Parce qu'elle m'a blessé, et c'est comme ça que j'ai géré mes sentiments.

Et maintenant, je ne sais pas ce que je recherche. Hormis Charlotte.

Je la veux.

Ce soir. Demain.

Je la veux pour plus qu'une autre nuit amusante dans son lit chez elle. Non pas que je refuserais cette opportunité parce que c'était génial. Mais je veux plus. Et pourtant, je suis rongé par un nœud dans l'estomac, l'inquiétude que les résultats de la recherche de paternité foutent ma vie en l'air à jamais.

Je suis égoïste.

Je devrais penser au petit garçon, à celui qui aurait besoin d'un père comme modèle plutôt que du trou du cul abusif sous le toit duquel il vit.

Les yeux de Charlotte brillent et toute inquiétude s'évanouit en moi.

— Hey, bon match ce soir, me félicite Charlotte avec un sourire chaleureux.

Je l'attire dans mes bras et la serre contre moi.

— Je suis content que tu sois restée pour aller boire quelques verres, avoué-je.

Je n'admets pas que j'ai eu peur qu'elle se soit désistée. Non pas que je lui en aurais voulu, nous n'avons pas défini clairement ce qui se passe entre nous.

— Il faut fêter ça. Tu as proposé une belle action sur la glace ce soir.

Je suis ravi qu'elle l'ait remarqué.

— Une seule belle action ?

Je souris, la poussant du coude alors que nous nous dirigeons tous vers la sortie arrière.

— Tu m'as fait kiffer toute la soirée, affirme Charlotte, puis ses yeux s'écarquillent, réalisant ce qu'elle vient de dire. Je parle de hockey, hein.

Je m'esclaffe.

— Bien sûr, si tu le dis, Belle Rousse.

Elle plisse le nez avec un sourire adorable et me frôle alors que nous marchons vers le bar. Ce n'est pas loin, et les autres nous rattraperont quand ils auront terminé les interviews de presse qu'ils sont tenus de faire.

— Comment s'est passée ta semaine ? l'interrogé-je.

— Tu t'intéresses à ce que j'ai fait cette semaine ? s'étonne-t-elle.

C'est adorable de voir à quel point la question la trouble.

— C'était banal. Beaucoup de devoirs, de travail, tout ça. Et toi ?

Je me retiens de lui avouer qu'elle m'a manqué et que ses petits textos étaient presque de la torture lorsque je m'endormais dans mon lit en rêvant d'elle.

Ce n'est pas vraiment une discussion adaptée pour un deuxième rendez-vous.

Même si ce n'est pas un rendez-vous quand toute l'équipe nous accompagne.

J'essaie de cacher mon sourire. La dernière chose dont j'ai besoin, c'est que mes coéquipiers me pètent les couilles à cause d'une fille.

— J'ai été occupé, éludé-je alors que nous approchons du bar. Beaucoup d'entraînements et de musculation.

Je n'aborde pas le sujet de Jasmine ni du test de paternité.

Lorsque nous entrons dans le Blue Line, notre

table attitrée nous attend à l'arrière. Il y a déjà du monde et j'ai l'impression que certains fans ont peut-être découvert notre repaire pour l'after.

Ce n'est pas un secret, mais nous ne le crions pas sur tous les toits non plus.

Pas mal de femmes portent nos maillots, serrées les unes contre les autres près du bar. Lorsque nous entrons, il est impossible de ne pas remarquer leurs moues aguicheuses tandis qu'elles sirotent leurs cocktails girly au bar.

— Des fans ? signale Charlotte en les remarquant.

Elle n'a pas l'air le moins du monde intimidée, mais elles ne se sont pas encore approchées effrontément pour nous demander nos numéros.

Allez, dans cinq minutes, tout au plus.

Jasper glousse en entendant la question de Charlotte.

— Plutôt des michetonneuses.

Amber lui donne un coup sur le bras.

— Elles pourraient vraiment aimer le hockey, réplique-t-elle. Ce n'est pas parce qu'elles portent un maillot qu'elles coucheraient avec tous les joueurs de l'équipe.

— Ouais, aucune chance que ça arrive puisque je

suis pris, fanfaronne Jasper en serrant Amber dans ses bras.

Leurs lèvres se rejoignent et je détourne le regard, faisant signe à la serveuse de nous apporter des bières pendant que nous prenons place à table.

D'habitude, leurs démonstrations d'affection ne m'irritent pas, mais là, je n'ai pas envie de les voir s'embrasser au bar. Je me déplace sur mon siège, leur tournant le dos et accordant toute mon attention à Charlotte.

Elle m'offre un sourire complice.

— Vous êtes dégueulasses, les tourtereaux. Prenez une chambre ! plaisante-t-elle. J'aurais besoin de pop-corn. Quelque chose que je puisse leur lancer pour interrompre leur petite séance d'amour.

Au moins, on est sur la même longueur d'onde.

— Je peux te donner ma chaussure, proposé-je, totalement sérieux.

Son rire jaillit de sa poitrine, ses joues sont rouges.

— Tentant, Reece.

J'esquisse un sourire, aimant le son de mon nom sur ses lèvres, même s'il s'agit de mon nom de famille.

— Tu n'aimes pas les grandes démonstrations d'affection en public ?

— Oui et non. Pas pour s'embrasser, explique-t-elle. Mais pour les demandes en mariage, oui.

— Les demandes en mariage, répété-je. Tu es une experte en la matière ? Beaucoup d'hommes t'en ont fait ?

Je la taquine, mais je ne peux pas m'empêcher de me sentir lourd alors qu'une pointe de jalousie remonte à la surface.

Charlotte ricane.

— Non, mais j'ai tendance à être l'amie vers laquelle les hommes se tournent pour organiser les fiançailles de leurs petites amies.

— Sérieusement, ça existe ? s'enquiert Jasper.

— Oui, ma cousine et sa meilleure amie, leurs deux maris sont venus me voir avant de se fiancer. Elles voulaient de grandes déclarations d'amour, avec leurs noms et leurs photos sur l'écran géant d'un match de hockey.

— Et tu as les contacts pour faire ça ?

— On va dire ça.

Charlotte hausse les épaules et prend une bière quand on nous les apporte. Elle poursuit :

— L'un d'entre vous a déjà demandé une femme en mariage ?

Amber lui jette un coup d'œil curieux.

— Oui, Jasper, as-tu déjà demandé une femme en mariage ?

Je ris, sentant qu'il pourrait facilement avoir des ennuis ce soir s'il répondait mal.

— Jamais, affirme Jasper. Je n'ai d'yeux que pour toi, bébé.

Il fixe Amber et l'attire sur ses genoux. Il n'y a pas beaucoup de place sur les chaises, mais ils s'en contentent.

— Et toi ? me questionne Charlotte, attendant ma réponse.

Je lâche un rire et m'empare d'une bière.

— Je ne peux pas dire que je l'ai fait.

Même si l'idée de me fiancer avec Jasmine a été fugace, elle m'a tout de même traversé l'esprit. Heureusement que je ne l'ai pas fait, vu qu'elle m'a trompé.

Charlotte est une vraie bombe avec mon maillot. J'ai du mal à détacher mon regard d'elle, ne serait-ce qu'un instant.

— Tu as vu quelque chose qui te plaît ? susurre-t-elle avec insolence, en penchant la tête avec un grand sourire.

J'aime qu'elle ne soit pas timide. Il y a chez elle une effronterie qui me fait chaud au cœur, et j'ai hâte de lui arracher ses vêtements et de la ramener chez moi.

En grognant, je me lève, l'attrapant par les hanches pour l'attirer contre moi.

— Je vais perdre mon siège, gémit-elle, mais un sourire se dessine sur ses lèvres et, d'une certaine manière, je ne pense pas qu'elle se préoccupe de sa place.

J'appuie mes lèvres sur son oreille, et lui murmure d'une voix grave:

— Si ça arrive, tu peux avoir le mien.

— Des promesses, des promesses.

Sa langue lèche le haut de sa lèvre.

Je réquisitionne toute ma volonté pour ne pas la prendre à même le bar. Elle est ma bouée de sauvetage, mon dernier rempart contre ce qui menace de me faire sombrer. Je ne veux pas me servir d'elle si je me sens comme ça, mais les moments de bonheur fugaces que Charlotte m'apporte me submergent de joie.

— Sors avec moi pour un deuxième rendez-vous, lui réclamé-je en prenant ses mains dans les miennes.

Ça ne fait qu'une semaine que nous sommes ensemble, et je ne suis même pas sûr qu'on puisse être qualifié d'ensemble.

— Ce soir, ce n'est pas un rendez-vous ? demande Charlotte, en lissant son maillot qui souligne ses courbes. Je me suis habillée pour toi.

Un sourire chaleureux effleure ses lèvres, ses yeux brillent et elle inspire vivement pendant que je contemple chacun de ses traits.

Je veux mémoriser chaque détail alors qu'elle fait savoir qu'elle a porté mon numéro pour moi.

Très bien.

— Je ne classerais pas un verre avec l'équipe dans la catégorie des rendez-vous galants, contesté-je, précisant que lorsque je l'aurai invitée à dîner, elle saura qu'il s'agit d'un rendez-vous galant.

Comme le rendez-vous au café où je l'ai emmenée à la patinoire. Je ne fais rien à moitié. Quand une fille me plaît, je veux qu'elle le sache.

— Et si on dansait ? propose-t-elle en se déhanchant devant moi.

Elle me fait signe de la rejoindre sur la piste de danse en faisant un petit pas en arrière, attendant que je l'accompagne.

Je ronchonne, mais je suis attiré par elle. J'agrippe délicatement ses hanches et je me penche vers elle, effleurant son oreille de ma bouche.

— Tu devrais savoir que je ne danse pas.

— Tu ne sais pas danser ? s'indigne-t-elle en me fixant avec de grands yeux curieux.

Je sais danser, mais quand on fait plus d'un mètre quatre-vingt-dix, on perd un peu en grâce.

— Tu ne veux pas me voir sur cette piste de danse.

— Là, je veux vraiment, me défie-t-elle.

Elle me prend la main et m'entraîne à sa suite.

— Où allez-vous tous les deux ? s'enquiert Jasper, alors que Charlotte m'éloigne de notre table VIP réservée à l'arrière du bar.

— Danser ! crie-t-elle.

Jasper n'essaie même pas de dissimuler son sourire.

— Bonne chance ! Noah est génial sur la glace, mais tu l'as déjà vu sur la dancefloor ?

Amber lui donne un coup de coude.

— Sois gentil ! gronde-t-elle en lui chuchotant quelque chose à l'oreille.

— Pourquoi ne vous joignez-vous pas à nous ? les appelé-je avant qu'elle ne m'éloigne des garçons et que je ne les voie plus.

Son bassin se balance au rythme de la musique et elle se tourne dos à moi, se heurtant et se frottant à moi. Elle tire ses cheveux sur le côté, tenant les longues mèches rousses tandis qu'elle se trémousse contre mon entrejambe.

Putain de merde, comment est-ce que je suis censé survivre à une nuit pareille et me comporter correctement ?

J'essaie désespérément de ne pas précipiter notre nouvelle romance naissante, mais elle vient de craquer l'allumette pour que les étincelles jaillissent.

— Tu danses comme une déesse, lui murmuré-je à l'oreille, certain qu'elle peut sentir la bosse dans mon pantalon.

Elle se retourne pour me faire face et ses bras s'enroulent instantanément autour de mon cou.

— Est-ce que cette phrase marche sur toutes les femmes ?

— Je te l'ai dit, je ne danse pas.

Elle affiche un sourire parfait et ses yeux brillent.

— Tu as de bons mouvements. Je les ai vus, remarque-t-elle. Je les ai sentis.

Bordel, le bar vient de prendre au moins dix degrés.

Ses joues sont rouges, pas autant que ses cheveux, mais pas loin. Je pose mes mains sur ses hanches, mes doigts la serrent contre moi, possessivement.

Un flash jaillit depuis l'autre côté du bar,

probablement un connard qui prend une photo de nous pour ses réseaux sociaux. J'y suis habitué. Je n'aime pas particulièrement ça, mais ce n'est pas nouveau.

Elle lève une main pour se couvrir le visage du photographe amateur. Ça pourrait être pire. Les paparazzis pourraient nous traquer jusqu'au Blue Line. Le club fait un bon travail pour les empêcher d'entrer ; les videurs et le propriétaire sont vraiment sympas de nous permettre d'avoir un peu d'intimité.

Mais on ne peut pas empêcher d'entrer chaque personne avec un téléphone portable.

Charlotte écarquille les yeux et respire nerveusement.

— Je dois...

Elle se détache de moi et s'enfuit à travers la foule, vers l'arrière du bar. Elle prend son sac sur la banquette.

— Vous aviez l'air de bien vous amuser tous les deux, dit Amber en souriant lorsqu'elle nous voit revenir à la table.

Ses sourcils se froncent, elle passe de moi à Charlotte, sentant que quelque chose ne tourne pas rond. Elle ajoute :

— Qu'est-ce qui se passe ?

— Je dois y aller, souffle Charlotte en attrapant son sac à main.

Elle se dirige vers la sortie arrière.

Je ne sais pas ce qui s'est passé. Est-ce qu'elle a peur d'être vue avec moi ? Peur pour sa réputation ?

Je la laisse partir. Je ne suis pas du genre à courir après une fille. En général, c'est l'inverse, et pour l'instant, si elle ne supporte pas d'être sous les feux des projecteurs, ce n'est pas celle qu'il me faut.

CINQ

CHARLOTTE

Bordel, c'était moins une ! Je m'échappe du Blue Line par la sortie arrière et j'espère que mon visage n'apparaîtra pas dans les journaux télévisés ou les tabloïds. La dernière chose dont j'ai besoin, c'est que Noah découvre qui je suis, parce que pour l'instant, il pense que je ne suis qu'une fille qui va à l'université de New York.

Et il a raison.

C'est une partie de ce que je suis. Mais ce n'est pas la seule. Je suis aussi la fille du propriétaire des Island Bruisers.

Et mon père a clairement fait savoir qu'il n'appréciait pas que je lui vole la vedette.

Je suis sûre qu'il sera encore moins ravi lorsqu'il découvrira mon intérêt pour Noah Reece. Je me dépêche de prendre le métro, mes pieds me font mal alors que je marche aussi vite que possible, seule dans l'obscurité.

Mon estomac me fait souffrir, comme si une enclume le compressait, et j'expire en tremblant. Je suis sûre que personne ne m'a remarquée. Le photographe était probablement en train de prendre un cliché de Noah. Après tout, le bar était rempli de joueurs.

Je ne devrais être personne pour eux.

Une élégante voiture de sport noire ralentit le long du trottoir et la vitre du passager se baisse. Le conducteur m'interpelle :

— Charlotte ?

Je m'arrête de marcher et jette un coup d'œil par la fenêtre ouverte, me dirigeant vers le véhicule.

— Tu ne devrais pas être en train de fêter ta victoire ?

— Je préfère fêter ça avec toi, avoue Noah.

Le souffle coupé, j'empoigne la poignée de la portière, me glissant sur le siège passager.

— Belle voiture, le complimenté-je en jetant un coup d'œil partout sauf sur lui.

La tension est forte, mais ce n'est peut-être que de mon côté, car je sens son expression profonde me transpercer.

Ses doigts tapent anxieusement contre le volant, tambourinant avec énergie.

D'accord, je ne suis pas la seule à ressentir la tension.

— Ça te dérange de me déposer à la maison ? demandé-je, non pas que je m'attende à ce qu'il m'emmène ailleurs.

Je n'ai pas vu sa maison.

Je ne sais pas si je la verrai. En vrai, qu'est-ce qu'on est ? Des amis ? Des amants ? La ligne entre tous ces statuts est floue et je suis incapable de discerner dans quelle case nous sommes aujourd'hui.

Il est célèbre.

Noah Reece ne *date* pas. Du moins, d'après ce que j'ai vu et lu. De plus, il m'a assuré qu'il faisait passer sa carrière en premier, ce qui semble être une solide confirmation. Il couche à droite et à gauche. C'est le playboy le plus en vue de l'équipe, et pour cause. J'essaie de ne pas le regarder parce qu'une fois que je l'ai fait, il est difficile de m'en détacher.

— Bien sûr, approuve Noah et il me fait ce sourire qui provoque l'envol des papillons directement vers mon cœur, et non plus dans mon estomac.

Je reste silencieuse et il remonte la vitre avant de s'engager dans la circulation.

On est à New York. La ville est encore pleine de vie, même à cette heure-ci. Les bars et les clubs sont ouverts. C'est à peu près tout. La vie nocturne est en plein essor, et nous avançons dans la ville jusqu'à ce qu'il se dirige vers l'université de New York.

— Tu veux parler de ce qui s'est passé là-bas ? me questionne Noah.

Ses doigts tapotent à nouveau le volant.

— De mon départ ? ajouté-je et jette un coup d'œil dans sa direction.

Le feu passe au rouge, il ralentit et me fixe.

Mon souffle se bloque dans ma gorge. L'air est épais et lourd. J'inspire brusquement et me mords la lèvre inférieure.

— Il y avait trop de monde.

Son regard vacille et je ne sais pas s'il sait que je mens ou s'il n'est pas convaincu.

— Trop de monde, répète Noah.

Le mot semble être une piètre excuse sur ses lèvres. Il ne croit pas à mon histoire.

Et je refuse de lui révéler qui est mon père, car ça compliquerait les choses. De plus, je ne peux pas m'attendre à ce qu'il cache notre relation au monde entier, pas quand j'assiste à ses matchs en portant son maillot.

Je ne veux pas que ça change non plus.

— Et moi qui pensais que tu n'étais pas impressionnée par la compagnie d'une équipe de hockey.

Un sourire orne son visage. Il est simple. Doux. Innocent.

Difficile de ne pas tomber sous son charme, même si c'est une mauvaise idée.

Mais le problème, c'est que je suis déjà tombée de haut. C'était un seul rendez-vous. Une nuit passionnée. Et maintenant, je suis obsédée par cet homme, comme une harceleuse tarée.

Enfin, sauf que je ne le harcèle pas physiquement. C'est plutôt le style d'Amber, qui, oui, je sais, *stalkait* Jasper en ligne.

— J'aime ta compagnie, le rassuré-je en souriant faiblement avant qu'il ne reporte son attention sur la route alors que le feu passe au vert. C'est juste que, parfois, je préfère un endroit moins bondé.

— Oui, je n'y crois pas, Charlotte.

Il se décale, la tension s'épaissit, comme si des

cordes raidissaient ses muscles, alors qu'il resserre sa prise sur le volant.

Avant, la tension était palpable. Maintenant, elle est suffocante.

J'ouvre la bouche pour réclamer une explication quand il continue à parler :

— Je t'ai vu sortir avec Amber. J'ai entendu des histoires.

Il grimace et secoue la tête.

— Je me fiche du passé, mais je sais qu'il y a un côté sauvage. Alors, me dire que tu n'aimes pas la foule ou que c'était une soirée trop chargée, c'est une connerie absolue. Et je n'aime pas qu'on me mente.

Ma voix est douce et calme, j'essaie de ne pas aggraver la situation.

— Quelles histoires as-tu entendues ?

— Je sais que tu fais la fête. Tu aimes t'amuser. Te détendre. Peu importe, élude-t-il avec un geste dédaigneux. Jasper m'a avoué qu'il avait dû aller chercher Amber une fois, parce que tu avais disparu à une fête.

— Merde, murmurré-je en haletant.

Je sais de quelle fête il parle, et mes joues brûlent au souvenir de cette nuit torride.

— Tu parlais de ma vie sexuelle ?

La température de la voiture atteint un million

de degrés. Comment se fait-il que les vitres ne s'embuent pas ? J'ouvre la fenêtre, j'ai besoin d'une bouffée d'air froid parce que mon estomac tangue comme un voilier au milieu d'un ouragan.

— Eh bien, pas spécialement.

Il ricane et je suis soulagée qu'il n'essaie pas de m'humilier. Pour autant, je ne suis pas moins gênée d'aborder le sujet avec lui.

— Quoi qu'il en soit, insisté-je, voulant changer de sujet. J'avais besoin de sortir de là. Je me dirigeais vers le métro quand tu as débarqué.

— Je m'en doutais, je crois.

Il me jette un coup d'œil, comprenant peut-être que je n'ai pas l'intention de répondre à sa question sur la raison de mon départ.

Il laisse tomber. Et j'espère que c'est la dernière fois.

Le reste du trajet se déroule en silence, nous écoutons surtout la musique à la radio, sans spécialement discuter. À l'approche de mon immeuble, je déboucle ma ceinture tandis qu'il s'arrête pour garer la voiture.

— Merci de m'avoir ramenée.

Il coupe le moteur et ouvre la portière. Je ne m'attendais pas à ce qu'il m'accompagne jusqu'à ma porte. Honnêtement, je ne sais pas trop à quoi je m'attendais. Ce soir, ce n'était pas un rendez-vous, mais je ne me sens toujours pas à l'aise. Je l'aime bien, mais je ne suis pas sûre qu'il soit bon pour moi.

Il m'a clairement fait comprendre que c'était sa carrière avant tout. Je pensais que ça serait ok, mais le sentiment d'être émotionnellement écrasée n'est pas vraiment « ok ».

Et puis il y a le photographe ce soir.

Je devrais en finir avant que l'un d'entre nous ne soit blessé.

Mais je n'en ai pas envie.

Sa main se pose sur le bas de mon dos, un geste protecteur et tout à fait romantique. J'essaie de ne pas jubiler, mais mon cœur s'emballe de désir.

— Merci de m'avoir raccompagnée ce soir. Et tu as bien joué.

Je prends la clé et en déverrouille l'entrée principale du complexe d'appartements.

Je ne le laisserai pas entrer, pas encore.

Il semble avoir compris le message sans que j'aie besoin de le lui expliquer. Au moins, ce n'est pas un sportif sans cervelle.

— Passe une bonne nuit, me souhaite Noah, alors que je me dirige vers l'immeuble, le laissant à l'extérieur sur le perron.

———

J'aime mon travail. J'aime mon travail. J'aime mon travail.

Je continue à chanter cette phrase dans ma tête, en essayant de la rendre vraie. Parce que si je me l'enfonce dans le crâne, peut-être que j'y croirai.

Je travaille pour le stade d'une petite ville hors de l'agglomération. Quand je ne m'occupe pas du téléphone et de la réception, j'enseigne aux enfants à patiner ou à jouer au hockey, ce qui représente quatre-vingt-dix pour cent de mon emploi du temps.

Je donne deux cours, tous deux en fin d'après-midi. J'arrive à peine à l'heure cet après-midi, avec la neige qui recouvre la ville et les retards des trains.

Mais au moins, je ne suis pas la seule à être en retard. Je suis sûre que les enfants le seront aussi, s'ils se présentent au final.

Lorsque j'arrive enfin à la gare, je me dépêche de prendre l'escalator et j'essaie de courir les quelques mètres qui me séparent de la patinoire. Mais j'ai plutôt l'impression de glisser dans la neige fondue et mes chevilles en pâtissent.

Même si je peux me montrer méchante sur la glace en patins, sur de la neige fondante et avec des baskets, ce n'est pas la même chose. D'autant plus que des piétons en costumes et en manteaux encombrent le chemin.

En grommelant, j'arrive enfin à l'aréna, j'ouvre la porte, et bien que l'endroit soit frais, il est plus chaud sans l'assaut du vent froid qui me fouette les joues.

— Mme Grace, crie Lotti en me faisant signe d'une main tout en tenant sa canne de l'autre.

Elle est déjà en train de patiner, apparemment sans attendre le début du cours, avec une demi-douzaine d'autres enfants.

Il s'agit d'un cours d'initiation au hockey pour les enfants du cours élémentaire, ce qui me surprend toujours étant donné que leurs parents les déposent et partent juste après. Je m'équipe, et je travaille sur des exercices avec les enfants. Sadie, l'assistante stagiaire, arrive vingt minutes après le début du cours pour aider. Elle est généralement ponctuelle, alors je mets son retard sur le compte des trains et de la météo.

— Allez, on se répartit en deux équipes ! crié-je aux enfants.

Je les laisse choisir dans laquelle ils veulent être. Sadie distribue des chasubles rouges et bleus aux enfants pendant qu'ils se préparent.

Elle reste d'un côté de la patinoire et moi de

l'autre pendant que nous laissons les petits chenapans exercer leur talent dans un match.

Les enfants sont mignons. C'est à peu près tout ce qu'ils ont à offrir. Enfin, ça, et ils ont l'air de s'amuser.

Du talent ? Je n'en vois pas beaucoup. Mais aucun d'entre eux ne s'en soucie, et c'est ce qui compte.

En tant qu'équipe, c'est un vrai carnage. Et ce serait drôle si je n'essayais pas de leur apprendre à jouer. Tout ce qu'ils ont appris au cours de leurs exercices est complètement oublié, et ils sont en mode : « ça passe ou ça casse ».

Une des filles patine dans la mauvaise direction avec la rondelle.

— Jennie ! l'appelé-je en pointant du doigt le côté opposé, essayant d'attirer son attention.

La jeune fille, Jennie, passe devant une autre fille aux cheveux roux flamboyants qui reste là, perdue, à tenir sa crosse de hockey. Elle est toujours géniale lorsque nous faisons des exercices, mais dès que le match commence, elle semble ignorer ce qu'elle est censée faire.

Sadie et moi nous regardons, en essayant de ne pas rire.

Ma montre vibre, m'avertissant d'un appel

téléphonique. Je pensais avoir mis mon téléphone en mode silencieux, mais j'ai peut-être été distraite dans ma précipitation à me rendre au travail.

C'est mon père.

La dernière personne à qui j'ai envie de parler.

J'appuie sur le bouton « ignorer » de mon téléphone.

Il persiste et rappelle immédiatement. J'appuie à nouveau sur « ignorer » et je termine le match avec les enfants avant que la classe suivante ne s'entasse dans la patinoire.

Malheureusement, il n'y a pas que les enfants avec leurs parents.

— Charlotte, je peux te parler ?

Mon père me fait un signe de tête et je serre les dents, la mâchoire crispée.

Il a un timing impeccable. Je ne sais pas comment il a su que je serais entre deux cours et que j'aurais une pause de dix minutes. C'est peut-être une coïncidence, mais le connaissant, j'en doute.

Je m'abstiens de lui demander pourquoi il est là et ce qu'il veut.

Il ne vient que lorsqu'il a besoin d'un service.

— C'est bon de te voir, Char.

Je pince les lèvres, croise les bras sur ma poitrine et jette un coup d'œil à l'horloge fixée au mur.

— Il ne me reste que quelques minutes avant le début du prochain cours.

— Oui, mon assistante m'a prévenu.

C'est ainsi qu'il savait quand venir sans être invité. Il a ordonné à son assistante de vérifier mon emploi du temps. Je ne devrais pas être surprise, mais ça me dégoûte toujours.

— Que puis-je faire pour toi ? le questionné-je, car il n'est pas là pour bavarder ou pour me voir apprendre à des enfants à jouer au hockey sur glace.

— Il y a un événement caritatif auquel j'aimerais que tu participes. C'est pour une bonne cause.

— C'est le cas pour tous, non ?

Mes ongles s'enfoncent dans mon bras.

— J'ai besoin que tu sois là pour montrer ton soutien, Charlotte. Mon assistante t'enverra tous les détails par SMS.

— Bien sûr, affirmé-je un peu brutalement.

Il ignore mon ton, comme il le fait toujours. Il met probablement ça sur le compte de sautes d'humeur, qu'il jure que je tiens de ma mère.

— Autre chose, ajoute-t-il, la mâchoire saillante. Je t'ai désignée pour présenter la vente aux enchères.

Je suis sûre que je lui montre mon meilleur air renfrogné.

— Je dois remettre les prix ou quelque chose

comme ça ? interrogé-je, incertaine de ce qu'il m'impose sans ma permission.

— Tu seras le prix, ma chérie. Un rendez-vous avec ma fille.

J'étouffe en entendant ses mots.

— Non.

Son ton est glacial, ce qui rend l'aréna encore plus froide.

— Ce n'est pas une question, Charlotte. Ce n'est qu'un rendez-vous. Ce n'est pas comme si tu n'en acceptais pas plein avec les étudiants de l'université.

Je me moque de sa suggestion.

— Mon propre père me prostitue, marmonné-je.

Je n'ai pas besoin que les mères entendent la conversation alors qu'elles aident leurs enfants de quatre et cinq ans à s'équiper pour le prochain cours.

Il ne sourcille pas et ne bronche pas à mes paroles.

— Tu ne réagirais pas un peu de manière dramatique ? C'est un seul rendez-vous. Je ne ne te demande pas la lune. En plus, c'est pour une œuvre de charité.

— Est-ce que tu vas au moins me donner le nom de l'œuvre de charité à qui ça profite ?

— C'est une collecte de fonds pour construire

une nouvelle aile à l'hôpital pour enfants. Tu vas me dire que tu ne veux pas aider les enfants atteints de cancer ?

Je grogne. Il a vraiment dû jouer la carte des enfants atteints du cancer ? Comment suis-je censée refuser, comment pourrais-je ne pas soutenir cette cause ?

— D'accord, mais j'amène mon petit ami.

— Petit ami ?

SIX

NOAH

Après avoir déposé Charlotte, je n'ai pas eu de nouvelles d'elle pendant des jours. Je ne lui en ai pas données non plus, d'ailleurs.

Il y a une enveloppe qui me brûle, scellée, avec les résultats du test. Je ne peux pas me résoudre à l'ouvrir.

J'ai des sentiments contradictoires. Et ça commence à se ressentir dans les matchs et à l'entraînement.

— Tout va bien ? s'enquiert Jasper en me donnant une tape dans le dos après l'entraînement, alors que nous nous dirigeons vers les vestiaires. Tu n'as pas l'air d'être comme d'habitude.

Il a raison. Mais comment lui avouer sans que lui et les autres gars ne paniquent ? Parce qu'ils vont en faire toute une histoire et que je suis déjà en train de marcher sur une corde raide. Je n'ai pas besoin de tomber.

— J'ai beaucoup de choses en tête, soupiré-je lourdement.

Je me déshabille et me dirige vers les douches, désireux de me nettoyer et de laisser l'eau chaude évacuer les événements de la journée. Les cabines de douche offrent un minimum d'intimité à partir de la poitrine.

— On va tous chez Kyler ce soir, annonce Jasper depuis sa cabine de douche. Feu de joie et bière. Tu devrais venir te détendre.

J'hésite, inspirant un grand coup.

— Qui d'autre sera présent ?

Je démarre la douche et laisse l'eau chaude couler sur moi.

Connaissant Kyler, il ne se contente pas d'inviter l'équipe chez lui. Il laisse aussi Emerson inviter quelques amies, des femmes. Peut-être Charlotte ?

— Tu demandes ça parce que tu veux savoir si Charlotte vient ? Tu veux la voir ou tu l'évites ?

Depuis le Blue Line, je n'arrive pas à savoir ce qui se passe dans ta tête.

— Moi non plus, concédé-je en laissant l'eau rincer mon visage.

Ça m'évite d'avoir à répondre à la question de Jasper.

— Elle est un peu trop pour toi ?

Jasper ne veut pas laisser tomber.

Je sais qu'il a de bonnes intentions, mais je suis dépassé par le fait que je pourrais être père.

Je pourrais aussi ne pas l'être.

Je devrais ouvrir cette foutue enveloppe et arracher le pansement.

Kyler coupe l'eau de sa cabine de douche et prend sa serviette.

— On boit un verre ce soir chez moi. Qui est partant ?

— Et qui n'est pas partant ? plaisante Parker en se dirigeant vers une douche vide.

— Feu de joie et bières, insiste Kyler, essayant de rappeler aux autres qu'il est un parent responsable.

Il n'incite pas à se murger.

Peut-être qu'une ou deux bières seraient bénéfiques, pour me faire oublier ce fichu courrier que j'ai évité d'ouvrir. Et avec suffisamment d'alcool, je trouverai même le courage de l'ouvrir et de lire les résultats.

Mon estomac se serre rien qu'en pensant à ce que ça pourrait impliquer.

J'ai évité d'y faire face parce que les conséquences pourraient être lourdes, et je n'ai pas le temps de m'y attarder.

Je n'ai aucune nouvelle de Jasmine et je ne l'ai pas vue. Ce qui, une fois de plus, me soulage mais m'inquiète aussi.

Est-elle retournée auprès de son mari ? Est-elle en fuite ? Sont-ils encore en vie ?

Après la façon dont elle m'a traité lorsque nous étions ensemble, je ne devrais pas m'en soucier, mais si ce garçon est mon fils, alors je ne peux pas simplement m'en détourner. Je ne le ferai pas.

Je finis ma douche, me sèche avec une serviette et m'habille devant mon casier. Je saisis ma veste et mon téléphone, prêt à sortir.

— Tu as fait tomber quelque chose, prévient Kyler en se penchant et en ramassant l'enveloppe pliée que je transporte partout comme si elle contenait les secrets de l'univers.

Non, seulement mon avenir.

Il la retourne, jette un coup d'œil à l'adresse de retour et lève un sourcil inquisiteur.

— Oui, ce n'est rien, évité-je en lui arrachant la lettre des mains.

Il m'observe, silencieux et pensif, tandis que je plie le papier en deux et le glisse dans la poche arrière de mon jean, d'où il est tombé.

— Je te verrai ce soir, rappelle Kyler en me faisant un signe de tête, abandonnant la discussion, et je lui en suis immensément reconnaissant.

———

Après quelques bières, je peux enfin me détendre à l'extérieur, le feu gronde dans l'arrière-cour de la propriété de Kyler.

Amber est blottie sur les genoux de Jasper, les deux se léchant pratiquement le visage.

Je me lève, j'ai besoin de m'éloigner de leur démonstration romantique. Si je n'étais pas d'une humeur aussi massacrante en ce qui concerne les relations, je trouverais ça attachant.

Mais là, ça me donne envie de vomir.

Correction. L'idée de Jasmine et de la lettre me donne envie de vomir, mais tout soupçon de relation en ce moment peut être jeté dans ce feu de joie et arrosé d'essence.

Le romantisme est mort.

Charlotte sort, la tête haute, avec un verre de vin. Elle me fait un signe de tête et me sourit.

— Hey, étranger, m'interpelle-t-elle.

Elle est le soleil, et moi la pluie.

Je ne mérite pas sa gentillesse.

Elle me dévisage, et lorsqu'elle s'approche et grimpe sur mes genoux, je concentre toute mon énergie pour ne pas tomber sous son charme.

Trop tard.

Ma main s'enroule immédiatement autour de sa taille, la rapprochant, la serrant. Je veux sentir son corps contre le mien. Elle a chaud, et sentir son poids au-dessus de moi réveille quelque chose à l'intérieur de moi, et, oui, ça aussi.

Elle s'assoit nonchalamment sur mes genoux. Un de ses bras tombe autour de mes épaules, l'autre tient son verre de vin et elle porte le liquide rouge foncé à ses lèvres pour le goûter.

Elle penche la tête en arrière, dévoilant le parfait teint couleur crème de son cou, et j'étouffe un grognement.

Cette femme me fait de l'effet sans même essayer.

Il est difficile de ne pas imaginer ses lèvres autour de ma bite, en train de me sucer. Elle baisse la tête, ses joues sont légèrement rosées. Elle esquisse un sourire en retirant le verre de sa bouche.

— Tu as vu quelque chose qui te plaît ? murmure-t-elle en me taquinant.

Tout compte fait, peut-être qu'elle essaye, et que je ne m'en suis même pas rendu compte ce soir. Ses hanches se déplacent légèrement contre mon aine et, oh mon dieu, elle va me tuer.

Ma respiration est lourde, et il me faut toute ma volonté pour ne pas laisser mes doigts remonter le long de sa jupe, et découvrir si elle est aussi mouillée que je le pense, mouillée pour moi.

— Tu es une très mauvaise fille, lui susurré-je sans que personne ne nous entende.

Même si la plupart des membres de l'équipe et des couples sont captivés par leurs propres conversations.

Ses lèvres se courbent vers le haut et ma bite tressaille.

Putain, elle est sexy ce soir, avec son rouge à lèvres rouge flamboyant et ses yeux sombres soulignés d'eye-liner. Sa bouche est attirante. Et j'adorerais voir ses lèvres entourer ma bite, mes doigts agripper ses cheveux, pour voir à quelle profondeur elle me goberait.

— Je parie que ça t'excite, devine Charlotte.

Elle soulève ses hanches comme si elle allait se lever, mais je refuse de la laisser se défiler. Dès qu'elle bougera, tous ceux qui jetteront un coup d'œil vers nous verront que je bande. Je n'ai pas besoin que les gars me fassent chier tout le reste de la saison à cause de ça.

Et puis, c'est bien d'avoir une distraction, et c'est précisément ce que Charlotte représente pour moi. Une distraction bienvenue dont je veux m'entourer comme une bulle m'isolant du monde, ne serait-ce que pour un court instant.

Je ne sais même pas ce que nous sommes, bordel. Ce n'est pas ma petite amie, mais elle est plus pour moi qu'une simple aventure passagère. Le simple fait que je fantasme sur elle n'est pas habituel pour moi. Je suis déjà accro à cette femme.

Pressant mes lèvres l'une contre l'autre, mes doigts s'agrippent à ses hanches, ne voulant pas la laisser partir. J'ai besoin d'elle, et j'ai le sentiment qu'elle sera heureuse de m'aider.

— Où crois-tu aller ? chuchoté-je, m'assurant qu'elle sent bien la bosse à l'endroit où elle est assise.

Charlotte hausse un sourcil.

Elle a peut-être fait semblant de ne pas le remarquer auparavant, mais je ne la laisserai pas faire comme si elle n'était pas consciente du désir que j'éprouve pour elle plus longtemps.

Elle désigne le verre de vin vide qu'elle tient.

— J'allais me resservir.

Elle s'arrête et sourit, ses joues prenant une teinte rose avant qu'elle étudie mes lèvres pendant un long moment.

— Tu as bien joué aujourd'hui, affirme-t-elle.

— Je fais juste mon travail.

J'essaie de ne pas me vanter. Le hockey est un sport d'équipe et je ne suis pas le seul à avoir des raisons de me réjouir. J'ai empêché l'autre équipe de marquer.

On dirait presque qu'elle est troublée dans sa façon de me complimenter, comme si elle n'était pas sûre que je l'avais remarquée au match.

Je le savais.

Il était impossible de ne pas la voir crier mon nom, m'encourager lorsque je marquais un but. Bon, d'accord, il n'était pas possible de l'entendre depuis la glace, mais je sentais sa présence, et quand j'ai jeté un coup d'œil dans sa direction sur le banc derrière l'équipe, je l'ai vue debout, en train d'applaudir et de crier.

Une autre raison pour laquelle je suis tiraillé.

Elle représente la perfection, et je suis en train de

perdre le contrôle.

La lettre brûle un trou dans ma poche arrière. Je ne peux pas me résoudre à affronter la vérité, les conséquences de mes actes, avec une femme que je croyais aimer.

J'ai un goût amer dans la bouche chaque fois que mes pensées dérivent vers la femme qui m'a trompé.

Je sais que Charlotte n'est pas elle, mais ça n'a pas d'importance. C'est pourquoi, lorsque Belle Rousse s'est enfuie l'autre nuit au Blue Line, je n'ai pas pu m'empêcher de la poursuivre.

Elle remonte sa main dans mes cheveux, ses ongles s'attardant sur mon cuir chevelu. Ses lèvres se rapprochent des miennes.

J'inspire vivement. La chaleur de son souffle chatouille mes lèvres et envoie de l'électricité directement jusqu'à mon sexe. Et la façon dont elle me fixe... Mon cœur martèle à l'intérieur de ma poitrine, cherchant à sortir comme s'il était enfermé dans une prison, suppliant qu'on le libère.

— Tu n'as répondu à aucun de mes textos, accuse Charlotte.

— Des textos ?

Je soulève légèrement les hanches, plongeant dans ma poche pour récupérer mon téléphone.

— Je n'ai rien reçu de toi. Tu es sûre que tu

n'étais pas en train d'envoyer des textos à ton autre petit ami ? la provoqué-je avec un sourire en coin.

Elle s'esclaffe.

— C'est vrai. Je n'arrive pas à gérer tous mes beaux gosses athlètes.

— Tu penses que je suis beau gosse.

Elle ouvre la bouche et la referme rapidement. La légère teinte rose de tout à l'heure est devenue rouge vif.

— J'ai dit beau gosse ? Je voulais dire...

Avant de la laisser continuer, j'effleure ses lèvres. Elle a un goût de cerise et de vanille, et je me penche pour lui voler un autre baiser parce que le premier est une tentation, une incitation à en faire plus.

— Alors, tu l'as ouvert ?

Kyler interrompt ce moment de tension, se tenant au-dessus de nous avec sa bière.

— Ouvert quoi ? interroge Charlotte, en inclinant la tête de façon sexy, ce qui me donne envie de l'embrasser à nouveau et d'ignorer tout le reste.

— Ça te dérange si je te l'emprunte quelques minutes ?

Charlotte descend de mes genoux, me lançant une expression lubrique qui va directement à ma bite.

Putain de merde.

On ne peut pas prendre une chambre et laisser ma bite s'amuser ? En vrai, ça m'aiderait à oublier mon dilemme actuel, qui repose toujours au fond de ma poche.

— Pas de problème. Je devrais aller voir Amber puisque c'est à cause d'elle que je suis ici.

Charlotte se lève et je lui tends la main, entrelaçant nos doigts.

— Je ne suis pas la raison ? boudé-je avec un air déçu, qu'elle me rend avec un sourire, le nez plissé de la manière la plus adorable qui soit.

— Tu viens en deuxième position, mon amour, me taquine-t-elle avant d'aller voler Amber à Jasper.

— Vous êtes officiellement ensemble ? se renseigne Kyler.

Je me lève, étire mes jambes et le suis à l'intérieur pour prendre une autre bière. D'ailleurs, s'il a l'intention de parler de la lettre, je n'ai pas envie de le faire en présence de quelqu'un d'autre.

— Nous n'avons pas d'étiquette, concédé-je. On est juste... deux personnes qui s'amusent ?

Même si nous ne sommes sortis ensemble qu'une seule fois, il y a une alchimie entre nous. En plus, nous nous croisons tout le temps et sommes dans le même cercle d'amis.

C'est une raison suffisante pour ne pas se retrouver encore dans les draps avec elle, mais ma bite pense autrement, et il se trouve que je suis d'accord avec elle. Elle devrait prendre toutes les décisions. Je serais putain de plus heureux en ce moment.

— Tu n'as pas encore ouvert les résultats du test de paternité, n'est-ce pas ?

Kyler va droit au but.

Je grimace, lui attrape le bras et l'entraîne dans la maison, en fermant la porte derrière nous. Personne n'a besoin d'entendre cette conversation.

— Comment sais-tu que c'est pour un test de paternité ? Je veux dire, ça pourrait être pour vérifier si j'ai le gène du cancer.

— Le gène du cancer ?

Il rit et se passe une main dans les cheveux.

— Il y a plus d'un gène lié au cancer, et en plus, la clinique où tu es allé est spécialisée dans les tests de paternité. Crois-moi, je le sais.

Kyler ne s'étend pas sur le sujet.

Il a une fille de six ans, et même si je n'ai jamais pensé que sa paternité avait été remise en question, il avait peut-être eu des doutes. Il s'obstine :

— Que disent les résultats ?

Je traîne les pieds et lui tourne le dos. J'ouvre le

frigo pour prendre une autre bière. Honnêtement, j'ai envie de quelque chose d'un peu plus fort, mais même si j'ai envie de me saouler, je ne rendrai pas service à l'équipe demain.

Je m'empare d'une bière et enlève la capsule.

— Je ne l'ai pas ouverte, confessé-je en évitant son regard insistant.

Il pousse un soupir.

— Je ne t'ai jamais pris pour un lâche.

— Pardon ?

Je me retourne sur mes pieds, le dévisageant.

— Tu m'as entendu, répète Kyler en me mettant au défi. Si tu es trop trouillard pour ouvrir les résultats du test, donne-les-moi. Je les lirai pour toi.

— Je n'ai peur de rien.

Je sors l'enveloppe blanche pliée et abîmée de ma poche arrière.

Je ne recule pas devant un défi. Pas maintenant. Jamais.

J'ouvre l'enveloppe, je sors le papier froissé et j'inspire vivement.

— Alors ?

Kyler attend ma réponse.

— Ça dit qu'il y a 99,8 % de chances que je sois le père de cet enfant.

Putain.

SEPT

CHARLOTTE

L'air extérieur est frais, et je me tiens près du feu, les bras enroulés autour de moi. Je fais un signe de tête à Amber, lui lançant le fameux regard pour lui crier silencieusement de quitter les genoux de son petit ami et de venir discuter avec moi.

Elle m'a invitée au feu de camp pour passer du temps avec elle, et tout ce qu'elle fait depuis que je suis arrivée, c'est se peloter avec son copain.

Je ne suis pas vraiment fâchée. Mais j'ai besoin d'une amie à qui me confier à propos du fiasco : « j'ai menti à mon père et il croit que j'ai un petit-ami ».

Noah et moi n'avons pas encore eu cette

conversation. Celle qui définit ce que nous sommes ou ne sommes pas. Nous avons couché ensemble une fois.

Il a toujours été clair sur le fait qu'il fait passer sa carrière en premier, toujours. Je ne le blâme pas pour ça. Il a fait connaître ses intentions dès le premier jour.

Moi, en revanche, je pensais être d'accord avec ça, mais je suis préoccupée, et je déteste quand j'attends qu'il me réponde par texto et qu'il ne le fait pas. Je me sens comme une folle, et je ne serais pas surprise qu'il ne veuille plus jamais me revoir. C'est pourquoi j'ai fait en sorte de ne pas sauter dans le lit avec lui, encore.

Je protège mon cœur. C'est bizarre, ce n'est pas quelque chose que j'ai déjà eu à faire, mais je n'ai jamais été aussi amoureuse d'un homme non plus.

Et ce que nous avons, cette relation plus qu'amicale mais pas tout à fait avec des avantages entre nous, semble fonctionner, à priori. La semaine dernière, il a été un peu plus difficile à joindre.

J'ai essayé de mettre ça sur le compte de son emploi du temps chargé avec les Ice Dragons. Il n'a probablement pas de temps pour ses amis, mais en le voyant ce soir à la fête, je pense qu'il aurait pu m'envoyer au moins un texto cette semaine.

Et voilà que je ressens à nouveau quelque chose que je ne devrais pas ressentir pour un gars avec qui je ne sors pas. Et j'ai mis de côté toute cette insécurité et cette peur dès que j'ai posé les yeux sur lui. Je me suis approchée, j'ai fait comme si rien n'avait d'importance, parce que quand je suis près de lui, c'est tout ce que je ressens. Un bonheur total et absolu.

Avec ses mains sur moi, c'est comme si nous avions trouvé notre propre rythme. Rien d'autre n'a d'importance, nous sommes juste Charlotte et Noah.

Et c'est là que son coéquipier, Kyler, l'a entraîné plus loin.

Je ne devrais pas m'en soucier. Noah n'est pas mon petit ami.

Nous n'avons eu qu'un seul rendez-vous.

Et nous n'avons couché ensemble qu'une seule fois. La première nuit où nous nous sommes rencontrés.

Ce qui me met dans une position inconfortable parce que j'ai menti à mon père, et je suis sur le point de le regretter. Oh, je pourrais inviter Noah à l'événement pour m'accompagner, mais il y aura beaucoup de caméras et de journalistes.

Si je connais bien mon père, je sais qu'il sera livide quand il verra qui je ramène comme petit ami.

Un nœud se forme au creux de mon estomac rien qu'en y pensant, mais qui est-il pour essayer de vendre aux enchères une soirée avec sa fille ?

Je grommelle intérieurement en me répétant l'histoire dans ma tête, furieuse.

Amber descend de Jasper et passe ses bras autour de mes épaules, m'éloignant des garçons.

— Tu as l'air tendue.

— J'ai chié dans la colle.

Le nez d'Amber se plisse à cause de mon analogie douteuse.

— Dégueu. Qu'est-ce que t'as fait ? Noah t'a surpris en train de faire des cœurs avec vos initiales au centre de ton cahier ?

Il y a une note taquine dans sa voix, et je lui donne un coup de coude dans la cage thoracique.

— Sale gosse.

Amber hausse les épaules.

— Dis-moi quelque chose que je ne sais pas déjà.

Elle sourit et se rapproche des flammes pour se réchauffer. Frottant ses mains, elle jette un coup d'œil dans ma direction, attendant que j'explique pourquoi j'ai chié dans la colle. Elle s'impatiente :

— Bon, tu vas tout me déballer, oui ?

— Haha, t'aimerais bien, hein ? plaisanté-je, tentant par tous les moyens d'éviter la discussion.

Mais, en vérité, j'ai besoin de son avis. Je n'ai pas pour habitude d'être timide envers Noah, ou les hommes en général, pour ce genre de choses. Pourtant, à la simple idée de faire appel à lui pour jouer le rôle de mon petit-ami, mon estomac se remplit de papillons.

— Tu essaies de gagner du temps.

Amber me fixe toujours, plus proche de quelques pas. Les hommes sont absorbés par leur discussion à propos de hockey et ne nous prêtent aucune attention.

— Mon père m'oblige à participer à une vente aux enchères caritative le mois prochain, et il m'a présentée comme prix pour la soirée. Un heureux gagnant pourra sortir avec moi pour une soirée.

Les sourcils d'Amber se froncent.

— J'imagine que « mon père m'oblige » signifie qu'il ne t'a pas demandé ton avis.

— Il ne demande jamais.

— Tu es une adulte. Tu pourrais refuser.

Amber me fixe.

— A moins que tu veuilles sortir à l'aveugle avec un inconnu.

— Ce n'est pas un rendez-vous à l'aveugle. Au moins, j'assisterai à la vente aux enchères.

— C'est quand même flippant et dégueulasse que ton père fasse ça.

J'expire un grand coup.

— Ce n'est pas le pire.

Je me mords la lèvre inférieure et grimace sous l'effet de la douleur.

— Je lui ai dit que j'amenais mon petit ami.

Les yeux d'Amber s'écarquillent et elle tousse, essayant de contenir son amusement.

— Pardon, quoi ?

Son rire incontrôlable continue de fuser, et elle se penche en avant, la main tendue, m'incitant à patienter une seconde.

Je traîne les pieds et j'attends qu'elle se redresse.

Les joues d'Amber sont roses, et après avoir enfin réussi à reprendre son souffle, elle annonce :

— Tu t'es mise toute seule dans ce pétrin. Amuse-toi bien à t'en sortir.

Elle montre la porte arrière de la maison.

À l'intérieur, à travers les stores de la fenêtre ouverte, je peux voir Noah et Kyler en train de discuter, probablement à propos du match d'aujourd'hui.

— Pas de conseils avisés ? tenté-je, espérant quelques perles de sagesse.

J'ai peut-être plus d'expérience en matière de

rencontres, mais Amber est dans une relation depuis plus longtemps que moi.

Je fais des rencontres, pas des relations de couple.

Du moins, avant.

Noah a fait de moi la fille qui veut un petit ami, et j'ai envie de le détester pour ça, mais il est gentil et mignon. Sans parler du fait qu'il est beau gosse, et que son corps, oh mon dieu.

Elle me pousse vers la maison.

— Maintenant ? grincé-je.

— Eh bien, tu peux toujours tergiverser, mais tu devras trouver quelqu'un d'autre s'il refuse.

— Peut-être qu'il sera dans une autre ville pour un match, avancé-je.

— Tu es sérieusement en train de te dire que tu ne l'amèneras pas ?

Je ne lui réponds pas parce que si je ne l'emmène pas, c'est mon père qui gagne. Et la seule chose qui soit pire que de devoir faire ce qu'on m'ordonne, c'est de le faire et d'amener l'ennemi.

Papa va détester Noah Reece.

Pour la seule raison qu'il joue pour les Ice Dragons et que papa est un fan des Island Bruisers. Après tout, c'est lui qui possède et dirige l'équipe. Il se doit d'être leur plus grand fan.

Noah n'a aucune idée de qui est ma famille ou mon père. Je ne lui en ai pas parlé. Il n'y a pas eu de raison d'en parler, enfin, à part la nuit au bar avec le photographe.

Et j'ai évité de lui révéler parce que ça aurait compliqué les choses entre nous.

Non pas que je pense que Noah s'en soucie. Mais je ne peux pas gérer tous ces problèmes ni mon père. Mon père est le problème.

Je devrais me concentrer sur mon travail et mes études. Pas les paparazzis et la presse qui me harcèlent de questions et me suivent jusqu'en classe.

J'ai connu ça au lycée après avoir été surprise en train d'embrasser l'un des jeunes frères d'un joueur des Island Bruisers. Charlie Hayes ne faisait pas encore partie de l'équipe. Mais il jouait au hockey et avait une carrière prometteuse devant lui. La presse nous a surpris en train de nous rouler des pelles derrière les gradins, et papa m'a interdit de revoir ce garçon.

Ce qui était impossible puisque nous fréquentions la même école.

Il m'a donc retiré de l'école privée locale où il m'avait inscrit et m'a envoyée dans un internat à Londres.

Je n'ai toujours pas digéré cette épreuve. Non pas

que papa ait eu son mot à dire sur les personnes que j'ai fréquentées ou embrassées à Londres, mais j'aimais bien le garçon qu'il m'avait arraché.

Mais là n'est pas la question.

Charlie et moi n'avons pas parlé depuis la nuit où je suis partie pour Londres. Et ça en dit long puisqu'il joue dans l'équipe de mon père.

Papa a gagné cette bataille.

Mais il ne gagnera pas la guerre.

Je me dirige vers l'intérieur, à l'abri du froid, et je franchis l'entrée, me dirigeant à grands pas vers Noah.

— Il faut qu'on parle, m'imposé-je en interrompant sa conversation avec Kyler.

Il me jette un coup d'œil, son regard se promène sur mon corps et s'attarde un peu trop longtemps sur mes seins.

Je croise les bras sur ma poitrine et remarque ce qu'il voit. Mes tétons sont au garde-à-vous à cause du froid.

Peu importe. Ce n'est pas comme s'il ne les avait jamais vus auparavant, nus, qui plus est.

Il se mord la lèvre inférieure et acquiesce.

— C'est vrai, confirme-t-il, et mon estomac se retourne.

Je sais ce que je dois lui dire, mais de quoi pense-t-il que nous devons parler ?

Je jette un coup d'œil par-dessus mon épaule à Amber, qui m'a suivie dans la maison, et elle me fait un signe de tête pour que je suive Noah.

Noah m'entraîne dans le couloir et ouvre une porte coulissante. Il allume la lumière quand j'entre et referme la porte derrière lui.

— J'ai besoin d'un service, l'avertis-je.

Les mots tombent avant même que je puisse reprendre mon souffle. Mon cœur bat la chamade en attendant sa réponse. Il faut dire que n'ai pas été vraiment précise.

Et pourquoi accepterait-il de m'aider si je ne lui explique pas ce dont j'ai besoin ?

— Ça dépend, hésite-t-il en s'approchant d'un pas.

— De ?

J'ai la bouche sèche et je lèche mes lèvres desséchées en le dévisageant. Je sens la chaleur de son souffle, de son corps à quelques centimètres de moi.

Nous sommes comme des éclairs pendant un orage. L'énergie entre nous grésille et fait des étincelles, sur le point de s'enflammer.

— Il y a une vente aux enchères de charité dans deux semaines, et j'ai besoin d'un cavalier. En fait...

J'expire un grand coup.

— J'ai besoin d'un cavalier qui prétende être mon petit ami parce que j'ai peut-être accidentellement menti à mon père.

— Accidentellement ?

Noah rit, et ses épaules se détendent devant mon embarras.

— Tu as vraiment besoin d'une faveur, pense-t-il en considérant ma demande.

— Tu es dans le coin le six, le mois prochain ? Si vous avez un match à l'extérieur, ce sera de toute façon impossible.

Je n'ai pas vérifié le calendrier de l'équipe. J'aurais pu m'épargner l'humiliation de son refus et ses moqueries. Amber a certainement trouvé ça drôle. Noah sourit, mais il ne me taquine pas, du moins pas encore.

— Je suis presque sûr d'être ici, assure-t-il. Comment peut-on dire accidentellement à son père qu'on a un petit ami ?

Il se rapproche, replace une mèche derrière mon oreille et me regarde droit dans les yeux.

Mon estomac s'agite et la chaleur descend plus bas.

— C'est une drôle d'histoire, affirmé-je en me forçant à rire.

Il attend que je développe, me fixant comme si j'étais la chose la plus importante au monde. Son attention est captivante. Noah penche légèrement la tête, m'incitant à continuer, à lui donner les détails qu'il attend si patiemment.

— Mon père a décidé que je participerais à la vente aux enchères en tant que prix pour la soirée. Tu sais, le scénario typique où le plus offrant sort avec la jolie fille, ajouté-je précipitamment. Pour l'énerver, j'ai accepté d'assister au bal de charité uniquement si je pouvais emmener mon petit ami.

— Attends, ton père te met aux enchères lors d'une soirée caritative ? C'est un peu rétrograde. Je veux dire, tu devrais choisir si tu veux soutenir l'œuvre de charité et si tu veux sortir avec quelqu'un. Si ton père veut faire un don pour l'événement, il peut s'offrir lui-même pour une nuit !

Noah est un peu plus irrité et plus échauffé par la situation que moi.

Je pose une main sur son bras.

— C'est bon.

Il bouillonne, maintenant.

— Ce n'est pas bon. Il n'a même pas demandé ta permission, n'est-ce pas ?

Je secoue la tête.

Je n'ai pas vraiment le choix dans cette situation. On m'a dit d'y aller et ce à quoi je devais m'attendre, ce qui est typique de mon père.

— J'y assisterai, en tant que ton petit ami, mais je ne peux pas te promettre que je ne vais pas lui toucher deux mots sur le fait qu'il a vendu sa propre fille.

Je lui serre le bras.

— Il ne me vend pas, en soi. En plus, c'est pour une œuvre de charité.

La mâchoire de Noah est serrée.

— Je ne vois pas pourquoi il ne peut pas se proposer lui-même comme prix.

— Parce que personne n'accepterait de sortir avec lui.

La raison pour laquelle il m'a choisie moi, sa fille unique, pour présenter l'événement, est plutôt évidente. J'ajoute :

— En plus, il le fait pour la publicité.

Les sourcils de Noah se froncent.

— Il y aura la presse à l'événement, suppose-t-il.

— Eh bien, oui, mais il ne le fait pas que pour lui. Il pense que montrer sa fille et qu'elle ait un rendez-vous avec un joueur des Island Bruisers, c'est bon pour sa carrière.

— La carrière de ton père, ou le joueur des Island Bruisers ?

Noah est furieux.

— Et pourquoi sortirais-tu avec un joueur des Island Bruisers alors que la star des Ice Dragons va assister à la soirée ?

Je me déplace, mal à l'aise, pour éviter la question.

— Charlotte ?

Noah n'aime pas mon silence.

— Mon père est propriétaire des Island Bruisers. Toute leur équipe sera présente à l'événement caritatif. C'est une obligation, l'un des événements auxquels ils doivent participer chaque année.

Il lâche un juron.

— Attends, ton nom de famille est Grace. Tu es la Charlotte Grace.

Je grimace à la façon dont il prononce mon nom.

— Alors, je suppose que tu as vu les tabloïds.

— Une héritière déchaînée. Tu as été renvoyée d'une école privée et envoyée dans un pensionnat de riches à l'étranger. Londres, c'est ça ?

— Tu m'espionnais ?

Je n'arrive pas à croire qu'il se souvienne de ces détails.

— Je me disais que tu avais eu de la chance

d'échapper à ton connard de père. Il s'avère que j'avais raison.

— Sérieusement ? C'est ce qui t'a traversé l'esprit quand tu as lu l'article ?

— Lu ? C'était partout dans les nouvelles. Les journaux. On ne pouvait pas y échapper si on était fan de ce sport. On te faisait passer pour une groupie.

Je grimace, n'ayant pas réalisé que c'était si grave. C'était terrible à vivre, mais mes nouveaux collègues de Londres ont rapidement décidé que j'exagérais la situation. Heureusement, les nouvelles ne sont pas devenues internationales.

— Pour information, je n'ai pas été renvoyée de cette école privée, déclaré-je fièrement. J'avais des notes correctes. Mon père ne voulait plus que je vive ici. J'attirais trop d'attention négative sur lui.

Les mains de Noah sont serrées en poings.

— Et il ne t'a pas défendu contre les accusations de la presse.

Il ne l'a pas fait, mais j'ai tourné la page. Je ne pardonne pas forcément à mon père ce qu'il a fait, mais j'essaie de considérer ses actes comme une façon de me protéger.

— Peut-on ne pas parler du passé ?

Je ne veux surtout pas que Noah en parle lors de la soirée de charité, ni jamais.

— Envoie-moi les détails par SMS. Je suppose que c'est cravate obligatoire ?

— Oui, soupiré-je, résignée.

Je n'ai même pas pensé à ce que je porterais pour le gala, mais au moins, j'ai la carte de crédit de mon père. Et j'ai bien l'intention de faire une petite virée shopping avec Amber ce week-end si elle est libre.

HUIT

NOAH

Toujours rien concernant Jasmine. Et avec les résultats révélant que je suis, en fait, le père de ce petit garçon, je ne peux pas l'ignorer.

Oh, croyez-moi, j'ai essayé.

Mais je ne peux pas ignorer qu'elle est mariée à un connard violent, et je ne veux pas qu'il s'approche de mon fils.

Jasmine n'a pas répondu à son téléphone ni à aucun de mes messages, et je n'ai pas le temps de jouer à des jeux, pas à ceux qu'elle me réserve. J'ai engagé un avocat pour discuter de la paternité et de mes droits. Il m'a suggéré de faire appel à son détective privé pour localiser et retrouver Jasmine, pour commencer.

Une étape à la fois.

Je ne suis pas la personne la plus patiente qui soit, et retrouver Jasmine et mon fils n'est pas donné. L'argent n'est pas un problème, en soit. J'ai la chance d'avoir un revenu régulier grâce à ma carrière, mais je n'aime pas dépenser mon argent pour le cabinet d'avocats et le détective privé. Je préférerais le consacrer aux besoins de mon fils ou lui acheter des jouets.

L'idée d'avoir un enfant me fait mal au ventre.

Qu'est-ce que j'y connais en matière d'éducation d'un fils, bordel ?

Je ne veux pas me battre pour obtenir la garde complète, mais si elle est toujours avec ce connard, je ferai tout ce qui est en mon pouvoir pour m'assurer que mon enfant est en sécurité.

Mon téléphone sonne alors que je me dirige vers le vestiaire. Nous avons un match ce soir contre les Island Bruisers.

Avant chaque match, on ressent une certaine frustration. Ce soir, c'est différent : j'affronte les Bruisers et je me retrouve face à face avec l'homme qui élève mon fils comme s'il était le sien.

D'après Jasmine, il ne sait pas qu'il n'est pas le père, mais son silence m'inquiète.

J'attrape mon téléphone portable dans ma poche, lisant la notification d'un nouveau texto.

J'ouvre l'application et souris en voyant de qui il s'agit.

Charlotte : Défonce-les ce soir.

Je lâche un rire et lui réponds.

Noah : Oh, j'y compte bien.

Elle n'a pas idée d'à quel point j'ai envie de ça ce soir, et pas juste en parole. J'entre dans les vestiaires et glisse mon téléphone dans la poche de ma veste avant d'enfiler ma tenue.

— Des nouvelles ? me questionne Kyler, en venant se placer à côté de moi, la voix basse.

— Des nouvelles de quoi ? interrompt Jasper, en jetant un coup d'œil entre nous.

Kyler et moi n'avons jamais été très proches, pas autant que Jasper et moi. Il était inévitable que quelqu'un entende la nouvelle.

— Il s'avère que je suis papa, avoué-je.

— Félicitations !

Jaspe me donne une tape dans le dos en souriant fièrement.

— Je savais que vous sortiez ensemble. Quand est-ce que Charlotte va accoucher ?

Je tousse, surpris par cette supposition.

— Ce n'est pas celui de Charlotte.

Jasper recule d'un pas et croise les bras sur sa poitrine.

— D'une groupie, alors ?

Il n'a pas l'air content.

— Tu devrais faire un test de paternité si l'une de ces filles prétend que tu es le père.

Je me mords la langue à sa remarque sur les groupies qui se jettent sur nous. Il ne faut pas grand-chose pour trouver un coup facile après un match, c'est sûr.

— Tu te souviens de Jasmine ?

Je jure que toute l'équipe me regarde, se rassemblant pour entendre la nouvelle. Même si c'est que quelques-uns des gars, le reste se prépare silencieusement en tendant l'oreille. Ils écoutent, parce que, de toute façon, on pourrait entendre une mouche voler dans les vestiaires d'habitude plus bruyants.

— Oui, la dernière fille avec qui tu es sorti, confirme Jasper.

Il connaît bien Jasmine et notre histoire ensemble. Il ne l'aimait pas beaucoup, mais il a attendu pour me le révéler qu'elle m'ait *ghosté* et que nous ayons rompu. J'étais persuadé qu'elle m'avait trompé, et Jasper m'avait affirmé qu'il n'était pas surpris.

C'est aussi pour elle que j'ai renoncé aux rendez-vous et aux petites amies et que je me suis contenté des groupies. Je ne voulais pas d'une autre relation.

— Merde.

Les yeux de Jasper s'écarquillent, il prend conscience de la situation.

— Tu es sûr que ce n'est pas le fils de ce joueur des Bruisers ? Elle a quand même couché avec lui quand vous sortiez ensemble.

— J'en suis sûr. J'ai fait un test de paternité et Zayn est mon fils.

Owen jure, captant toute la conversation à quelques mètres de là.

Jasper hausse un sourcil.

— Félicitations ?

Cette fois, il pose la question, sans savoir s'il faut s'en réjouir.

C'est exactement ce que je ressens.

Incertain de tout ça.

J'ai toujours pensé que je serais père un jour, mais je ne m'attendais pas à ce que ça se passe comme ça, être obligé d'engager un avocat ou un détective privé pour protéger mon enfant.

Je me tourne vers mon casier, me fermant à la

conversation et je commence à me préparer pour le match.

— Comment a réagi Charlotte quand tu lui as annoncé ? demande Kyler, en retirant son t-shirt par-dessus sa tête pour se déshabiller.

Il est le premier arrivé, et le dernier prêt.

— Je ne lui ai pas dit.

— C'est un putain de secret à garder, souligne Jasper.

— Qu'est-ce que vous foutez, les gars ? aboie l'entraîneur Malone en entrant dans le vestiaire. Vous devriez être prêts maintenant. Dépêchez-vous ! L'autre équipe ne va pas vous attendre.

———————

J'essaie de garder la tête dans le jeu, mais mon esprit est occupé par d'autres choses. Le fait que l'homme que je méprise, Grant Brass, soit dans l'équipe adverse n'aide pas.

Il connaît l'histoire que j'ai avec Jasmine, mais elle m'a assuré qu'il ne savait pas que j'étais le père de Zayn.

Est-ce que ça a changé ?

Brass a quelques égratignures sur le visage. Ce pourrait être des marques d'ongles si on les examine de près. C'est difficile à dire avec le casque qui couvre son visage.

Sont-elles dues à Jasmine, ou sont-elles apparues au cours d'un autre match ou d'un entraînement ? Peut-être qu'il a l'habitude de malmener les jolies filles. Je n'en doute pas.

Le palet poursuit sa course tandis que Brass et moi nous battons pour le contrôler. Il a quelques centimètres et vingt kilos de plus que moi. Il l'utilise à son avantage, me faisant tomber contre le mur et levant sa crosse avec un beaucoup d'élan, me frappant à la mâchoire.

La douleur est fulgurante et brûlante. Je jure.

— Tu veux pas me dire ça en face ? me provoque Brass.

Les arbitres ne semblent pas remarquer le coup bas. Je dois soit riposter, soit ignorer sa gueule de cul prétentieux et me concentrer sur le jeu.

Je choisis cette dernière solution. Je grogne :

— Tu es un trou du cul

— Ma femme dit la même chose de toi. Tu adorais bouffer le sien. Tu peux faire pareil avec le mien toute la nuit, si ça te chante.

Il me fait un clin d'œil en riant, amusé par sa plaisanterie.

La chaleur m'envahit même si l'air est glacial.

— Va te faire foutre, Grant.

— Non, merci. Mais je m'occuperais bien de cette jolie petite rousse.

Merde, comment est-ce qu'il sait pour Charlotte ?

Mes yeux s'écarquillent et il me lance un sourire malicieux tandis que nous nous battons pour le disque de plastique, nous bousculant l'un l'autre contre le mur. La bataille semble sans fin entre nous.

— Tu peux remercier ton pote pour cette invitation, raille-t-il.

Qui, parmi les Dragons, est ami avec lui ? J'ignore son commentaire. Je ne vais pas me faire renvoyer sur le banc avec une pénalité ou expulser d'un match à cause de quelques mots qu'il a prononcés.

Je refuse de le laisser m'atteindre.

— Et tu as vu sa sex tape ? Elle serait super avec sa bouche enroulée autour de ma bite.

Mon cerveau s'enflamme de jurons. Je ne peux pas l'écouter débiter des saloperies sur Charlotte.

Je fonce sur Brass et je le renvoie contre la bande. Je tiens mon bâton fermement, toujours pour récupérer le palet, jusqu'à ce que je la lâche au profit de mes poings. Les coups se succèdent sur sa poitrine et son visage.

Il s'esclaffe, manifestement heureux de m'avoir

mis en colère, mais il ne se contente pas de rester là et d'encaisser. Grant me frappe le torse, mais je ne le sens pas.

Ce n'est que lorsque son casque s'envole et que mes frères de l'équipe me traînent à l'écart que les arbitres tentent de nous séparer.

Nous sommes tous les deux exclus sur nos bancs de pénalité respectifs, comme deux enfants capricieux.

Putain, ça en valait la peine.

Mais ses mots continuent de dériver dans ma tête.

Sex tape.

————

Comment avons-nous réussi à gagner ? Je n'étais pas dans mon match, et les gars ont joué comme s'ils étaient distraits.

Mais une victoire est une victoire. Peu importe que nous ayons pris l'avantage à la fin et que nous ayons réussi à nous en sortir avec 3-2.

Nous nous douchons et nous nous habillons. Quelques gars s'occupent de la presse pendant que Jasper et moi sortons des vestiaires pour nous rendre au Blue Line pour fêter ça.

— C'était un super match !

Charlotte attend avec Amber et Emerson près des portes.

Un sourire suffisant se dessine sur mes lèvres.

— Je ne savais pas que tu étais au match, remarqué-je en la fixant.

Elle rougit, ses joues n'étant pas aussi rouges que sa chevelure de feu, mais elle fait un pas vers moi et se hisse sur la pointe des pieds, déposant un baiser sur ma joue.

— Félicitations pour la victoire, annonce-t-elle d'une voix douce et hésitante.

Elle porte des bottes noires sexy avec un talon qui lui donne quelques centimètres de plus. Ce sont les mêmes qu'elle portait lors de notre rendez-vous. Elle est plus grande que d'habitude, et j'ose admettre que j'aime cette taille supplémentaire. Je l'attire vers moi. Mes bras s'enroulent instantanément autour de sa taille.

— Tu veux sortir d'ici ? lui murmuré-je à l'oreille.

— Blue Line ? interroge-t-elle en se léchant les lèvres.

C'est l'endroit où les Dragons vont toujours après une victoire. Nous avons notre propre section VIP avec une table à l'arrière qui nous est réservée, même les soirs où nous ne gagnons pas et où nous voulons noyer notre chagrin.

— Oui, les gars nous rejoindront là-bas.

J'ai envie de la ramener chez moi et de me la faire, mais ma conscience me rappelle que j'ai trop de problèmes dans ma vie personnelle pour compliquer la sienne.

Nous nous sommes mis d'accord pour que les choses restent décontractées et amusantes. Pas d'engagement. Elle sait très bien que je fais passer le hockey en premier. Et bientôt, je ferai passer mon fils, Zayn, en premier.

Je ne pense pas que Charlotte ou une autre fille ait envie d'être le numéro trois sur ma liste.

Et Jasper a raison. Je dois prévenir Charlotte pour mon fils, les avocats et l'enquêteur. C'est beaucoup de choses à gérer, et nous sommes encore très novices dans ce qui se passe entre nous.

Une nuit torride, et nous avons construit une amitié depuis. Au final, je fais les choses à l'envers avec elle.

— Je vais attendre Kyler, prévient Emerson en faisant un signe à sa sœur. Je vous retrouve au bar.

— Parfait, confirme Charlotte en souriant.

Nous nous dirigeons vers le couloir et la sortie arrière.

— Je parie que tu n'as jamais pensé que tu entendrais ta sœur prononcer ces mots un jour ! se moque Charlotte tournée vers Amber.

— Eh bien, je suis à six jours de mes vingt-et-un ans. Avec un peu de chance, l'un des nouveaux barmans est de service ce soir.

Je rit intérieurement. Les habitués savent qu'Amber n'a pas encore vingt et un ans. Mais le Blue Line a embauché trois nouveaux barmans au cours des derniers mois. Pendant la saison de hockey, l'endroit est bondé parce que nous le fréquentons, et ils ont toujours besoin de plus d'extras.

— Ne t'inquiète pas, bébé. Je te couvre, promet Jasper en entourant la taille d'Amber d'un bras et en lui caressant le cou.

— C'est vrai ! s'exclame Charlotte. Nous devons organiser une fête d'anniversaire pour ton vingt-et-unième anniversaire.

— Je me contenterais d'aller dans un bar et de pouvoir boire légalement. Tu crois qu'ils vont remarquer que ma carte d'identité a changé et qu'elle porte un autre nom ?

Je suis pris d'un rire.

— J'en doute. Ils voient tellement de cartes

d'identité différentes. Tu n'as probablement rien à craindre.

— Probablement, répète Amber. Oui, c'est la partie qui m'inquiète. Le « probablement ».

Jasper la serre plus fort contre lui.

— Détends-toi, bébé. Je te couvre. Je ne pense pas qu'ils vont appeler les flics pour quelque chose que tu as fait dans le passé. Ça leur donnerait une mauvaise image. Et s'ils le faisaient, tu sais que je paierais ta caution pour te sortir de prison illico.

— Trop mignon, plaisante Charlotte en me poussant du coude alors que nous nous dirigeons vers le bar. Tu paierais ma caution pour me sortir de prison ?

Elle me fixe avec des yeux pétillants et un sourire enthousiaste.

Je grogne à sa question.

— Ça dépend pour quoi tu es au trou, la taquiné-je.

Sa mâchoire se décroche en simulant l'étonnement.

— Sérieusement ?

Je hausse les épaules, l'attire plus près de moi et passe mon bras autour de sa taille.

— Eh bien, je veux dire que si tu es arrêtée pour meurtre, je ne pense pas qu'une caution couvrirait ça. Mais même si c'était le cas, je n'ai pas envie que tu m'assassines et que tu me coupes en petits morceaux dans mon sommeil.

Jasper me jette un coup d'œil.

— T'as trop regardé de porno de meurtre, frèro.

— Je dis juste que je ne vais pas laisser une meurtrière en liberté dans les rues.

— Premièrement, présomption d'innocence, annonce Charlotte. Et deuxièmement, sérieusement. Tu crois que je t'assassinerais dans ton sommeil ? Je te le ferais en pleine conscience.

Elle me tire la langue d'un air amusé.

— C'est noté.

Jasper secoue la tête.

— Vous avez tous les deux un sens de l'humour tordu.

— C'est pour ça qu'ils sont parfaits ensemble, prône Amber avec un sourire narquois, comme si elle savait quelque chose que j'ignore.

Ces deux filles sont toujours complices dans leurs plaisanteries.

Je n'arrête pas de penser aux mots de Grant tout à l'heure, *sex tape*. Ce n'était qu'une raillerie pour m'énerver, n'est-ce pas ? Mais je n'arrive pas à oublier.

— Je peux te demander quelque chose ?

Je parle à voix basse, ne voulant pas que quelqu'un d'autre entende la conversation entre nous.

— Tout ce que tu veux, répond Charlotte en me faisant ce sourire qui apaise tous mes soucis.

— As-tu déjà fait une *sex tape* ?

Elle hausse un sourcil et me dévisage avec curiosité.

— Ça sort un peu de nulle part, non ?

Elle n'a pas l'air du tout tendue ou troublée par la question. Elle reprend :

— Non. Et toi ?

Je souris et lui fais un clin d'œil.

— Une fois.

Nous entrons dans le bar, nous dirigeons vers la table VIP au fond, et la serveuse apporte immédiatement un seau de bières. Nous n'avons même pas besoin de le commander.

Mon téléphone vibre dans ma poche, je l'attrape et expire lourdement en voyant le nom sur l'écran.

Charlotte me regarde et ne dit pas un mot, mais je suis presque sûr qu'elle a vu le nom de Jasmine s'afficher sur mon téléphone.

Je réponds à l'appel et sors dans l'air glacial pour trouver un peu d'intimité.

— Tu es où, bordel ?

— Je t'expliquerai ce soir. Je peux passer chez toi ?

Je me retiens de lui dire que je ne suis pas chez moi. Elle devrait le savoir puisque l'équipe de son mari a joué contre la mienne ce soir.

— Si tu amènes mon fils, Zayn, exigé-je.

Il est la seule raison pour laquelle je veux voir Jasmine.

Ces mots sont comme une enclume sur ma poitrine, ils me pèsent quand je lui parle. Je ne me suis jamais senti aussi stressé et frustré, pas même pendant l'un de nos matchs.

— Bien sûr, répond-elle, comme si elle ne l'avait pas gardé secret ces dernières années et ne m'avait pas menti.

Je ne sais même pas pourquoi elle me demande la permission de passer. Elle ne l'a pas fait la dernière fois. Elle s'est juste pointée et m'a attendu.

— Je suis en chemin.

Je me mords la lèvre inférieure. Je ne veux pas quitter Charlotte ou les autres. Je veux célébrer la victoire que nous venons de remporter. Mais je ne peux pas le faire en sachant que mon fils est dans le hall avec sa mère et qu'il m'attend chez moi.

Je grogne de colère et mets fin à l'appel, retournant précipitamment dans le bar.

— Tout va bien ? s'inquiète Jasper en haussant un sourcil.

— Je dois y aller, éludé-je.

Je me force à sourire à Charlotte. Je veux l'embrasser et lui montrer qu'elle compte beaucoup pour moi et que ce n'est qu'un accident de parcours, mais cet accident, c'est mon fils. Et ce n'est pas un petit obstacle qui va disparaître.

Il n'a pas intérêt.

Charlotte a les sourcils froncés et son attention reste figée sur moi. Attend-elle que je m'explique ? Je garde le silence. Je me retourne, la laissant derrière moi, mais au moins elle est avec son amie. Je ne l'abandonne pas.

Ce n'est pas un rendez-vous.

Je ne sors pas avec les filles et je n'ai pas de relations. Jasmine est mon éternel rappel de pourquoi.

Les relations m'explosent à la figure.

La trahison est profonde, comme un couteau dans le dos. Je rentre chez moi, et même si je préférerais être dehors, je dois agir en tant qu'adulte responsable, c'est-à-dire gérer le fait que j'ai un enfant.

Demain, j'appellerai l'avocat et le détective privé

après avoir recueilli toutes les informations possibles auprès de Jasmine.

Mais je n'ai pas hâte de rentrer chez moi, et cette pensée me brûle douloureusement la poitrine et le cœur.

Mon téléphone sonne à l'arrière du taxi et je jette un coup d'œil au message de Charlotte.

Charlotte : J'espère que tout va bien. Tu es parti précipitamment.

Je ne réponds pas à son message.

Je ne sais pas ce que je dirais. De plus, ce qu'elle doit apprendre ne devrait pas l'être par texto : je suis papa. Apparemment, j'ai un enfant dont je n'ai jamais entendu parler jusqu'à récemment.

Ce serait le moyen le plus lâche de s'en sortir. Je refuse de faire ça à Charlotte.

Et je lui dirai. J'attends juste le bon moment.

Au bout de quelques minutes, elle m'envoie un autre texto. C'est un emoji cœur rouge.

Je grimace et commence à taper une réponse, puis j'efface mon message. Je ne veux pas lui briser le cœur. Et tout ce que je dirais ce soir pourrait le faire.

NEUF

CHARLOTTE

Je n'arrive pas à croire qu'il soit parti sans explication.

Et j'ai vu le nom d'une femme apparaître sur son téléphone.

Bordel, qui peut bien être cette Jasmine ?

Peut-être que je n'ai pas le droit d'être jalouse puisque Noah et moi ne sortons pas officiellement ensemble. Nous n'avons pas parlé d'exclusivité, mais j'ai l'estomac noué à l'idée de le voir s'empresser de rejoindre une autre femme.

Quand est-ce que j'ai été si absorbée par Noah ?

Oh, c'est vrai, la nuit où nous avons couché

ensemble. J'ai juré que j'étais d'accord pour que ce soit une soirée amusante et sans attaches, puisqu'il n'aime pas les relations, et que, en fait, moi non plus.

Du moins, c'est ce que je pensais.

Mais à partir du moment où il est parti, tout a changé. Et je me déteste pour ça.

Je suis la fille que je méprise. Celle qui attend près de son téléphone ou qui envoie une dizaine de SMS en attendant une réponse.

Je me suis retenue d'envoyer tous les textos que je voulais, mais je lui adresse quand même un message, en espérant qu'il me réponde.

Je ne comprends pas pourquoi il s'est enfui pour être avec elle.

Peut-être qu'elle est son plan cul.

Je prends une bière dans le seau et je la décapsule.

— Qu'est-ce qui se passe avec Noah ? me renseigné-je en regardant Jasper, m'attendant à ce que lui ou Amber me dise la vérité.

Quelqu'un doit bien savoir quelque chose. Et je déteste être laissée dans l'ignorance ou être la dernière à savoir les choses.

— Il agit bizarrement, remarque Amber en jetant un coup d'œil à son petit ami.

Jasper hausse les épaules, les yeux écarquillés et saisit son verre pour ne pas avoir à répondre.

— Crache le morceau ! m'écrié-je et je frappe son bras.

Il grogne à cause de sa bière qui déborde. Sa bouteille en verre posée sur la table, il prévient :

— Ce n'est pas à moi d'en parler. Tu devrais demander à Noah.

— C'est énigmatique.

Kyler et Emerson nous rejoignent à la table, ainsi que quelques autres joueurs et leurs proches, que je ne connais pas aussi bien.

— Où est passé Noah ? s'enquiert Kyler. Parti prendre d'autres boissons ?

Jasper secoue la tête sans un mot, et je jurerais qu'ils échangent un message tacite.

— Il s'est tiré après avoir reçu un appel de Jasmine. C'est son plan cul ?

J'essaie de ne pas paraître jalouse, mais je sais que j'échoue lamentablement.

Je me mords la lèvre inférieure pour ne pas pleurer. C'est stupide. Je ne devrais même pas m'en soucier. Mais la vérité, c'est que je m'en soucie.

— Il est avec Jasmine ? interroge Kyler en se passant une main dans les cheveux.

— Qui est Jasmine ? répète Emerson,

apparemment aussi ignorante que moi au sujet de l'interlocutrice mystérieuse.

Je me sens un peu mieux qu'elle ne le sache pas puisqu'elle sort avec Kyler depuis un moment et qu'ils sont fiancés.

— C'est juste une ancienne petite amie, assure Kyler en haussant les épaules. Il n'y a pas de quoi s'inquiéter.

Comment peut-il facilement ignorer le fait que l'ancienne petite amie de Noah vient d'appeler et qu'il s'est enfui pour la rejoindre ?

J'ouvre la bouche mais la referme rapidement. Je ne vais pas convaincre Kyler de quoi que ce soit. Il est ami avec Noah. Je suis sûre qu'il ne fait que défendre son coéquipier et ami.

— C'est vrai, parce qu'on ne sort pas ensemble, soupiré-je.

Je me déplace sur ma chaise, le siège est inconfortable et mon estomac est tendu. Je ne peux pas rester les bras croisés et me perdre en hypothèses.

Dois-je prendre un taxi et me rendre chez lui ?

Et s'ils couchent ensemble chez elle ? Ou pire, s'ils couchent ensemble dans son appartement et que je me présente sans y être invitée ?

J'aurais l'air désespérée.

Amber me donne un coup de coude alors que je décolle l'étiquette de ma bouteille de bière. J'ai la bougeotte et je m'agite.

— Il t'aime bien, me rassure-t-elle. Je suis sûre que cette Jasmine, ce n'est rien. Peut-être que c'est un malentendu, et qu'il a aussi une cousine qui s'appelle Jasmine ?

J'aimerais que ses paroles soient convaincantes, mais je ne me souviens pas qu'il ait jamais mentionné une famille proche.

— Oui, peut-être, hésité-je en jetant un coup d'œil à Jasper.

Sa mâchoire est crispée.

D'après son expression, elle n'est ni sa sœur ni sa cousine. Il sait quelque chose, et il se déplace pour faire face à Kyler, changeant de sujet pour parler du match qu'ils ont joué ce soir.

Une heure s'écoule avant que je ne me fasse draguer deux fois par le même type, qui se trouve être un grand fan de hockey. Je ne peux pas m'empêcher de me demander si sa tentative d'approche n'a pas pour but d'intégrer le cercle des joueurs présents.

Je décline poliment son invitation à danser, puis le verre qu'il me propose. Il est plutôt mignon, mais je n'éprouve aucun intérêt pour lui : aucune alchimie, aucune étincelle.

Je ne dépose un peu d'argent sur la table pour payer mes boissons et mon pourboire. Amber le remarque :

— Tu rentres chez toi ?

— Je décolle. Tu as l'adresse de Noah ? enquêté-je en la prenant à part.

Elle réfléchit une minute, puis acquiesce.

— Je crois que je l'ai enregistrée dans mon téléphone. Nous sommes allés à une fête dans son penthouse il y a quelques mois.

Elle me donne son adresse et je la note dans mon téléphone.

— Merci.

— Ce n'est pas moi qui te l'ai donnée, blague-t-elle avec un clin d'œil.

Nous échangeons des accolades et des plaisanteries avant que je commande un Uber. Lorsque la voiture arrive, je sors dans la nuit fraîche et monte à l'arrière. Je suis plus réveillée que je ne devrais l'être, mes mains sont moites et je les essuie sur mon pantalon.

L'adresse que j'ai donnée est celle de l'appartement de Noah. J'espère que je ne fais pas une grosse erreur.

DIX

NOAH

Je devrais être en colère que Jasmine m'appelle après le match, étant donné que j'ai essayé de joindre, et qu'elle n'a jamais répondu à mes appels et textos.

Même le détective privé n'a pas trouvé grand chose, mais ça ne fait que quelques jours que le résultat du test est tombé.

Je me dirige vers l'intérieur de mon bâtiment, par les portes principales, lorsque j'aperçois Jasmine. Elle a un putain d'énorme œil au beurre noir, et le petit garçon en a un aussi.

Je jure en la conduisant à l'ascenseur et à l'étage.

— Je croyais que tu quittais la ville ?

— J'allais le faire, mais je voulais attendre les résultats de la recherche de paternité.

J'appuie sur le bouton de la suite au dernier étage, la mâchoire serrée en regardant le petit garçon dans ses bras. Je n'ai pas besoin de poser la question de l'auteur de leur agression.

— Vous auriez dû aller à l'hôtel ou dans un refuge. Un endroit sûr.

— Je sais. C'est pour ça que je t'ai appelé.

Elle me suit jusqu'à la porte d'entrée et installe Zayn sur le canapé, comme si elle était chez elle. Elle défait la fermeture éclair de son manteau et fait glisser ses chaussures avant de déposer un baiser sur sa joue.

— Reste ici, d'accord ?

Il acquiesce silencieusement et elle m'attrape par le bras, m'entraînant dans le couloir, hors de portée de voix.

— Je quitte la ville.

— Quoi ?

Ma voix monte d'un octave :

— Tu ne peux pas me prendre mon fils.

— Je ne vais pas le prendre. Je veux qu'il reste avec toi, là où il est en sécurité. Tu as les moyens de le protéger. Je n'en ai pas.

Ses yeux brillent et j'expire un grand coup.

— Et ton ex ?

— Il ne sera pas un problème. Il se fiche de Zayn, maintenant qu'il sait qu'il n'est pas le père.

— Tu lui as annoncé ?

Je fulmine alors que j'arpente le couloir de long en large. Le petit garçon est toujours assis sur le canapé, mais il est à plusieurs mètres de là, il ne nous entend pas.

— Il a vu les résultats de la recherche de paternité. Tout ce qu'il sait, c'est qu'il n'est pas le père, et qu'il était content parce qu'il n'avait plus à s'occuper du petit.

La façon dont elle dit « le petit » me fait penser que ce ne sont pas ses mots exacts. Ils étaient probablement plus colorés et plus explicites. Je grimace et acquiesce.

— Il ne faudra pas longtemps pour qu'il réalise que je suis le père. Il fera le rapprochement entre les deux. Il sait que nous sortions ensemble avant que vous ne vous mariiez tous les deux.

Il n'en a pas parlé ce soir sur la glace, mais il l'a peut-être appris après le match.

— Même s'il essaie de se battre pour la garde, il n'est pas biologiquement lié à Zayn. Et j'ai des documents légaux qui me permettent de te céder mes droits. Tout est en la possession de mon avocat.

Elle glisse la main dans la poche de son manteau et en sort une carte de visite.

— Si tu as un avocat, pourquoi ne demandes-tu pas le divorce et une ordonnance de protection ?

Je ne peux pas croire qu'elle s'éloigne de son enfant, de notre enfant

— Je te l'ai dit, Grant a un frère dans les forces de l'ordre. D'ailleurs, n'est-ce pas ce que tu veux ? Que je sorte de ta vie et que tu aies la garde de ton fils ?

Jasmine me fixe, les yeux brillants.

Je me mords la langue.

— J'ai supposé que tu voudrais partager la garde.

Mais je sais que, si elle devait rester proche de Grant Brass, je me battrais pour protéger mon enfant.

— Je devrais y aller.

— Où ? questionné-je, en la fixant. Si tu as besoin d'argent ou d'un endroit où rester, je peux te trouver un hôtel et t'aider...

— Je ne veux pas de ton aide.

Je grimace. Il ne s'agissait pas d'une aumône ou d'une charité. Elle est la mère de mon enfant, même si je ne l'aime pas particulièrement après le mal qu'elle m'a fait.

Je pousse un soupir.

— Tu ne peux pas retourner avec lui.

— Pourquoi pas ? me questionne-t-elle en me fixant.

Sa lèvre inférieure s'écarte et je jette un coup d'œil vers la grande fenêtre qui donne sur l'horizon de New York. C'est magnifique la nuit, mais là tout de suite, je me sens perdu et submergé.

— Il te battra à mort. Ce n'est pas une raison suffisante ? Regarde ce qu'il a fait à notre fils !

Ma voix résonne et un frisson la parcourt.

Je devrais m'excuser d'avoir haussé le ton, mais je suis en colère contre Jasmine et encore plus contre Grant pour ce qu'il a fait, pour avoir levé la main sur Zayn.

— Et c'est pour ça que je le laisse avec toi. Je dois m'assurer que Grant vous laissera tranquilles, toi et Zayn, avant de partir.

— Ça n'a aucun sens.

Elle va se faire tuer si elle reste avec ce monstre.

— Tu as déjà précisé qu'il ne se souciait pas de lui.

Je fais un signe de tête vers le salon.

— Oui, c'est ce qu'il a dit, mais je dois m'assurer que ses actions suivent cette promesse. Qu'il s'en fiche.

— Ce que tu fais n'est pas noble ou audacieux. C'est stupide. Retourner auprès de ton mari violent ne te vaudra que de te faire frapper, et tu auras de la chance s'il ne te tue pas.

— Tu ne comprendrais pas.

— Je comprends très bien, râlé-je en faisant un pas de plus vers Jasmine.

Elle recule maladroitement et s'éloigne de moi, se heurtant au mur.

Un éclair de peur traverse ses traits alors qu'elle tente de s'enfuir. Croit-elle sincèrement que je lui ferais du mal ?

— Je devrais y aller.

Sa voix se bloque dans sa gorge et elle se précipite vers le canapé.

— Sois gentil avec Noah, d'accord ? fait-elle promettre à Zayn.

Mon cœur se serre à l'idée que le petit ne me connaisse pas comme son père, mais comme Noah.

Zayn acquiesce avec de grands yeux curieux.

Elle lui embrasse la joue et le serre dans ses bras avant d'expirer un grand coup.

— Je dois y aller.

— Maman !

Zayn gémit tandis qu'elle se dirige vers la porte.

— Tu n'es pas obligée de partir.

Il doit y avoir un autre moyen.

— Reste dans la chambre d'amis. Demain matin,

nous contacterons mon avocat. Il pourra t'aider. J'en suis sûr.

— Grant va venir me chercher. Mon travail en tant que mère est de protéger Zayn à tout prix. Je n'ai pas pu le faire aujourd'hui.

Elle expire en tremblant.

— Ce que ce monstre a fait n'est pas de ta faute.

— Je dois y aller.

Jasmine se précipite vers la porte. Il y a de la douleur dans ses yeux, de l'agonie.

Zayn continue de pleurer, ses larmes coulent comme deux rivières alors que ses sanglots deviennent hystériques, et il grimpe sur le canapé, poursuivant sa mère qui s'éclipse par la porte d'entrée.

ONZE

CHARLOTTE

Je n'avais pas tout à fait réfléchi au fait de me présenter chez Noah Reece sans y avoir été invitée. Pour commencer, il y a un service de sécurité et un ascenseur privé. Je ne peux pas entrer comme dans un hôtel sans me faire remarquer.

— Puis-je vous aider ?

— Oui, je viens voir Noah Reece, m'annoncé-je.

Il m'observe et acquiesce.

— Je vais l'appeler. Il n'a pas mentionné d'autres visiteurs ce soir.

D'autres visiteurs ? Mon estomac se retourne. Au moins, il est chez lui.

Le préposé de service décroche le téléphone et je jette un coup d'œil dans le hall d'entrée. Il est assez extravagant, avec de hauts plafonds et un lustre en cristal, sans parler du vitrail au fond, après les ascenseurs.

Au bout d'un moment, il raccroche le téléphone.

— Vous pouvez prendre l'ascenseur.

Un agent de sécurité attend près de l'ascenseur, et il utilise sa clé pour déverrouiller l'accès au penthouse. Il me sourit chaleureusement et me salue brièvement :

— Comment allez-vous ce soir ?

Ce qui donne l'impression qu'il demande pour son travail et non pas sincèrement.

Après avoir déverrouillé l'accès, il sort, me laissant monter seule dans l'ascenseur. Les portes se ferment, mais je ne me sens pas soulagée.

Je suis encore plus nerveuse parce que Noah ne m'attendait pas et que je me pointe comme ça. Je ne sais pas comment il va réagir après nous avoir plantés au Blue Line pour Jasmine. Qui qu'elle soit, je ne l'aime pas.

Les portes de l'ascenseur s'ouvrent et il se tient devant la porte d'entrée. Il me fixe avec insistance.

— Qu'est-ce que tu fais là ?

Tant pis pour les plaisanteries.

— Tu es parti précipitamment. Je voulais m'assurer que tu allais bien.

Derrière lui, un enfant pleure quelque part dans la maison. A moins qu'il ait allumé la télévision, mais j'en doute. Ça a l'air putain de réel.

— Je vais bien. Les gars t'ont donné mon adresse ?

Il n'y a pas d'étincelle dans son regard, pas de sourire. Il n'a pas l'air heureux de me voir.

Mais il ne m'a pas non plus repoussée ou demandé de partir.

— Maman ! gémit le petit garçon.

Je passe devant Noah, m'invitant dans sa maison. Le petit, qui n'a pas plus de deux ans, est allongé sur le sol de la cuisine, pleurant et criant pour sa maman.

J'ai mal au cœur pour cet enfant.

— Tu as l'habitude de kidnapper des enfants ?

Je grimace à ma question. Elle est sortie plus durement que prévu. Mais il m'a dit qu'il n'avait jamais voulu d'enfants, et le fait d'en trouver un qui hurle sur le sol de sa cuisine rend toute la situation déconcertante.

— C'est mon fils, rétorque sèchement Noah.

Je n'ai pas vraiment cru qu'il avait kidnappé le petit garçon. Noah n'a pas l'air d'être ce genre de personne. Mais il m'a clairement menti en disant qu'il voulait des enfants, parce qu'il a un fils. Est-ce que ça veut dire qu'il ne voulait pas de lui ?

Je me penche, m'accroupissant au niveau du petit.

— Hey.

Je chuchote, ma voix est douce et chaleureuse.

Le petit garçon lève les yeux et renifle. Mon cœur se brise en mille petits morceaux lorsque je vois l'œil bleu et noir du bambin. Je m'adresse au petit :

— Qui t'a fait ça ?

Ma voix se bloque dans ma gorge.

— Papa, murmure le petit garçon, et les larmes coulent à flots, comme si c'était la saison des moussons.

J'enlève l'enfant du sol et je le prends dans mes bras pour le protéger.

— Tu es un monstre ! l'accusé-je.

Je sors mon téléphone de ma poche et appelle immédiatement le 9-1-1.

— Charlotte, bordel, qu'est-ce que tu fais ? me crie-t-il, sa voix est livide et il marche vers moi pour attraper le téléphone. Donne-moi ce foutu téléphone !

L'opérateur du 9-1-1 entend l'échange avant que je ne puisse ajouter quoi que ce soit de plus.

— S'agit-il d'une situation de violence familiale, madame ?

— Oui. Mon petit ami, Noah Reece, a battu son fils.

Je crie l'adresse de l'immeuble au téléphone.

— Charlotte, ce n'est pas ce qui s'est passé !

Il m'arrache le téléphone et le plaque contre le mur, le brisant.

— Ah bon ? Tu ne l'as pas battu ?

J'entoure l'enfant de mes bras, le protégeant tout en tournant le dos à Noah.

— Tu vas me frapper aussi, lâche ?

— Je n'ai pas frappé mon fils, bordel !

— Papa m'a frappé, sanglote le petit garçon.

— Tu es un putain de menteur ! lancé-je à Noah en me dirigeant vers la porte.

Il m'empêche de partir. Sa main appuie sur la porte.

— Sérieusement ?

Je n'en reviens pas de son culot.

— Tu vas nous prendre tous les deux en otage ? Parce que je vais passer cette porte, et tu ne reverras plus jamais ton fils !

— Tu ne peux pas faire ça. Écoute-moi, Charlotte, tu ne vois pas les choses dans leur ensemble.

— Oh, je les vois très clairement !

— Papa m'a frappé ! sanglote le petit garçon.

— Laisse-moi t'expliquer.

— Expliquer comment tu as frappé ton fils ?

Je refuse d'écouter toutes les excuses qu'il me donne. Je sais qu'il est dur en jeu. Il n'est pas rare que les joueurs se battent, mais pour frapper un enfant, il n'y a pas d'excuse. Aucune explication ne peut justifier ce qu'il a fait

On frappe à la porte d'entrée et la détermination de Noah s'effondre. Il recule d'un pas et j'en profite pour m'enfuir.

J'ouvre la porte d'un coup sec et un officier de police nous écarte du chemin et nous pousse pratiquement dans le couloir vers l'ascenseur pendant que deux autres officiers se précipitent à l'intérieur pour appréhender Noah.

Un instant plus tard, il est menotté. J'aspire tout l'air de mes poumons. J'ai l'estomac au bord des lèvres. Je parviens à ne pas vomir la bière que j'ai bue tout à l'heure, mais je ne sais pas trop comment.

Je tremble, le petit garçon pleure et je ne sais pas comment tout ça est arrivé.

— Êtes-vous la mère du petit garçon ? me demande le policier.

— Non, je suis une amie de Noah.

— Quand vous avez appelé les secours, vous vous êtes présentée comme sa petite amie ?

Il ouvre son bloc-notes et note quelque chose.

— Quel est le nom du petit garçon ?

Je secoue la tête.

— Je ne sais pas... Je ne savais même pas qu'il avait un fils jusqu'à ce soir.

— Je pense qu'il serait bon que vous veniez au poste et que vous fassiez votre déposition pendant que nous cherchons à localiser la mère du garçon.

DOUZE

NOAH

— J'ai besoin d'être avec mon fils ! Vous ne comprenez pas ce qui s'est passé.

— Papa m'a frappé, répète Zayn comme si c'était la seule phrase qu'il sache dire.

C'est aussi putain d'incriminant parce que je viens d'avouer à Charlotte que je suis le père du petit garçon.

Je sais de quoi ça a l'air, mais elle devrait me connaître assez bien pour savoir que je ne ferais pas de mal à un enfant.

— Où emmenez-vous mon fils ? aboyé-je aux officiers qui escortent Charlotte et Zayn jusqu'à l'ascenseur à l'extérieur.

Pendant ce temps, je suis menotté et contraint de les voir partir, impuissant.

— Alors, vous reconnaissez être le père du petit ? interroge l'officier à la drôle de moustache.

— J'ai appris l'existence de Zayn il y a moins d'une semaine.

— Où est la mère ? poursuit l'autre agent.

Heureusement, son arme est dans son étui, car elle semble prête à me tirer dessus.

— Je suppose qu'elle est rentrée chez son mari violent, Grant Brass.

— C'est une sacrée allégation de la part d'un agresseur d'enfants, dit la policière en me lisant mes droits pendant qu'elle m'escorte jusqu'à l'ascenseur.

— Je n'ai pas frappé mon fils.

— Bien sûr, c'était son autre père.

L'officier rit en m'attrapant par le bras et en me poussant à le suivre.

— Le gamin ne me connaît même pas. Il parle de Grant Brass.

J'essaie d'expliquer davantage, mais c'est comme s'adresser à un mur de briques.

Alors que l'on m'escorte hors du bâtiment, que je passe devant le service de sécurité et le concierge, quelques invités se trouvent dans le hall et prennent des photos ou des vidéos avec leurs téléphones.

Merveilleux, ça va faire la une des journaux demain matin. Ma carrière de hockeyeur sera réduite en poussière avant même que je puisse raconter ma version de l'histoire.

Cette bonne vieille Charlotte Grace, la fille qui m'a ruiné à plus d'un titre.

Il n'y a aucun signe de Zayn ou d'elle.

— Où est mon fils ?

Les officiers refusent de me répondre alors que je suis escorté à l'arrière d'une voiture de police. C'est humiliant. Mais rien de tout ça n'a d'importance.

Je suis assis à l'arrière, les mains menottées de métal.

J'ai tout fait dans les règles, j'ai évité les ennuis et j'ai eu ma part d'opportunités, compte tenu de mon statut de joueur professionnel.

Se faire arrêter n'a jamais fait partie de mon plan.

— Écoutez-moi. Vous ne pouvez pas renvoyer Zayn chez sa mère, Jasmine.

J'essaie de raisonner les officiers alors qu'ils me conduisent vers le commissariat.

L'un d'eux finit par me répondre :

— Oui, pourquoi ça ?

— Elle vit avec Grant Brass. C'est lui qui a fait ça à Zayn. Jasmine l'a amené chez moi pour le protéger. Elle peut corroborer mon histoire.

— Mhmm, grommelle l'officier, l'air peu convaincu.

———

Les officiers me font descendre du véhicule, puis me traînent jusqu'à la cellule de détention, me jettent à l'intérieur et m'enlèvent les menottes avant de fermer la porte.

— Je n'ai pas droit à un appel téléphonique ? Et la caution ?

Il est hors de question que je passe une minute de plus derrière les barreaux.

— Vous pouvez passer devant un juge dans la matinée pour voir si vous pouvez payer votre caution, explique l'officier, un sourire narquois sur le visage. C'est ce que vous méritez pour avoir frappé un petit garçon innocent.

— Je ne l'ai pas frappé, putain !

Je ne suis pas seul dans la cellule. Elle ressemble plus à une cellule de dégrisement qu'à quoi que ce soit d'autre ce soir. Un homme est allongé sur le sol, fixant le plafond. Il est peut-être défoncé. Je ne sais pas vraiment ce qu'il a pris, mais le fait d'être ici ne semble pas le perturber.

L'autre gars me jette un coup d'œil. Il porte la barbe, il a l'air débraillé, mais il n'a pas l'air perdu ou défoncé. Il a un air de mec sombre et sévère sur les bords, majestueux, mais pas noble.

Je fais de mon mieux pour garder la tête baissée. Cet homme pourrait être de la mafia pour ce que j'en sais. Il a l'air d'une campagne de pub pour : « Comment ne pas finir en taule mais s'en sortir avec des magouilles douteuses ». Il n'a pas eu de chance.

— Hé, abuseur d'enfants, m'interpelle-t-il avec son fort accent russe, tentant d'attirer mon attention.

Génial.

— Je ne l'ai pas touché, putain, me justifié-je en levant les yeux vers lui.

— Tu me sembles familier.

Ses yeux sont sombres, mais ils brillent d'hilarité alors qu'il me fixe. Sa mâchoire se crispe alors qu'il réalise qui je suis.

Il rit. D'un rire guttural et profond. Rocailleux.

— Tu es un sportif. Hockey.

Il me montre du doigt quand il me reconnaît, mais peut-être qu'il n'est pas très doué avec les noms.

— L'équipe des Dragons.

— Ice Dragons.

Inutile de le nier. Je ferai la une des journaux avec un glaçant portrait de moi regardant l'appareil photo, perturbé.

— Ouais, ouais, dit-il en désignant d'un geste le siège à côté de lui. Mikhail Barinov.

Je ne sais pas si ce nom est censé signifier quoi que ce soit, mais Barinov a une consonance russe, tout comme son accent.

Ai-je atterri dans une cellule de prison avec la mafia russe ?

Ce n'est pas une question que je choisis de poser à haute voix. Mieux vaut la garder pour moi si je veux survivre à cette nuit en enfer.

— Noah Reece.

Je soupire lourdement et m'installe sur le banc à côté de Mikhail. Je préfère ne pas m'asseoir sur le sol en ciment crasseux qui semble non seulement inconfortable mais aussi collant. Je ne veux pas savoir combien d'hommes ont vomi ou pissé sur ce sol.

— C'est vrai. Tu joues défenseur gauche dans l'équipe.

— Vous êtes un fan ?

Mikhail hausse les épaules.

— Je n'ai jamais assisté à un match, mais quand on sortira tous les deux d'ici, j'achèterai peut-être des billets pour te voir jouer.

— Peut-être ?

Je ne devrais même pas poser la question. Ce type est une mauvaise nouvelle. Me lier d'amitié avec lui n'est pas vraiment dans mon intérêt.

— Ça dépend si tu t'en sors, champion, annonce-t-il en me jaugeant.

Je ris intérieurement.

— Peut-être que je vous verrai là-bas, en supposant que vous sortiez, rétorqué-je, essayant d'inverser les rôles.

Je ne sais même pas de quoi il est accusé.

— J'ai de bons avocats.

Il y a une certaine suffisance chez lui, et il croise les bras sur sa poitrine, content de lui.

— Pourquoi avez-vous été coffré ? l'interrogé-je.

Il s'esclaffe.

— Conseil d'ami : on ne demande pas ça à un codétenu si on ne veut pas vraiment savoir.

Ma bouche devient momentanément sèche.

Les officiers n'auraient pas jeté un meurtrier en cellule de dégrisement avec une personne accusée d'avoir blessé un enfant, n'est-ce pas ?

Mes mains se serrent en poings. Chaque respiration devient plus forte, plus laborieuse et plus prononcée. J'essaie de garder mon sang-froid, de prétendre que je ne suis pas le moins du monde intimidé, parce que je me bats avec des gars sur la glace presque tous les jours

Mais c'est différent.

Je me sens différent.

— Tentative de meurtre, réplique-t-il, toute son attention braquée sur moi, l'air impassible.

Sa voix est égale et grave, inébranlable.

— Ce type a osé s'attaquer à ma fille. Il pensait pouvoir l'attirer dans son van en lui promettant un chiot et des sucettes. Tu crois que je l'ai laissé partir après ça ?

Ma voix se bloque dans ma gorge.

Tentative de meurtre, c'est peut-être l'une des charges dont il est accusé, mais ce type est clairement coupable. Il n'a pas l'air de se repentir de ses actes, non plus.

Toutefois, si quelqu'un essayait d'attirer Zayn dans une camionnette, je ne peux pas promettre que je ne perdrais pas mon sang-froid et que je n'agirais pas comme un voyou. Qui sait ce que je serais capable de faire à ce moment précis pour protéger mon fils ?

— Quel âge a votre fille ? m'intéressé-je, en essayant de cacher la course de mon cœur qui bat à tout rompre dans ma poitrine.

— Elle a quatre ans.

Il déplie ses bras et jette un coup d'œil à ses doigts, révélant le nom Kira encré en écriture cursive sur sa peau entre son index et son pouce.

TREIZE

CHARLOTTE

Le petit garçon est assis sur mes genoux alors que j'attends près du bureau d'un officier pour faire ma déposition.

Une heure s'est écoulée depuis l'arrestation de Noah, et chaque seconde me semble lente et douloureuse, comme si j'avais un éléphant sur la poitrine.

Mais je sais que j'ai fait ce qu'il fallait. Je devais éloigner le petit garçon de son agresseur. C'est tout ce qui comptait, rien à foutre des relations.

— Quel est ton nom ? demandé-je au petit garçon, et il me fait enfin un faible sourire.

— Zayn, murmure-t-il en me pointant du doigt. Ton nom ?

Les mots s'enchaînent et ressemblent plus à une syllabe lorsqu'ils sortent de ses lèvres.

Ils sont difficiles à déchiffrer, mais j'essaie de les comprendre.

— Je m'appelle Charlotte.

Il se blottit contre moi.

— Je veux maman, se plaint-il, et je l'entoure de mes bras pour le protéger.

— Je sais, petit cœur. Nous essayons de la retrouver pour toi.

Une femme officier qui était sur les lieux mais que je n'avais pas rencontrée s'approche de nous et s'assoit au bureau.

— Je suis l'officier Bradley, se présente-t-elle.

Elle tient un carnet dans une main et tourne la page, lisant brièvement ses notes tout en ouvrant le tiroir de son bureau. Elle tend une sucette à Zayn et lui enlève l'emballage.

— Et vous êtes Charlotte, et voici Zayn, déclare l'agent, en s'assurant que les informations sont correctes.

— C'est exact, soufflé-je en tremblant. Je suis Charlotte Grace. Je ne connais pas le nom de famille de Zayn.

— C'est Brass, répond-elle, en sachant déjà plus sur le petit garçon que moi, alors que j'ai passé plus de temps avec lui.

Pas beaucoup, bien sûr. J'attends juste que l'officier Bradley prenne ma déposition. Elle poursuit :

— Pourquoi ne pas me raconter ce qui s'est passé ?

J'explique ce qui s'est passé, les propos de Zayn, et je fais un geste vers son visage.

— Avez-vous vu Noah Reece frapper le petit garçon ?

— Eh bien, non. Mais il a un œil au beurre noir.

— Oui, je vois ça.

— Le petit garçon m'a dit que c'était son père qui l'avait fait, dis-je en faisant un geste vers Zayn, qui est assis sur mes genoux.

Il remue son petit derrière et regarde l'agent Bradley avec curiosité tout en tétant sa sucette aromatisée à l'orange.

L'officier sourit chaleureusement à Zayn.

— Tu peux me dire qui t'a fait ça ?

Elle désigne son visage, mais ne touche pas l'ecchymose toute fraîche.

Son visage se crispe à l'approche du doigt de la policière, mais se détend car elle ne lui fait pas mal.

— Papa m'a frappé.

— Comment s'appelle ton père ? demande l'agent Bradley.

— Papa, répond Zayn, mais c'est un peu brouillé par la sucette qu'il tient comme si sa vie en dépendait.

— Ok, ça ne marche pas, constate Bradley.

Elle pose son carnet de notes et tape sur l'écran de l'ordinateur qui se trouve sur le bureau en face d'elle.

— Je suis désolée, je ne sais pas grand-chose d'autre, avoué-je.

L'agent continue à pianoter sur son clavier pendant une minute avant de s'enfoncer dans son siège.

— J'ai réussi à retrouver l'adresse et le numéro de téléphone de sa mère. Je vais l'appeler pour qu'elle vienne chercher l'enfant et que nous n'ayons pas à faire intervenir les services sociaux.

— Bien, ajouté-je en frottant le dos de Zayn.

Je n'aimerais pas qu'il soit placé dans le système, même pour une nuit.

———

Je reste assise au bureau de l'officier lorsqu'un couple entre dans le commissariat. De mon siège, j'observe longuement la femme, tout comme Zayn.

— Maman !

Il pousse un cri de joie.

— Oh, bien, le voilà, lâche-t-elle en forçant un sourire.

Alors qu'elle s'approche, l'éclairage est intense, fluorescent, et l'anticerne que la femme s'est mis sur la joue et sous l'œil transparaît juste assez pour révéler que Zayn n'est pas le seul à avoir un coquard.

Derrière elle, un homme trapu la suit de près. Il porte un chapeau et des lunettes de soleil, comme s'il voulait passer inaperçu. Il fait nuit dehors, et il n'a pas non plus enlevé ses lunettes à l'intérieur.

Même avec son soi-disant déguisement, je connais son visage. Grant Brass. Il joue pour les Island Bruisers.

— Maman !

Zayn descend de mes genoux et lève ses bras en l'air pour que la femme vienne le chercher.

— J'ai juste quelques questions, intervient Bradley, en regardant fixement Jasmine et Grant.

— Papa, dit Zayn en désignant Grant et en se blottissant davantage dans les bras de Jasmine.

Grant jette un coup d'œil à sa montre et s'appuie d'un pied à l'autre.

— Les questions sont-elles vraiment nécessaires ? Vous avez trouvé notre fils. Je veux le ramener à la maison avec ma femme. J'ai une journée chargée demain.

— Oui, j'en suis sûre, mais j'ai une enquête à mener, étant donné les allégations de maltraitance.

— Maltraitance de la part de ce joueur de hockey psychopathe, Noah Reece. Vous feriez mieux de garder son cul derrière les barreaux et de jeter la clé, clame Grant avec suffisance.

— Monsieur, si ça ne vous dérange pas de me suivre pour que nous puissions parler... ordonne l'officier Bradley, essayant de reprendre le contrôle de la situation.

— Ça me dérange, répond Grant. J'ai ma famille, c'est fait. Il est temps pour nous de rentrer à la maison.

— Vous ne pouvez pas partir tout de suite. Je dois prendre votre déposition et celle de votre femme.

— Nous ne pouvons pas partir ? À moins que nous ne soyons détenus et accusés d'un crime, vous ne pouvez pas nous garder ici.

Il passe un bras autour des épaules de Jasmine et la conduit de force avec Zayn hors du commissariat.

Mon cœur se déchire lorsque je réalise mon erreur, remettant le petit garçon directement dans les bras de son agresseur.

— J'aimerais abandonner les charges contre Noah Reece, déclaré-je en fixant l'officier Bradley.

Elle pousse un lourd soupir.

— C'était un bordel sans nom ce soir, murmure-t-elle en secouant la tête avec consternation. La prochaine fois que vous portez une accusation, assurez-vous d'être du bon côté.

Comme si je ne savais pas déjà que j'avais merdé. J'ai la nausée et le vertige en prenant conscience que non seulement j'ai potentiellement foutu en l'air la vie de Noah, mais aussi que je fais courir un grand danger à Zayn.

— Qu'est-ce qui se passe maintenant ? questionné-je. Vous avez vu l'œil au beurre noir que Jasmine avait sur le visage.

— J'ai besoin de contacter les services sociaux et de leur demander d'ouvrir une enquête. En attendant, laissez-moi m'occuper de l'abandon des charges et de la libération de votre petit ami. Ne bougez pas.

Plus facile à dire qu'à faire. Je me sens mal et j'imagine que Noah me déteste après ce que j'ai fait.

QUATORZE

NOAH

Je sors du commissariat de police, et il y a une horde de journalistes qui affluent, mitraillant de photos et de vidéos.

— Noah, qu'avez-vous à répondre aux les allégations de maltraitance d'enfants portées contre vous par votre petite amie ?

Elle me jette le micro au visage, et je respire profondément, me retenant de le balancer sans ménagement.

Ce n'est pas son combat. Elle ne fait que son travail.

Même si je déteste la presse et les paparazzis, ils

transforment la version des faits en l'histoire qui fera vendre. Il ne s'agit jamais de la vérité.

— Pas de commentaire, affirmé-je, suivant le conseil de mon avocat lorsque je l'ai appelé du commissariat après l'abandon des poursuites.

J'avais besoin de connaître les prochaines étapes pour éloigner Zayn de Grant et le ramener à la maison avec moi.

C'est un long processus, selon lui, de se battre pour obtenir la garde. Et tout ce que je fais devant les caméras peut être transformé en bonne ou mauvaise campagne pour leurs avocats.

La seule satisfaction que j'éprouve, c'est que Grant sera soumis au même examen minutieux. Et il ne manquera pas de faire une erreur.

L'air froid et vif est encore plus glacial lorsque je pose les yeux sur Charlotte. Elle est tapie dans l'ombre sur le trottoir. Sa lèvre inférieure est coincée entre ses dents et elle passe de son téléphone portable à moi.

— Je suis vraiment désolée, Noah, s'excuse-t-elle en s'avançant vers moi sous le réverbère. Je me sens mal à propos de tout ça, si j'avais su...

Je lève la main pour l'arrêter. Je ne veux pas entendre ses excuses bidons. La colère n'est même pas un mot assez fort pour décrire la rage qui monte en moi. Et je n'ai pas d'autre choix que de l'apprivoiser, étant donné les journalistes qui filment notre conversation.

— Mon fils est avec ce monstre à cause de toi, l'accusé-je en grognant.

Ce qu'elle a fait est impardonnable. Le taxi arrive juste à temps. Je ne pense pas pouvoir supporter Charlotte une seconde de plus ou être à proximité sans lui crier dessus.

— Je ne veux plus jamais te revoir.

J'ouvre la porte arrière du taxi et je monte, donnant au chauffeur l'adresse de mon avocat.

Je ne me retourne pas vers Charlotte. Elle ne mérite pas une seconde de plus de mon temps. Quelle que soit la relation que nous avons eue, elle est terminée.

À l'arrière du véhicule, mon téléphone vibre. Un message. Je m'attends à ce que ce soit Charlotte qui s'excuse à nouveau, ce qui me rappelle que je dois bloquer son numéro, mais son téléphone est cassé, alors je doute d'avoir de ses nouvelles ce soir au moins.

Le message vient du coach.

Malone : Mon bureau à neuf heures.

Je grommelle et me déplace, mal à l'aise, sur le siège.

— Vous êtes ce joueur de hockey, n'est-ce pas ? interroge le chauffeur.

Son regard croise le mien dans le rétroviseur avant qu'il ne se concentre à nouveau sur la route.

— Oui.

Je ne développe pas.

— Je peux avoir un autographe pour mon fils ?

— Bien sûr, affirmé-je. Mais je n'ai rien à signer, ni de stylo.

Lorsque nous nous arrêtons à un feu rouge, il me tend un bloc de papier et un stylo.

— Peut-être pourrions-nous prendre une photo lorsque nous arriverons à destination ? Mon fils serait ravi.

— Bien sûr.

Je me force à sourire.

La radio du taxi, une station d'information locale, diffuse le bulletin météorologique.

Une autre journée froide au vent glacial demain, suivie d'un risque de neige.

— Qu'est-ce que vous faisiez au commissariat ? interroge-t-il en m'admirant à nouveau dans le rétroviseur. Vous apportiez votre aide à un ami ? J'ai entendu dire que vous aviez organisé une collecte de nourriture l'hiver dernier au commissariat de police du nord.

Le journaliste de la station de radio présente un bulletin d'informations, au sujet de votre humble serviteur :

Nouvelle information, Noah Reece, joueur de hockey professionnel des Ice Dragons, a été arrêté et relâché à la suite d'allégations de maltraitance d'un enfant de la part de sa nouvelle petite amie. Plus d'informations sur cette histoire après...

— Vous avez été arrêté ? questionne le conducteur, mal à l'aise sur son siège avant.

Ses mains restent posées sur le volant, la poigne serrée.

— Je n'ai pas frappé mon fils, c'est son beau-père qui l'a fait, mais tout le monde se fout de ma version des faits. Vous pouvez changer de station de radio ?

Je grogne et croise les bras sur ma poitrine.

Lorsqu'il me dépose, il ne sort pas pour prendre la photo qu'il avait réclamée, et je suis presque sûr de l'avoir vu rouler l'autographe que j'avais fait pour son fils en boule et le jeter sur le plancher de son siège passager.

Ma réputation a été ruinée, tout ça à cause d'un coup de téléphone merdique et d'une allégation pour un crime que je n'ai pas commis.

Je préférerais mettre ma vie en jeu et marcher

devant un bus qui roule à toute allure plutôt que de laisser quoi que ce soit blesser Zayn.

Comment Charlotte a-t-elle pu ne pas s'en rendre compte ?

Je me dirige vers l'adresse que mon avocat m'a donnée. Il s'avère que c'est son appartement, pas son bureau. Il me fait entrer et nous discutons brièvement des étapes à suivre pour récupérer Zayn et du fonctionnement de la procédure.

— J'ai besoin de vous devant les caméras après votre match.

— Pourquoi ?

Je déteste les médias. Tout ce qui s'y rapporte me donne la chair de poule. De plus, il n'y a aucune chance que les questions de l'interview portent sur le match de hockey. Ils vont me bombarder avec l'arrestation, les allégations et le fait que j'ai un enfant et que je n'ai pas été là pour lui. Sans compter que je ne connaissais même pas son existence.

Ce sera inévitablement de ma faute, car c'est ainsi que fonctionnent les médias.

— Vous pensez que Grant ne va pas tourner ça de cent façons différentes pour vous faire passer pour un monstre ?

Il a raison. C'est pour ça que je l'ai engagé, parce

que c'est le meilleur. Ça ne veut pas dire que je me réjouis d'appliquer ses conseils.

— D'accord.

— Et rendez-moi service, ayez l'air heureux. Vous voulez que les gens vous apprécient, parce que ce juge verra et entendra des choses qui ne pourront pas être oubliées. Même s'ils jurent de ne pas se baser sur les informations des médias, tout le monde est partial, même sans en avoir l'intention.

— Merveilleux, ajouté-je en forçant un sourire.

— Réfléchissez, Noah, vous faites ça pour Zayn.

———

Après avoir quitté l'avocat, j'ai besoin de me détendre. Mon esprit cogite, mon cœur ne cesse de s'emballer, et j'ai désespérément besoin d'une douche après avoir passé du temps dans cette cellule de prison.

Ce meurtrier, le Russe, est-il sorti ?

Je ne crains pas qu'il me retrouve. Je n'ai aucun problème avec lui, mais d'une manière ou d'une autre, je suis au centre de l'actualité alors que c'est lui qui a pratiquement admis avoir assassiné un homme.

Et je suis l'innocent.

Le gratin des célébrités. Ce monde est foutu.

Je jette mon téléphone sur le lit et me déshabille pour prendre une bonne douche chaude. Ce n'est pas aussi relaxant que je l'aurais voulu, avec mes pensées qui se bousculent et ma colère qui bouillonne à l'égard de Charlotte.

J'avais de vrais sentiments pour elle, et elle a tout gâché. Bien fait pour moi de penser que je pourrais un jour avoir à nouveau une petite amie.

Les femmes déçoivent toujours.

D'abord, Jasmine, qui m'a trompé et a épousé ce sinistre connard de Brass.

L'eau de la douche est brûlante et rougit ma peau, mais je me sens engourdi alors qu'elle s'abat sur moi de la tête aux pieds.

Et la douce, l'adorable Charlotte qui montre son vrai visage de fourbe pour me détruire. Un félin qui sort ses griffes, en somme.

Elle est désolée.

Pfff.

Je n'y crois pas. Le fait d'être désolée n'excuse ni n'annule ce qu'elle a fait. Elle a remis mon fils à son agresseur.

Je me lave les cheveux et me savonne le corps pendant que l'eau se refroidit avant de devenir glacée. J'éteins le jet et j'attrape une serviette que j'enroule autour de ma taille avant de sortir de la salle de bains et d'entrer dans ma chambre.

Je ne suis pas du tout fatigué, mais j'ai besoin de dormir si je dois rencontrer Malone demain matin, ce qui me rappelle que je dois répondre à son message.

Je me dirige vers ma commode, je choisis un caleçon et je l'enfile après m'être essuyé.

J'attrape mon téléphone sur le lit, et mes notifications de messages ont explosé. Il y en a des dizaines de mes coéquipiers. Il semblerait qu'ils aient tous entendu parler de l'arrestation à l'heure qu'il est.

Je réponds à Malone, lui faisant savoir que je serai là à l'heure, juste pour lui.

Je m'écroule sur le matelas, mon téléphone à la main, et je regarde le plafond avant de parcourir les textos. Pratiquement tous les potes des Dragons m'ont envoyé des messages, ainsi que le chat de groupe que Kyler a formé avec quelques-uns des gars dont il est le plus proche.

Kyler : Est-ce qu'elle a vraiment appelé les flics pour te faire arrêter ?

Jasper : Arrêté ?! Qui a été arrêté ?

Parker : Étonnamment, pas toi !

Jasper : Ce n'est pas drôle. QUI A ÉTÉ ARRÊTÉ ?

Kyler : Arrête avec les majuscules !

Asher : En vrai, tu ne lui as pas répondu.

Jasper : MERCI.

Asher : Ok, là ça devient chiant.

Parker : Chase ?

Kyler : On pourrait le penser, mais non.

Aiden : Tu vas nous faire deviner ?

Parker : Qui est dans le chat mais n'a pas encore répondu ?

Jasper : Noah !

Asher : Noah

Aiden : Owen

Kyler : Deux sur trois, c'est pas si mal.

Jasper : Ça c'est moi qui te montre mon majeur, fréro.

Parker : Pourquoi a-t-il été arrêté ?

Les gars s'envoient des messages pendant que je fixe l'écran et que j'ajoute enfin mon grain de sel.

Noah : Parce que mon ex-petite amie est une idiote.

Kyler : Jasmine ?

Jasper : Je ne l'ai jamais aimée.

Parker : Pourquoi Jasmine te ferait-elle arrêter ?

Je passe mes doigts dans mes cheveux avec frustration. Je ne veux pas me lancer dans une discussion avec les gars sur ce qui s'est passé, du moins pas par texto, mais ils ne lâchent pas l'affaire.

Owen : Passez-moi le pop-corn.

Asher : T'es un trou de balle.

Owen : Moi ?

Chase : Désolé, ma copine me faisait une pipe. Noah s'est fait arrêter ?

Asher : Sérieusement, Chase ?

Jasper : OMG

Kyler : Sans commentaire.

Jasper : C'est pourtant toi qui commentes.

Ces gars-là, je le jure, vont me tuer. Je ne peux pas m'empêcher de rire, même après la journée de merde que j'ai eue, et de me frotter les yeux. Ils me brûlent à force de rire. Je suis sûr qu'ils essaient de me faire pleurer.

Noah : Arrêtez de faire vibrer mon téléphone, bande de cons.

Kyler : Arrête de garder pour toi les détails croustillants. Taulard.

Noah : Ok. Charlotte a appelé les flics. Elle m'a fait arrêter.

Asher : Jure ?

Jasper : Putain de merde. Il faut que j'appelle Amber.

Noah a quitté le groupe.

Je ne peux pas supporter leurs pitreries ce soir. Heureusement, aucun des gars ne me rajoute au chat, et s'ils discutent de mon absence de vie amoureuse et de l'arrestation, je n'ai pas besoin de le lire. J'éteins les lumières et essaye de dormir quelques heures.

Demain, nous jouons contre les Wolverines à domicile et je dois donner le meilleur de moi-même, surtout si je dois parler à l'entraîneur Malone pour qu'il me mette en interview avec la presse après le match.

La moitié de la nuit, je me tourne et me retourne, inquiet pour Zayn. L'autre moitié, je réfléchis à ce que je vais dire devant la presse, comment les convaincre que ce n'est qu'un malentendu et que je ne suis pas la brute violente qu'ils pensent que je suis.

———

— Noah, viens t'asseoir, suggère Malone en me rejoignant tôt dans son bureau.

J'ai trois heures de sommeil et deux tasses de café à mon actif. J'ai déjà joué avec moins de sommeil, mais il y a plus de choses qui me font tourner la tête, principalement Zayn.

Mon avocat n'a pas encore de nouvelles. Il doit contacter l'avocat de Jasmine pour savoir si elle m'a accordé la garde exclusive et si Grant Brass a fait l'objet d'une ordonnance de restriction. J'en doute.

— Tu as l'air d'être complètement vidé.

— C'est si évident que ça ?

Je passe mes doigts dans mes cheveux, tâchant de garder un semblant de contrôle.

— La nuit a été longue.

Malone acquiesce.

— C'est l'impression que j'ai eue. J'ai six journalistes différents qui me demandent un article sur ton arrestation. On entend partout que tu aurais agressé ton fils. Je ne savais même pas que tu avais un enfant !

Je grimace. Je suppose que j'ai caché certaines choses à l'entraîneur.

— C'est assez nouveau. Je n'ai appris l'existence de Zayn que récemment, et le test de paternité s'est révélé positif la semaine dernière.

Il me dévisage fixement.

— C'est ce dont vous parliez l'autre jour, réalise-t-il soudainement. La prochaine fois, c'est à moi que tu t'adresseras. Laisse-moi m'occuper des garçons, des médias, de tout ça. Tu as foutu un sacré bordel, petit.

Je me retiens de lui rétorquer que je ne suis pas un petit, mais je me mords la langue. L'entraîneur Malone a toujours de bonnes intentions. C'est un bon gars et il essaie de s'occuper de l'équipe autant qu'il le peut, même si parfois il est impuissant.

— Oui, monsieur, promets-je en lui témoignant le respect qu'il attend sans doute de moi.

— Je suppose que cette histoire de violence sur votre enfant n'est rien d'autre qu'un scandale, présume Malone en me regardant fixement.

— Je vous jure que je n'ai jamais frappé Zayn. Jasmine s'est présentée à ma porte avec lui, tous les deux avec un œil au beurre noir.

Il pince les lèvres et je me crispe.

— Et les allégations de ta copine ?

— Elle n'a rien vu. Elle est arrivée et a vu un gamin avec un œil au beurre noir qui pleurait. Et pour information, monsieur, ce n'est pas ma petite amie, affirmé-je pour mettre fin à ce titre avant qu'il ne soit publié dans les journaux. Elle n'est rien pour moi.

— Ex-petite amie, se corrige Malone en se raclant la gorge. C'est bien. Donc, j'imagine qu'elle ne sera plus un problème.

QUINZE

CHARLOTTE

J'ai royalement merdé. Après ce qui s'est passé la nuit de l'arrestation, Noah ne répond plus à mes appels, ni à mes textos.

J'ai un nouveau téléphone, le même numéro, donc il sait qui c'est. Et je me suis excusée à plusieurs reprises sur sa messagerie et par texto. Je peux en déduire qu'il m'a bloquée maintenant.

Je lui ai envoyé une carte d'excuse. Elle est revenue à l'expéditeur. Il n'a même pas pris la peine de l'ouvrir.

Bien sûr, si la situation était inversée, je ne

voudrais pas non plus lui pardonner, mais j'ai fait une erreur.

Je ne sais pas trop quoi faire d'autre.

Passer à autre chose ?

Plus facile à dire qu'à faire.

— Tu sors avec moi ce soir, ordonne Amber. J'en ai assez de me morfondre, et on n'a pas fêté mon anniversaire ensemble.

— Je suis presque sûre que je n'ai pas été invitée à ta fête d'anniversaire, rappelé-je en la fixant.

Amber fait la grimace.

— Noah ne voulait pas que tu viennes, et je ne pouvais pas ne pas inviter mon petit ami et ma sœur. Je suis désolée. Je suis une mauvaise amie ?

Je secoue la tête. Je ne peux pas rester en colère contre Amber. On aurait pu sortir, juste nous deux, pour fêter ça, mais nos emplois du temps ont été très chargés ces dernières semaines.

— Non, c'est de ma faute.

En plus, ce n'est pas comme si je pouvais aller chez elle. Elle vit avec Jasper, et je ne me sens pas la bienvenue chez eux. Non pas qu'il ait interdit quoi que ce soit de façon catégorique. Je me sens coupable de ce que j'ai fait à Noah, même si ce n'était pas intentionnel. Je déteste savoir que je l'ai blessé.

La seule chose qui soit pire que de lui faire du mal, c'est que j'ai confié son fils à un homme violent.

— Allez, on sort ce soir. On va s'amuser. Oublie toutes les merdes qui sont arrivées dernièrement. Si tu as de la chance, tu pourras même trouver un mec sexy avec qui sortir.

— Je ne suis pas intéressée par les rencontres en ce moment.

Amber me regarde fixement, pas convaincue.

— Oui, bien sûr. Comme tu veux.

— Je ne suis pas intéressée, je te dis !

— Parce que tu as toujours le béguin pour Noah ?

Amber agite les sourcils.

Je roule mes lèvres l'une contre l'autre, réfléchissant à la réponse à donner.

— Je ne mérite pas d'être heureuse tant que Noah et son fils ne seront pas réunis.

Amber expire lourdement et vient s'asseoir à côté de moi sur le canapé.

— C'est une tâche difficile. Je veux dire qu'il fait tout ce qu'il peut, légalement, pour obtenir la garde, mais c'est une procédure lente. Il s'avère que la mère, Jasmine, ne veut plus renoncer à la garde de son fils. Son mari lui a promis de ne plus jamais les frapper. Et elle se bat pour obtenir la garde complète.

— C'est des conneries !

Je me lève, faisant les cent pas dans mon appartement, ce qui ne me laisse pas beaucoup de place.

— Elle ne peut pas lui faire ça.

— Oui, je sais. C'est une vraie salope. En vrai, cette femme lui a caché le fait que Noah était père, puis elle a lâché la bombe et ne veut pas qu'il s'implique. Quel genre de personne fait ça ?

Amber semble en savoir plus sur Jasmine que moi.

Elle replie ses jambes contre elle sur le canapé, son attention portée sur moi qui fais les cent pas.

— Tu vas détruire ton parquet si tu continues comme ça.

— C'est du stratifié, rétorqué-je en me forçant à sourire. Que sais-tu de Jasmine ?

Noah ne m'a rien dit. Cet homme est plein de secrets.

Il a fait la une de tous les journaux, la presse l'interrogeant sur l'arrestation, les accusations et ses performances lors des derniers matchs qu'il a joués. Il est toujours souriant et poli et parvient à amadouer la presse en riant.

Mais il y a plus sous la surface et le sourire superficiel qu'il leur donne.

Il a clairement fait savoir que le sujet de son fils n'était pas à aborder. Il est en pleine bataille pour la garde et ne peut faire aucun commentaire à ce sujet.

— Jasmine est son ex-petite amie. C'est tout ce que je sais de Jasper. J'ai entendu dire qu'elle l'avait trompé et s'était enfuie avec son mari actuel, Grant Brass. Je ne sais pas si c'est vrai.

Amber descend du canapé et m'attrape le bras.

— Assez parlé de Noah. On sort.

Quarante minutes plus tard, une demi-bouteille de laque et six changements de tenue, nous sommes enfin prêtes à sortir en boîte. Amber a insisté pour me maquiller et choisir mes vêtements pour ce soir.

Je porte une jupe en cuir noir et une chemise rouge qui couvre à peine mon ventre. C'est mignon comme tout, mais je ne l'ai pas mise depuis longtemps.

Elle a aussi insisté pour que je chausse les « bottes du sexe », comme elle les appelle, des chaussures en cuir qui montent jusqu'aux genoux. Elles sont sexy, mais je ne les sentais pas, ni la tenue, jusqu'à ce que je les mette toutes les deux.

Je parie qu'elle souhaite que je m'envoie en l'air ce soir.

Je me regarde dans le miroir en passant le rouge à lèvres rouge flamboyant sur mes lèvres. Bordel, j'ai l'air sexy, mais je ne suis pas sûre qu'un coup d'un soir puisse réparer un cœur brisé.

— Allons-y ! s'écrie Amber, me tirant pratiquement hors de l'appartement.

D'habitude, c'est moi qui insiste pour qu'elle vienne avec moi aux fêtes de l'université ou dans les bars pour passer une bonne soirée.

Ce soir, je veux rester à la maison, me prélasser en pyjama et manger un bol de glace parfum « Pas trop la Pêche », qui est tout indiqué pour décrire ma vie amoureuse actuelle.

Nous marchons ensemble jusqu'au métro le plus proche.

— Ça te dérange si on va au club près de chez moi ? questionne Amber.

Honnêtement, je n'ai pas de préférence pour ce soir.

— C'est comme tu veux. C'est ton anniversaire qu'on fête.

Je me force à sourire, faisant de mon mieux pour me mettre dans l'ambiance d'une nuit de danse et de boisson.

— C'est parfait. Il y a un nouveau bar. Il est super mignon et élégant. Je voulais y aller avec Jasper, mais il a été tellement occupé cette saison que nous ne sommes pas sortis autant que nous l'aurions voulu.

— J'ai toujours pensé que tu étais plus casanière.

— Oh, c'est le cas, mais Jasper aime bien me sortir, et ça ne me dérange pas d'être sa cavalière.

Nous traversons la ville ensemble, et une file d'attente commence déjà à se former pour le bar dans lequel Amber veut entrer. Nous nous tenons à l'arrière de la file, l'air froid mordant mes cuisses.

La file avance lentement et je jette un coup d'œil à mon téléphone.

— Tu attends un appel ou un texto ? plaisante Amber.

Elle voit clair dans mon jeu.

Je secoue la tête et range mon téléphone dans mon sac.

— Il n'y a aucune chance que Noah accepte mes excuses, n'est-ce pas ?

Amber fait une moue désolée et me fixe.

— La vérité ?

— Je sais. Il me déteste pour ce que j'ai fait. Mais j'ignorais qu'il était père ! Ce n'est pas comme s'il me l'avait avoué. Comment pouvais-je savoir ce qui se passait ?

— Tu lui demandes. Communication. Mais, je te comprends. Si je rentrais à la maison et que Jasper avait un enfant avec un œil au beurre noir, je frapperais probablement Jasper moi-même et j'appellerais ensuite les flics, en supposant qu'il ait kidnappé l'enfant.

Je ris jaune.

— Eh bien, l'enfant l'a appelé papa.

— Ah bon ? m'interroge Amber en me dévisageant. Ou c'est ce que tu as cru entendre ?

Nous avançons pendant que la file d'attente se déplace lentement.

J'ouvre la bouche et la referme.

— Le garçon a dit que son père l'avait frappé.

Ça, je m'en souviens. C'est ancré dans mon esprit.

— Et je suis presque sûre que Noah m'a avoué être son père.

— Presque sûre ?

— Il l'a fait, affirmé-je. Non pas que ça ait de l'importance. Il ne répond ni à mes appels ni à mes textos. Je lui ai même écrit un mot d'excuse qu'il m'a renvoyé par la poste. Il ne l'a même pas ouvert. Je lui enverrais bien des fleurs, mais je doute qu'il s'intéresse à ce genre de choses.

— Tu l'as fait arrêter, rappelle Amber en me regardant avec insistance. Et tu as renvoyé son fils directement auprès de l'homme qui l'a maltraité.

— Je sais !

Ma mine se décompose.

— Je me sens comme une merde. D'accord ?

Amber acquiesce et pose une main sur mon bras.

— Ça va aller. Il se bat pour obtenir la garde complète.

— J'ai entendu ça aux infos. Cette histoire de garde. J'ignorais qu'il projetait d'obtenir la garde exclusive, mais c'est tout à fait logique.

— Assez parlé de ton ex, coupe Amber alors que nous nous approchons de l'entrée.

Je sors ma carte d'identité alors que nous sommes invitées à pénétrer dans le club.

— On est là pour s'amuser. Est-ce que tu imagines à quoi ressemble cet endroit après neuf heures ?

La musique filtre par la porte ouverte tandis que le videur ne laisse entrer que quelques personnes. J'ai hâte de quitter la rue, de boire, de danser et d'oublier toutes les merdes qui se passent en ce moment, y compris le gala de charité à venir.

Après s'être gelé les fesses à l'extérieur, on nous fait entrer dans le club. C'est bruyant et la musique pulse, faisant vibrer le sol.

— Prenons un verre. C'est moi qui offre, crié-je à Amber en lui montrant le bar.

J'attrape sa main, m'assurant que nous ne soyons pas séparées dans le chaos du club.

Elle est sur mes talons et nous commandons quatre shots à nous deux, que nous avalons en quelques secondes avant de nous élancer sur la piste de danse.

Je n'ai pas besoin de la convaincre de danser. Elle se joint à moi, nous rejetons toutes les deux la tête en arrière et profitons du rythme. Nous dansons et nous nous balançons, la musique nous électrise.

— Suis-moi, m'ordonne-t-elle en m'entraînant plus loin dans la foule. Désolée, j'ai cru voir quelqu'un.

— Ton petit ami ?

Je la taquine. Les Ice Dragons ne jouent pas ce soir, mais je ne sais pas ce que Jasper et l'équipe font en ce moment.

— Ma sœur.

— Est-ce qu'on se cache ou est-ce qu'on va vers elle ?

Amber et Emerson ont une relation tendue. Elles ne semblent pas particulièrement proches, d'après ce que j'ai vu et la façon dont Amber parle de sa grande sœur.

Elle rit et me jette un coup d'œil par-dessus son épaule. Elle ajoute fièrement :

— Je n'ai plus à me cacher d'elle. J'ai vingt et un ans.

Il n'y a aucun signe d'Emerson, mais l'endroit est bondé. Il serait difficile de trouver quelqu'un dans la foule.

Nous continuons à danser pendant un moment avant que je n'indique le bar. Les effets de l'alcool s'estompent déjà, et je m'adresse à Amber :

— Des boissons ?

— Oui !

Amber crie et me suit vers le bar, où je commande six nouveaux shots pour nous.

— Tu essaies de me saouler ?

— C'est le plan, acquiescé-je, voulant oublier momentanément les conneries récentes qui m'accablent.

Amber pousse un cri d'étonnement et nous attrapons nos verres à liqueur que nous entrechoquons avant de les avaler en même temps.

Nous restons près du bar pendant quelques minutes, Amber se glissant sur le tabouret tandis que je me tiens à côté d'elle.

— Il y a des garçons sexy ? demande-t-elle en me souriant.

— A toi de me le dire.

— J'ai un petit ami. Il faut que tu t'envoies en l'air !

Elle est bruyante, mais la musique étouffe la majeure partie de la conversation. Je grogne.

— Je ne veux pas n'importe quelle bite.

Les yeux d'Amber s'écarquillent et elle se met à rire à gorge déployée.

— Tu veux la bite de Noah, précise-t-elle avec un sourire malicieux.

— Mais il ne veut même pas écouter mes excuses.

— Tu devrais venir ce soir. Faire une soirée pyjama. Jasper et Noah traînent ensemble. On pourrait faire du pop-corn et mater un film de filles.

Je sors mon téléphone de ma pochette.

— Qu'est-ce que tu fais ? m'interroge-t-elle, se penchant en avant pour m'observer.

— Je l'appelle.

— Il ne décrochera pas.

Elle a raison. Il ne décrochera pas, mais je n'ai pas besoin d'appeler Noah pour le joindre.

— J'appelle ton petit ami, blagué-je. Quel est le numéro de Jasper ?

— Tu ne vas pas sortir avec mon copain.

Le sourire disparaît de son visage : elle me jauge. Cette fille ne pourrait jamais jouer au poker, car elle est bien trop expressive.

— Détends-toi. Il faut qu'on les fasse venir ici.

Jasper viendra te chercher si on ment et qu'on leur fait croire que tu es bourrée. Pas vrai ? Ensuite, il nous ramènera chez toi pour nous dégriser et Noah sera là.

— Je suis bourrée, concède Amber.

— C'est bien. Comme ça, sois convaincante.

Amber bascule du tabouret de bar sur moi, gloussant quand je la repousse sur le siège avant que quelqu'un d'autre ne le prenne.

— Fais ça quand il sera là. C'est bien.

— Faire quoi ? questionne Amber, qui me regarde en riant. Le tabouret tourne.

Je lui souris.

— Il ne tourne pas.

— Si, il tourne ! C'est comme un de ces manèges qui tournent à la fête foraine. Et Noah ne va pas aimer que tu viennes. Il te déteste déjà.

J'ignore sa remarque sur Noah. Il est en colère contre moi. Il ne me déteste pas. Il y a une différence. J'ai merdé et plus vite il comprendra que je suis désolée, plus vite nous pourrons au moins redevenir amis.

— Donne-moi ton téléphone, exigé-je en remettant le mien dans mon sac.

Je ne suis pas sûre que Jasper décrochera si je l'appelle.

Amber me balance tout le contenu de son sac à main. Je récupère son téléphone, le déverrouille avec son année de naissance et trouve le numéro de Jasper.

J'appuie sur appel et il décroche après deux sonneries.

— Tu as déjà fini ta soirée ? s'enquiert Jasper en décrochant le téléphone, reconnaissant le numéro d'Amber.

Sympa. Même pas de « bonjour ».

— Ta copine pense que le tabouret du bar est un manège.

— Non ! Amber hurle en explosant d'un rire plus fort que la musique ambiante et approche ses lèvres du téléphone. C'est plutôt comme les attractions des tasses !

— Je suis en route. Vous êtes où ?

Je lui donne l'information et me mords la langue. Je précise :

— J'espère que je n'interromps pas tes projets pour ce soir.

— Juste, ne la laisse pas faire des bêtises. D'accord ?

Jasper raccroche et je remets le téléphone d'Amber dans son sac avant de le lui tendre.

— Tu veux danser jusqu'à ce que les garçons

arrivent ?

Amber secoue la tête et fait la grimace.

— Je ne crois pas que je puisse. Il faut que la pièce s'arrête de tourner.

J'avais oublié à quel point ma meilleure amie ne tenait pas l'alcool. Je m'inquiète pour elle :

— Tu vas être malade ? Tu veux que je t'emmène aux toilettes ?

— Mince, j'espère que non, marmonne-t-elle. Les anniversaires sont censés être amusants.

Elle grommelle.

Je pose une main sur son épaule.

— Ça va ?

— Bien, mais il y a Atlas Storm.

Je n'ai pas besoin de demander qui est Atlas. Il est dans un de mes cours, et il semble qu'Amber le connaisse aussi. C'est le petit frère du joueur vedette des Island Bruisers, Knox Storm.

— Hey, mesdames, s'annonce Atlas en s'approchant, tenant nonchalamment une bière.

Il nous dévisage comme si notre apparence allait définir son intérêt ou non envers nous. Si son regard scrutateur n'est pas déjà assez objectifiant, le sifflement qu'il pousse et son expression appuyée de prédateur me donnent définitivement la chair de poule.

— Pas intéressée, précisé-je d'entrée de jeu.

Qu'il aille voir ailleurs.

Atlas sourit, toute son attention sur moi.

— Tu es sûre, princesse ? J'ai appris que Noah Reece et toi aviez rompu. Je te promets que je suis bien meilleur au lit que lui, et que tu ne décevras pas ton père.

Je suis mal à l'aise.

— Mon père ne choisit pas mes rendez-vous, et crois-moi, il n'y a pas d'attirance de mon côté. J'aurais plus de sentiment pour une pierre.

Il glousse et sirote sa bière.

— C'est dommage.

— Va te faire voir, Atlas.

Je sais ce qu'il essaie de faire. Il l'a affirmé lui-même, il veut se faire bien voir de mon père, le chef des Island Bruisers. Il est probablement en train de s'enrôler dans la *draft* NHL et veut garantir sa place.

— Allez, flirte-t-il en s'approchant.

Il pose sa main sur mon bras, sa prise est ferme mais pas douloureuse.

— J'ai vu la façon dont tu me mates en classe. On pourrait être bien ensemble.

En classe, il drague toutes les filles en jupe. Il n'a pas l'air de m'utiliser pour se faire une place en compétitif.

— Demande de l'aide à Knox. Je ne suis pas ta copine. Et enlève tes sales pattes de moi, Atlas.

J'essaie de me dégager de son emprise, mais sa poigne se resserre et son autre main vient entourer ma hanche.

— Je ne suis pas là par intérêt, murmure-t-il en se penchant.

Je ne le crois pas.

— Lâche-la tout de suite, retentit la voix de Noah derrière moi.

— On y va, ordonne Jasper, en venant à mes côtés et en aidant Amber à se lever.

Atlas relâche sa prise et lève les bras en signe de reddition.

— Désolé, mec. Je ne savais pas que vous sortiez encore ensemble, capitule-t-il comme si je n'étais que la propriété de Noah.

— Allons-y, grogne ce dernier dans mon oreille.

Il m'attrape par le bras et me tire hors du bar avec Jasper et Amber à sa suite.

En sortant dans l'air froid, il me relâche.

— Est-ce que tu dois toujours avoir des ennuis où que tu sois ? philosophe-t-il, d'un ton tranchant.

Je ne pense pas qu'il cherche une réponse.

— Où est la voiture ? interroge Amber d'un pas chancelant.

Jasper passe un bras autour de sa taille pour l'aider à se stabiliser.

— Nous ne sommes qu'à quelques mètres de la maison. Je n'aurais pas pu me garer plus près.

Appeler Jasper était une mauvaise idée.

La chaleur du regard de Noah me fait mal au ventre, ou peut-être que les shots ont finalement eu un effet. Je ne sais pas lequel des deux est le pire. Il ne veut pas être près de moi. Pourquoi ai-je pensé qu'interrompre leur soirée serait une bonne idée ?

— Je vais prendre le métro pour rentrer, préviens-je lâchement, et je me dirige dans la direction opposée.

Noah pousse un soupir.

— Tu n'iras pas là-bas toute seule.

Il se cale sur ma vitesse, même si j'accélère la cadence. Il ne me touche pas, ses mains le long de son corps.

Nous approchons de la station de métro, mais un panneau nous avertit d'un long retard.

Il soupire et se passe une main dans les cheveux.

— Reviens avec moi, ordonne-t-il.

Je sais que ce n'est pas ce qu'il veut. C'est la dernière chose au monde, et même s'il propose, c'est strictement par pitié.

— Tu peux rentrer chez toi. J'attendrai. C'est bon.

— Et le risque que tu tombes sur les rails parce que tu es ivre ?

Son rire est sombre, ses yeux écarquillés.

— Non. C'est la dernière chose dont j'ai besoin que la presse ait vent. Tu viens chez moi.

Je ne discute pas. Ce n'est pas la peine.

Même si je veux avoir le temps de lui expliquer et de lui parler, ce n'est pas comme ça que j'avais imaginé les choses.

Nous remontons les escaliers du métro jusqu'à la rue. Ce n'est pas très loin, quelques mètres dans l'obscurité avant d'entrer dans son immeuble chic.

Je sens les yeux du portier et du concierge qui me fixent. Étaient-ils de service la nuit de l'arrestation de Noah ?

J'ai l'impression d'être ramenée sur les lieux du crime.

J'ai l'estomac noué.

Le silence s'étire entre nous. Je ne comprends pas pourquoi il m'a ramenée ici, même s'il prétend que c'est parce qu'il a peur que je tombe sur les rails. Il pourrait simplement me mettre dans un taxi. Il y a tellement de non-dits entre nous. L'air est étouffant et mon rythme cardiaque s'accélère pendant que je me balance sur mes pieds.

Noah passe un bras autour de ma taille et me pousse dans l'ascenseur.

— A l'étage.

C'est un ordre. Il n'y a pas à discuter avec lui ce soir. Il a décidé de me ramener chez lui.

Nous montons ensemble dans l'ascenseur et je ne me suis jamais sentie aussi claustrophobe de ma vie. Les murs dansent, s'effondrent sur moi. Chaque respiration est plus prononcée, je cherche de l'air, mais il n'y en a pas assez.

Je suffoque.

Des taches parsèment ma vision avant que tout ne devienne noir.

SEIZE

NOAH

Je n'aurais jamais dû accompagner Jasper au bar, mais en entendant qu'Amber et Charlotte avaient besoin d'être raccompagnées parce qu'elles avaient bu, je n'ai pas voulu laisser à Jasper le soin de s'occuper des deux filles. Amber est sa petite amie.

Charlotte, eh bien, elle n'est pas vraiment ma petite amie. Mais j'aurais aimé nous considérer comme des amis avant ce qui s'est passé récemment.

Et une petite partie de moi veut se venger.

Peut-être que je suis venu parce que je voulais la voir complètement bourrée et malheureuse d'avoir foutu ma vie en l'air. Est-ce que ça fait de moi le méchant ? Ce n'est pas comme si je l'avais poussée à boire.

Mais je devais aussi m'assurer qu'elle rentrait bien chez elle.

Je lui en veux, mais je ne suis pas un connard. Je ne veux pas que quelque chose de terrible ou de tragique arrive à Charlotte. Je ne pourrais pas m'en remettre si elle s'engageait dans la circulation et se faisait renverser par une voiture ou si elle commandait un covoiturage et se retrouvait dans le mauvais véhicule.

D'une manière ou d'une autre, je me suis retrouvé à ramener la mignonne et adorable Charlotte Grace à la maison. Pour mémoire, ce qu'elle a fait à ma vie personnelle et professionnelle l'emporte de loin sur la gentillesse qu'elle dégage.

Je devrais la détester.

Mais tout ce que je ressens, c'est de l'inquiétude alors que je me tiens à côté d'elle dans l'ascenseur et qu'elle s'effondre sur le sol.

Je ne l'ai pas vu venir.

Il s'avère qu'il y a beaucoup de choses que je ne peux pas anticiper quand il s'agit de Charlotte. Cette fille a facilement mis ma vie sens dessus dessous.

Ou peut-être est-ce dû aux femmes en général.

Ce n'est pas comme si j'avais eu la moindre idée que j'étais père.

— Charlotte ? l'appelé-je en me penchant pour l'ausculter.

Son pouls est régulier et je la soulève avec aisance dans mes bras, tandis que les portes de l'ascenseur s'ouvrent dans un tintement au dernier étage.

Je la porte à l'intérieur de mon appartement, l'emmène dans ma chambre et l'allonge sur le matelas.

— Noah ?

Sa voix endormie murmure mon nom, et ça fait vibrer ma bite.

Je déteste qu'elle ait encore une emprise sur mon cœur et mon corps. Je n'ai qu'une envie, c'est de l'oublier et de ne plus jamais la revoir, comme je le lui ai balancé la nuit où elle m'a fait jeter derrière les barreaux, mais quelque chose me retient.

La colère.

L'attirance.

Le désir.

Ils tourbillonnent ensemble et brûlent en moi. J'adorerais l'oublier et claquer une autre porte sur ce que nous avons partagé, mais j'ai besoin de réponses, comme la raison pour laquelle elle m'a trahi. Parce que chaque mot qu'elle a prononcé le soir de l'incident s'est évanoui dans la chaleur de la rage qui m'a consumé.

Je ne devrais rien ressentir pour elle, mais il y a une tristesse, une perte pour quelque chose qui n'a jamais été, qui me dévore. Et peut-être que ces émotions et ces sentiments s'emmêlent avec mon fils, que je n'ai pas eu l'occasion d'élever ou de connaître depuis le début.

La haine envers Charlotte pour ça n'est pas justifiée. Ce n'est pas sa faute si Jasmine m'a caché Zayn. Et c'est peut-être mon chagrin de cette perte qui m'engloutit autant que ce qu'elle a fait cette nuit-là.

— Repose-toi, la sommé-je en me tenant au bord du lit, refusant de m'asseoir ou de m'allonger à côté d'elle.

J'attrape une poubelle et la pose à côté du lit.

Je sors de la chambre, je veux prendre une bouteille d'eau dans le réfrigérateur et deux aspirines. De plus, j'ai besoin d'une minute pour me changer les idées.

Ce n'est qu'une femme. Mes sentiments pour elle sont morts. Enfin, ils devraient l'être, mais ils ne sont pas tout à fait à plat. La colère monte à la surface, bouillonnant avec dégoût.

Sur le chemin du retour au salon, son sac est abandonné sur le sol, et je le ramasse pour ne pas trébucher dessus.

Son téléphone vibre à l'intérieur.

C'est probablement Amber qui prend de ses nouvelles. Je devrais le laisser, mais le compartiment n'est pas fermé, et je laisse le téléphone tomber « accidentellement » sur le comptoir de la cuisine alors que j'y dépose aussi son sac à main.

L'écran s'illumine d'une douzaine de messages, mais aucun ne provient de son amie. Ils sont tous de son père.

Si nous sortions ensemble, je trouverais très déplacé de lire ses textos, mais elle se fait harceler par son père.

C'est pour ça qu'elle est sortie avec Amber ce soir et qu'elle s'est saoulée ? Jasper avait mentionné le vingt et unième anniversaire de sa petite amie, mais je ne suis pas sûr que Charlotte n'avait pas une arrière-pensée.

Je lis le début d'un des textos sur l'écran, mais je déverrouille le téléphone pour en voir plus. Il n'est pas difficile de deviner son mot de passe. Je l'ai vue le tapoter, son mois de naissance, répété.

Vraiment, si elle voulait sécuriser son téléphone, elle aurait dû choisir un meilleur code.

Je fais défiler les textos de son père, sans même m'arrêter sur ses autres fils de discussion ou l'auteur des messages. Ça ne devrait pas me concerner. Je sais que je m'immisce dans sa vie privée, que j'enfreins toutes les limites qu'elle aurait fixées si nous sortions ensemble, mais nous ne sommes pas ensemble.

Ce n'est pas pour autant que ce que je fais est acceptable. Je sais que je suis un peu une merde en fouillant dans son téléphone. Mais je ne lis que les messages de son père.

Et s'ils étaient importants ? Et si elle avait des projets et qu'elle les avait oubliés, et que maintenant il s'inquiète qu'elle soit morte dans un fossé ou qu'il appelle les flics pour lancer un avis de recherche sur une personne disparue ?

D'accord, ce n'est pas de ça qu'il s'agit dans les textos, mais ils sont houleux et unilatéraux. Charlotte n'a répondu à aucun de ses messages au cours de la semaine écoulée, mais le plus gros d'entre eux est arrivé aujourd'hui.

Papa : Tu ferais mieux de venir seule à la soirée de charité. Tu n'amèneras pas ce paresseux de Reece à MA fête.

Papa : Je n'ai pas besoin des sales histoires des Ice Dragons sur mon territoire.

Papa : Aie au moins la décence de répondre à ton père !

Papa : Je me fiche que tu ne veuilles pas y aller. Tu feras ce que je te dis.

Papa : Tu ne vas pas me répondre ? Si tu ne viens pas, je te coupe les vivres. Pas d'études. Pas d'appartement. Pas d'argent.

Les textos continuent, mais je m'arrête sur celui qui porte mon nom. Elle avait balancé à son père qu'elle avait un petit ami et m'avait demandé de venir. C'était avant l'arrestation. Avait-elle annoncé à son père que j'étais son petit ami ou l'avait-il deviné en se basant sur les bulletins d'information ? Parce que personne à New York ayant une télévision ou passant devant un kiosque à journaux ne pouvait ignorer le drame qui s'était déroulé récemment

Je fais défiler l'écran plus loin, voulant voir ce qu'elle a pu lui révéler d'autre à mon sujet.

Charlotte : J'irai à ton événement stupide à une condition : que je ne sois pas le prix de la vente aux enchères.

Papa : J'ai déjà mis ton nom sur tous les prospectus. Ce sera super pour l'association.

Charlotte : J'ai un petit ami.

Je jette un coup d'œil à la date d'envoi du texto.

C'était la veille de l'arrestation. La réponse de son père arrive deux jours plus tard.

Papa : Noah Reece ? Je ne t'ai pas élevée à sortir avec un joueur de hockey.

Charlotte ne lui a pas répondu après ça, probablement parce qu'elle ne pensait pas que j'assisterais encore à l'événement. Et je ne devrais pas. Je lui accorderais une faveur alors qu'elle m'a niqué. Mais en vérité, toute occasion de baiser une autre équipe, en particulier les Island Bruisers, je la saisis.

Je lâche une moue, je sais que je déconne avec la vie de Charlotte, mais bordel, elle mérite un peu de subir les conséquences de ses actes envers moi. J'envoie un message à son père depuis son téléphone.

Charlotte : Je viens à ton événement stupide. Le petit ami vient aussi. Prépare-toi à rencontrer Noah.

J'éteins son téléphone, en espérant que ça satisfera son père tout en lui permettant de continuer à recevoir l'argent pour payer ses études. Je ne veux pas gâcher son avenir ou son éducation. Je prends mon chargeur de téléphone et le branche sur son portable, le laissant dans la cuisine avec son sac pendant que je ramène la bouteille d'eau et l'aspirine comme prévu.

Elle grogne et se frotte le front.

— Je ne me souviens pas m'être mise au lit, réfléchit-elle en me voyant entrer dans la chambre.

— Tu t'es évanouie dans l'ascenseur.

J'ai déjà vu des personnes avoir un black-out à cause de l'alcool, mais je n'ai jamais été témoin d'évanouissement.

— Comment va ta tête ?

J'aurais dû la rattraper. J'avais le bras autour de sa taille, je la soutenais, et elle m'a échappé.

La culpabilité me pèse.

— Ça va, murmure-t-elle en levant les yeux vers moi.

Son regard fait le tour de la pièce, s'imprégnant de l'environnement.

Un nouveau silence s'installe.

— Dois-je t'emmener à l'hôpital ?

Je ne sais pas trop quoi faire après qu'elle est tombée dans les pommes. Est-ce dû à l'alcool ?

Je suis soulagé de l'avoir ramenée chez moi et de ne pas l'avoir fait monter dans un taxi pour qu'elle rentre seule chez elle.

Sans répondre, elle secoue la tête.

— Il y a une bouteille d'eau et de l'aspirine sur la table de chevet, si tu peux le supporter.

— Merci, marmonne-t-elle en se redressant,

buvant une gorgée d'eau en même temps que les cachets.

Je la surveille avec attention, voulant m'assurer qu'elle ne s'étouffe pas ou ne vomit pas avec l'eau et les pilules.

— Tu es sûre que je ne devrais pas t'emmener aux urgences ?

— Je me sens bien.

Elle se redresse dans le lit et je l'aide à placer les oreillers derrière elle pendant qu'elle boit une gorgée de la bouteille d'eau.

— L'ascenseur était un peu étouffant et je pense que j'avais juste besoin de plus d'eau.

Elle secoue doucement la bouteille vers moi.

Elle boit une gorgée d'eau, finissant la bouteille pendant que je la fixe, ne voulant pas qu'il lui arrive quoi que ce soit d'autre sous ma surveillance.

— Tu t'évanouis souvent en buvant ?

— Il y a toujours une première fois à tout, marmonne-t-elle avant de se rasseoir sur le matelas et de se glisser sous les couvertures. Je suis désolée pour tout.

Je ne lui demande pas pour quelle fois, pour ce soir, pour avoir gâché la soirée avec Jasper, ou pour l'arrestation. Peut-être qu'elle s'excuse parce qu'elle a fait renvoyer mon fils au monstre qui les a violentés lui et sa mère.

— Les excuses n'annulent pas ce qui s'est passé.

Je suis toujours en colère, même quand je ne veux pas l'être.

Elle pince les lèvres et acquiesce, une expression sombre sur le visage.

— Tu as tout à fait le droit de me détester.

— Putain de vrai.

— Si tu as besoin que j'écrive une lettre au juge ou que j'aille à la barre pour lui assurer que je t'ai fait arrêter à tort, que c'était un malentendu...

— Je n'ai pas besoin de ton aide, fulminé-je.

Pense-t-elle honnêtement que je lui ferais confiance pour m'aider après le bordel qu'elle a causé ? Elle est l'unique raison pour laquelle mon fils ne vit pas sous mon toit.

— Je suis vraiment désolée. S'il y a quoi que ce soit que je puisse faire pour réparer le désastre que j'ai engendré, je le ferai.

Elle a raison sur ce point, c'est un désastre, et c'est entièrement de son fait. Maintenant que Jasmine est rentrée avec Grant, ils veulent tous les deux la garde complète.

Le seul point positif est la lettre que Jasmine avait écrite avec son avocat pour me donner la garde complète, que j'ai eu le temps de récupérer le lendemain à l'ouverture du cabinet avant qu'elle n'ait le temps de réclamer qu'elle soit détruite.

Entre-temps, les services sociaux enquêtent sur les conditions de vie actuelles de Zayn avec Grant et Jasmine. Il est prévu qu'ils fassent part de leurs conclusions lors de l'audience sur la garde.

Elle prend mon silence pour une réponse.

— Encore une fois, je suis désolée. Tu peux t'allonger sur le lit. Je peux garder mes distances, rassure Charlotte.

C'est une mauvaise idée. Je devrais la laisser dormir pendant que je m'installe dans la chambre d'amis. Mais la laisser seule semble aussi être une mauvaise idée.

Je suis déchiré.

Et si elle s'évanouit et vomit dans son sommeil ? Elle pourrait mourir d'étouffement.

DIX-SEPT

CHARLOTTE

Je me retourne et frotte mes yeux pour me réveiller, ma vision se précise dans cette chambre inconnue.

Je ne suis pas chez moi.

La nuit me revient en mémoire avec des flashs de Noah me raccompagnant chez lui. Je jette un coup d'œil à la chaleur à côté de moi et à la silhouette endormie.

Noah Reece.

Il est froid.

Il est encore tôt, le soleil vient d'apparaître, et j'essaie discrètement de m'échapper de sa chambre avant qu'il ne se réveille.

Est-ce qu'il faut qu'on parle ?

Oui, mais je ne me sens pas tout à fait en état de le faire ce matin. Et puis, toutes les excuses du monde ne vont pas suffir à arranger les choses. Dois-je ramper ? Implorer son pardon ?

Noah est têtu, et ce n'est pas comme si j'avais fait une petite erreur.

Je l'ai fait arrêter.

Mon estomac se noue rien qu'aux souvenirs de lui traîné jusqu'au poste de police et menotté.

Je sors de sa chambre sur la pointe des pieds et j'emprunte le couloir pour trouver mon téléphone connecté à un chargeur sur le comptoir de la cuisine. Je le débranche et le glisse dans mon sac avant de sortir de chez lui.

Soit il a le sommeil lourd, soit il a fait semblant de rester endormi pour que je puisse m'échapper.

———

— Tu n'as toujours pas parlé avec lui ? interroge Amber, en me regardant essayer la énième robe pour la soirée de charité.

— Qui ? Noah ?

Je n'ai pas parlé de la situation avec mon père. Ce qui est bizarre, c'est qu'il a arrêté de m'envoyer des textos. Apparemment, dans mon état d'ébriété, je lui ai envoyé un message disant que j'amènerais Noah à la soirée.

Papa sera soulagé que Noah ne vienne pas parce qu'il n'y a aucune chance que je puisse le convaincre de me rendre service.

Je n'ai même pas pris la peine de lui demander. Je lui ai parlé de l'événement avant la catastrophe entre nous, et je n'ose pas envisager de lui rappeler sa promesse.

Ce serait terrible si nous y participions tous les deux. Pour commencer, la vente aux enchères est une collecte de fonds pour l'hôpital local pour enfants. La plupart des invités spéciaux sont des joueurs des Island Bruisers.

— Oui, confirme Amber en me fixant.

Je désigne la robe noire qui est trop moulante à mon goût.

Elle me fait signe de tourner pour se faire un avis final sur cette tenue.

— Cette robe pourrait se déchirer en deux si je m'assois.

Amber rit de ma réponse et me fait signe de retourner dans la cabine d'essayage pour en essayer une autre.

— Je parlais de Noah, rappelle-t-elle, et je suis

soulagée que le rideau cache mon expression alors que je fixe mon reflet dans le miroir.

— Noah ? Il n'y a aucune chance qu'il vienne. Il me déteste.

Je défais la fermeture éclair de la robe et l'enlève.

— Il ne te déteste pas, plaisante Amber. Il est juste... réservé, et tu sais que c'est compliqué. Cette semaine, il va au tribunal pour obtenir la garde de son fils.

— Ah oui ?

Je jette un coup d'œil par le côté du rideau.

— Il ne me l'a pas dit.

En effet, je ne sais à propos de Zayn depuis la nuit où j'ai royalement tout gâché pour lui et son fils.

— Il ne veut pas se faire de faux espoirs et être déçu, mais son avocat pense qu'il a un dossier solide. Mais tu as raison. Il sera probablement trop occupé pour l'événement caritatif s'il a un fils à la maison.

Il y a quelque chose dans la voix d'Amber qui me tend. J'enfile une autre robe.

— J'ai besoin que tu zippes le dos de celle-ci.

— Ooh, glousse Amber avec enthousiasme, et elle m'aide à fermer la fermeture éclair.

La robe est noire, comme toutes celles que j'ai essayées pour la soirée.

Mais celle-ci s'évase au niveau de mes hanches,

ce qui me laisse plus de place pour danser et bouger. De plus, le corsage présente des coutures complexes qui révèlent un décolleté généreux. Juste ce qu'il faut pour énerver papa. C'est mignon, chic et flatteur pour ma silhouette.

— C'est la bonne, dit Amber, qui aime déjà la robe sur moi avant même de l'avoir vue complètement.

— J'aimerais que tu sois ma cavalière pour la soirée de charité.

— Et faire face à ton père ?

Elle secoue la tête, les yeux écarquillés comme une biche.

— Je préférerais marcher sur des charbons ardents, grogne-t-elle.

— Je ne crois pas que ce soit une vraie torture. Je veux dire, ils n'utilisent pas cette technique dans, tu sais, les spas ou ce genre de trucs ?

— Tu as déjà essayé, au moins ?

— En fait, non, avoué-je, sans me souvenir que quiconque ait testé non plus.

— Exactement. On minimise le truc, mais c'est des charbons ardents ! Je passe, merci bien. C'est ta robe. Achète-la !

— Tu penses ?

Je tourne pour elle et elle sourit en penchant la tête.

— Oui, je t'en supplie. Je ne pense pas pouvoir rester ici une minute de plus à te regarder essayer une autre robe noire, à moins que ce ne soit pour ton enterrement.

Je lui tire la langue.

— Connasse.

DIX-HUIT

NOAH

Je n'ai pas la tête au jeu, ni à l'entraînement, et encore moins pendant que nous jouions contre les Wolverines.

Je suis surpris que l'entraîneur Malone ne m'ait pas mis sur le banc, mais il semble que le moral de toute l'équipe soit bas dernièrement. Je sais pourquoi je suis dans un sale état, mais le reste des gars, je n'arrive pas à comprendre pourquoi ils sont distraits.

Je n'arrête pas de penser à Zayn. L'audience pour la garde a lieu cette semaine. J'ai essayé d'éviter les infos parce qu'un des gars a mentionné que Brass donnait une interview et qu'il en faisait des tonnes sur le fait qu'il pourrait perdre son fils unique, le petit garçon qu'il a élevé depuis sa naissance.

Mon fils.

Il a passé des années avec Zayn alors que ça aurait dû être moi.

Je suis reconnaissant que nous ne devions pas jouer contre les Island Bruisers avant l'audience. Pour l'instant, je ne suis pas sûr que je ne mettrais pas une putain de raclée à Grant Brass si je le voyais, et ce ne serait pas possible s'il n'avait pas au moins le palet.

« Garder ma colère sous contrôle ».

C'est le conseil que m'a donné l'avocat.

Les services sociaux examinent de près le domicile actuel de Zayn, mais ils veulent aussi s'assurer que si j'obtiens la garde de l'enfant, je serai un bon parent. Je ne peux pas leur reprocher de vouloir ça pour mon fils. Et il pourrait facilement être révélé au tribunal que j'ai des « problèmes de colère » si les bagarres de hockey étaient prises hors contexte.

Encore une fois, mon avocat m'a donné un sage conseil.

J'évite les bagarres et je garde le jeu aussi pacifique que possible. Ce sont aussi les règles de l'entraîneur Malone, mais ça ne veut pas dire qu'il n'y a pas d'escarmouches sur la glace.

Je n'ai jamais participé à un match sans que quelqu'un ne se retrouve sur le banc des pénalités à un moment ou à un autre. C'est les risques du métier.

Mais en ce moment, je suis sous le microscope, tout comme Grant Brass. J'ai visionné ses séquences de jeu tard dans la nuit, j'ai enregistré ses matchs pour voir où il s'était trompé et quelle agressivité il avait montrée.

Et il est tombé à plusieurs reprises dans le piège de la brutalité d'abord. Le jeu passe en second.

Je refuse de faire la même chose.

— J'ai besoin d'une faveur.

Après le match contre les Wolverines, je prends Kyler à part, mon casque à la main. Nous avons pris une sacrée raclée, et même si nous avons perdu, c'était un match serré.

— Ce que tu veux, assure Kyler en hochant la tête alors qu'il se déshabille.

— Si j'obtiens la garde de Zayn...

— Quand tu l'obtiendras, me corrige Kyler.

Il n'a aucun doute sur le fait que mon fils sera réuni avec moi, et que ce n'est qu'un accident de parcours. J'aimerais avoir son niveau de confiance en ce moment.

— Quand, répété-je en aspirant une forte bouffée d'air.

Plus tard dans la semaine, il y aura l'audience au tribunal. J'ai du mal à garder la tête froide.

— Quand j'aurai la garde de Zayn, j'aurai peut-être besoin de quelqu'un en qui j'ai confiance pour le surveiller.

— Oh, bien sûr.

Les yeux de Kyler s'illuminent.

— Tu auras besoin d'une nounou pour les matchs et les entraînements. Tu ne peux pas embaucher la mienne, mais je peux te donner quelques noms.

— C'est gentil, mais je pensais plutôt à une baby-sitter. Il se peut que je veuille sortir un soir. Plus précisément, à un événement caritatif.

Jasper se retourne, surprenant la conversation.

— Est-ce le gala dont Amber m'a parlé, celui auquel Charlotte participe et où son père est l'organisateur ?

— C'est celui-là, grogné-je.

Je ne suis pas un fan de son père, même si d'après les interactions que j'ai lues et dont j'ai entendu parler, elle non plus.

— Si j'obtiens la garde de Zayn cette semaine, j'aurai besoin d'aide pour le garder une nuit.

— Je suis sûre qu'Em ne verra pas d'inconvénient à garder les enfants. Tu peux amener Zayn et il pourra dormir chez nous, approuve Kyler. Quelle nuit ?

— Samedi. Et j'espère pouvoir te demander autre chose.

— Tu vas être à court de faveurs, Reece. Dis-moi.

Il me fait signe de poursuivre.

— L'événement caritatif est pour les Island Bruisers. Je veux foutre la merde.

— Foutre la merde ?

Jasper sourit d'un air malicieux.

— Je suis partant.

— Moi aussi, ajoute Kyler. Si ça implique de faire la misère aux Bruisers, tu sais que je suis partant.

———

Je jurerais avoir une grippe intestinale, à la façon dont la nausée m'envahit et dont ma peau est moite, mais je suis à peu près sûr d'être en bonne santé.

C'est la peur qui s'insinue dans mes veines, me rendant malade d'inquiétude.

— Tu es prêt ? questionne Deon.

C'est mon avocat, et je le paie au prix fort pour qu'il m'aide à gagner le procès sur la garde de mon fils.

Je suppose que Grant finance les avocats qui s'occupent de la garde de Jasmine, car Deon semble connaître l'avocat de la partie adverse. Il a discuté avec lui pendant que je me tenais à l'extérieur du tribunal, en attendant l'audience.

Je ne veux pas entrer. Là, ce sera trop réel.

— Oui, acquiescé-je en soupirant lourdement.

Il opine et emporte sa mallette dans la salle d'audience.

La sueur coule sur mon front. Je n'ai rien pu manger de la matinée. Je n'ai même pas pu tenter un café, et en ce moment, je suis content d'être à jeun parce que sinon, je suis sûr qu'il y en aurait partout par terre.

Jasper est assis avec Amber dans la salle d'audience. Il est là pour me soutenir moralement, tout comme Kyler, Owen et quelques autres membres de l'équipe. J'inspire brusquement lorsque je croise le regard de Charlotte.

Qu'est-ce qu'elle fait là ? Je jette un coup d'œil à mon avocat, me demandant s'il a l'intention de l'utiliser comme témoin ou quelque chose du genre, lorsque la porte derrière nous s'ouvre et que Jasmine entre avec son avocat et mon petit garçon.

Grant n'est pas en vue, ce qui est un soulagement, mais il n'est probablement pas très loin derrière. Je doute qu'il laisse Jasmine seule après la dernière fois, lorsqu'elle m'a confié la garde de Zayn.

Je suis les instructions de mon avocat et je fais ce qu'il me conseille. La procédure prend plus de temps qu'elle ne le devrait, car le juge lit les conclusions des services sociaux, la lettre de Jasmine, ainsi que les rapports de police. Un psychologue pour enfants que Zayn a commencé à voir depuis que les problèmes de garde ont commencé, confirme qu'il a vu mon fils et qu'il pense qu'il devrait continuer à suivre des séances de thérapie, mais à ce stade, il ne peut pas tirer d'autres conclusions que le fait que l'enfant a des problèmes de comportement que l'on trouve souvent dans les foyers violents.

C'est comme une pierre contre une pierre, aucun de nous ne bouge. S'il n'y avait pas de problèmes de maltraitance, il ne fait aucun doute que le juge autoriserait la garde conjointe, mais je vois son esprit s'agiter, essayant de déterminer qui est l'agresseur réel et qui ne l'est pas.

C'est alors que mon avocat, Gregory Deon,

appelle Charlotte Grace à la barre, pour qu'elle raconte les événements qui ont conduit à mon arrestation.

J'essaie de ne pas me renfrogner, mes mains se transformant en poings, et la porte de la salle d'audience s'ouvre en grinçant.

Quand ce n'est pas une parodie, c'en est une autre, car Grant Brass entre dans la salle d'audience et s'assoit à côté de sa femme, Jasmine Brass.

DIX-NEUF

CHARLOTTE

72 heures plus tôt

— Dis-moi ce que je dois faire pour que Noah me pardonne, supplié-je, en fixant Jasper.

C'est le meilleur ami de Noah. Il doit savoir ce qu'il faut faire pour gagner son pardon.

— Je ne pense pas que tu puisses faire quoi que ce soit. Crois-moi. Tu l'as bien niqué.

Je me moque de sa remarque.

— Je l'ai fait arrêter, mais les charges ont été abandonnées.

— Tu crois que l'autre avocat s'en soucie ? Il a été arrêté. Grant, quant à lui, n'a jamais été derrière les barreaux. Ça fait passer Noah pour un parent inapte.

— Ce n'est pas juste ! Grant n'est même pas le père biologique, rétorqué-je.

Je sirote mon café tandis que Jasper tient le sien entre ses doigts.

J'ai réussi à le convaincre de venir prendre un café avec moi pour que nous puissions parler de Noah, et il a été plus enthousiaste que je ne l'aurais cru.

Je pensais que je devrais convaincre Amber de le traîner jusqu'au café, et que je devrais lui tendre une embuscade. Jasper a l'air d'être un type plutôt cool et un bon ami.

— Tant que Jasmine reste mariée à Grant, il est dans le coup.

Jasper pousse un gros soupir.

— J'aimerais avoir une meilleure solution. Tu m'as demandé de te rencontrer. Qu'avais-tu en tête ?

Son expression me transperce comme s'il essayait de comprendre ce que je veux.

Et il a raison. Je ne l'ai pas appelé pour qu'il vienne prendre un café à l'improviste.

L'audience pour la garde de Noah a lieu cette semaine.

— Grant devrait être derrière les barreaux. Je ne peux pas croire que Jasmine ne veuille pas porter plainte contre lui.

— Je sais. Mais il n'y a rien que nous puissions faire à ce sujet, affirme Jasper. Crois-moi, je me suis déjà renseigné. Et on a beau malmener Grant sur la glace, il reste un con quand il rentre chez lui avec Jasmine et Zayn.

— J'ai besoin du nom de l'avocat de Noah.

— Quoi ? Pourquoi ?

Jasper recule sa chaise de quelques centimètres, le métal raclant le béton.

— Qu'est-ce que tu comptes faire ?

— Rien de négatif.

Il me fixe, il m'étudie. Jasper essaie-t-il de déterminer si je lui mens ou si je suis carrément folle ?

— J'ai besoin de plus de détails.

— Je veux témoigner en faveur de Noah. Je ne peux certainement pas témoigner en tant que témoin de moralité, mais je suis la cause de son arrestation. Si j'explique au juge ce qui s'est passé, pourquoi il s'agissait d'un malentendu et en quoi Grant en est l'auteur, je pourrai peut-être l'aider.

Jasper pose ses mains sur la table, puis les tourne vers le haut.

— Ou peut-être que tu vas d'autant plus empirer sa situation de merde.

———

Le regard de Noah me brûle, me serre l'estomac, et je me mords la langue pour tenir à distance la nausée qui m'envahit.

Je fais ça pour lui, pour l'aider à obtenir la garde de son fils.

Si ça ne marche pas, il me détestera, ainsi que toute son équipe. Je ne suis même pas sûre qu'Amber voudra encore être amie avec moi. Ce n'est pas comme si je lui avais expliqué mon plan, et Jasper non plus, puisqu'elle a admis avoir été étonnée de me voir lorsque nous nous sommes croisés à l'entrée du palais de justice.

Lorsqu'on m'appelle à la barre, je passe devant Noah et souffle en tremblant. Il risque de me détester à jamais pour l'avoir pris par surprise.

Il se penche vers son avocat et lui chuchote quelque chose à l'oreille alors que je prête serment et que je me présente à la barre.

Tous les regards sont braqués sur moi, mais le seul qui compte est celui de Noah, et il n'arrive pas à soutenir. Il se concentre sur la table devant lui. Est-il inquiet de ce que je vais révéler ?

Je raconte toute mon histoire, la nuit de l'arrestation de Noah, et dans les moindres détails, j'explique que je ne savais pas qu'il était père parce qu'il ne me l'avait pas avoué jusqu'à ce que je rencontre son fils, qu'il venait de rencontrer à l'époque.

J'explique l'appel au 911, ce que Zayn a dit, et ce dont j'ai été témoin lorsque sa mère est venue le chercher au poste de police et son œil au beurre noir assorti, mal caché avec de l'anticerne.

Le juge lève la main, interrompant l'avocat de Jasmine, qui s'avance pour se préparer à remettre en question mon témoignage.

— Allons-nous entendre le témoignage de Jasmine Brass ? interroge le juge avec insistance.

— Oui, Votre Honneur, répond son avocat.

Jasmine a l'air troublé alors que son mari est assis à côté d'elle, un sourire suffisant couvrant son visage. Je ne suis pas sûre que Jasmine ait eu l'intention de témoigner, mais il est clair que le juge veut entendre sa version des faits.

Pas moyen qu'elle admette que Grant la batte devant lui. Le juge ne s'en rend-il pas compte ? Elle devra se parjurer s'il reste dans la salle d'audience.

Le juge demande à l'avocat de Jasmine :

— Avez-vous d'autres questions à poser à Mlle Grace ? Si ce n'est pas le cas, je suggère que nous fassions une pause pour le déjeuner et que nous nous retrouvions après.

— Une seule, Votre Honneur.

L'avocat de Jasmine s'avance et vient se placer en face de moi. Il est plus grand que Noah mais mince. Son costume est taillé de manière professionnelle et il jette un coup d'œil à ses notes.

— Est-ce que vous couchez avec Noah Reece ?

— Objection, Votre Honneur. Pertinence, interrompt l'avocat de Noah.

— Je l'autorise, répond le juge.

Sérieusement ? J'essaie de ne pas blêmir à l'idée de devoir répondre à la question de l'avocat de Jasmine. Mon visage reste stoïque et je réponds d'un ton égal.

— Non, nous ne couchons pas ensemble en ce moment.

— Mais vous avez couché avec lui.

— Oui, avant d'apprendre qu'il avait un fils, nous avons couché ensemble.

— Et plus récemment ?

— Objection, votre honneur. Pertinence, interrompt encore l'avocat de Noah.

— Venez-en au fait, Maître, ordonne le juge en jetant un regard acerbe à l'avocat de Jasmine. Nous ne sommes pas ici pour discuter de la vie sexuelle de Mlle Grace.

— Je vais reformuler la question, concède son avocat, en offrant un sourire forcé. Mlle Grace, aviez-vous une relation sérieuse avec Noah Reece quand vous avez découvert qu'il avait un fils ?

— Objection, Votre Honneur. Pertinence, répète l'avocat de Noah.

Je jure qu'à ce stade, cet homme est un perroquet.

— Je vais devoir être d'accord avec Maître Deon. Sa relation avec Noah Reece n'est pas pertinente.

— M. Reece a la réputation d'être un playboy, et j'essaie juste de déterminer si c'est un fait avec le témoignage de Mlle Grace. Et si c'est le cas, est-ce que ça fait de lui un père adéquat ?

La juge secoue la tête.

— Je ne vais pas vous autoriser à transformer ma salle d'audience en cirque. Il n'a jamais été question de la réputation ou de la promiscuité de M. Reece. D'après ce que je constate, il veut faire partie de la vie de son fils, et aucune preuve ne s'y oppose. L'arrestation était un malentendu, et je félicite Mlle

Grace d'avoir agi en priorité dans l'intérêt de l'enfant. Ceci étant dit, la seule question que je me pose encore est de savoir s'il faut lui confier la garde complète de l'enfant. Après le déjeuner, j'aimerais que M. Reece vienne à la barre. J'ai quelques questions à lui poser.

———

— Je n'arrive toujours pas à croire que ce connard d'avocat n'a pas arrêté de me poser des questions sur ma vie sexuelle, enragé-je en prenant une bouchée de mon sandwich.

Je suis assise en face d'Amber, et Jasper est à côté d'elle. Kyler est assis à côté de moi.

— Un vrai pervers, ajoute Amber en sirotant son chocolat chaud.

Nous sommes assis à une table de pique-nique à l'extérieur, à quelques mètres du palais de justice. L'air est vif, mais il n'y a pas beaucoup d'endroits où déjeuner dans les environs. Un chariot de hot-dogs de l'autre côté de la rue et un vendeur de sandwichs à l'autre bout de la rue, près du parc.

— Il ne faisait que son travail, il essayait de donner une mauvaise image de Noah, explique Kyler. Mais il sera un meilleur père que Grant.

— En même temps, la barre n'était pas placée bien haut, rit Jasper.

— Que pensez-vous que le juge veuille demander à Noah ? réfléchis-je, en prenant une autre bouchée.

Nous n'avons pas beaucoup de temps et je veux m'assurer que nous sommes de retour avant que le juge ne revienne de son déjeuner.

— Probablement une liste de ses récentes conquêtes, plaisante Jasper. Peut-être qu'elle veut son numéro ?

Amber lui tape sur le bras.

— Arrête de faire l'imbécile. Elle veut probablement savoir comment il va élever un fils avec une carrière de hockeyeur à plein temps. Je veux dire, ce serait ma première question.

J'inspire vivement.

— Noah y a-t-il pensé ? A-t-il envisagé d'engager une nounou, ou a-t-il de la famille qui peut l'aider ?

Kyler se déplace sur le banc, face à moi.

— On a discuté à propos d'une nounou, mais il n'a pas encore entamé les démarches. Nous serions tous prêts à l'aider, mais pour les voyages et les soirées de jeu, il aura besoin de quelqu'un d'autre avec Zayn jusqu'à ce qu'il en engage une.

— Sa famille n'est pas une option, complète

Jasper. Il n'est pas proche de sa mère, elle a des problèmes de santé mentale, et ses parents sont toujours mariés. Son père est un narcissique et il attendra quelque chose en retour. Je ne pense pas que Noah leur ferait confiance avec Zayn. Pas de frères et sœurs non plus.

Je ne me souviens pas que Noah ait jamais parlé de ses parents, mais ce n'est pas un sujet que j'ai abordé.

— Je pourrais le faire, proposé-je en prenant mon soda et en buvant une gorgée. Il ne voudra peut-être pas de moi, mais mon emploi du temps inclut des soirées et des week-ends libres. Je peux toujours emmener Zayn avec moi au travail. C'est juste pendant les cours que quelqu'un d'autre pourrait avoir à le surveiller.

— Qu'est-ce qui te permet d'emmener un petit enfant avec toi au travail ? Est-ce qu'il y a une garderie ou quelque chose de disponible ? questionne Kyler.

— Je travaille pour une aréna. Il y a une garderie au centre de loisirs. Je n'y avais même pas pensé, mais je passe généralement mes après-midi à apprendre aux enfants à faire du patin à glace ou à jouer au hockey.

— Attends, tu aimes vraiment ce sport ?

Les yeux de Kyler s'écarquillent.

— Tu peux convaincre Em que ce n'est pas si mal et que c'est un sport amusant ?

Jasper sourit.

— Peut-être qu'un peu de cet amour du hockey peut déteindre sur Amber aussi.

— Hé, je suis là !

Elle pince le bras de Jasper.

— Sois gentil.

— Je suis gentil. C'est toi qui me pinces le bras, grogne-t-il.

———

Après le déjeuner, nous retournons à l'intérieur du palais de justice. Noah se tient à côté de son avocat dans le couloir.

Lentement, je m'approche de lui, les mains jointes, tendue et nerveuse. Je lui dis « Hey » en lui offrant un sourire chaleureux.

Noah pousse un léger soupir.

— Je vous laisse un moment, mais faites vite. Nous devons être de retour à l'intérieur dans cinq minutes, prévient son avocat.

— On ne sera pas longs.

Il me dévisage. Je m'attends à ce qu'il m'envoie

balader ou qu'il me crie dessus, mais il ne fait ni l'un ni l'autre.

— Je suis désolée de t'avoir surpris ce matin, confessé-je.

Je déplace mon poids d'une jambe à l'autre, mal à l'aise sous l'intensité de son expression.

Noah est sexy, bien habillé dans son costume noir. C'est probablement l'une des tenues qu'il porte après un match, lorsqu'il est contraint de passer devant la caméra. Je sais qu'il n'aime pas être sous les feux des projecteurs, mais il s'en est accommodé récemment par ma faute.

— On verra si ça a marché.

Ses yeux ne cillent pas, sa mâchoire est crispée.

— Ça avait l'air bien engagé tout à l'heure.

— Tout peut changer. Je ne me fais pas trop d'illusions.

Il jette un coup d'œil à sa montre.

— Je devrais retourner à l'intérieur.

— Attends, le stoppé-je en expirant nerveusement. Je sais que je suis la dernière personne au monde dont tu souhaites l'aide, mais je suis là pour toi et Zayn. Si tu en as besoin jusqu'à ce que tu trouves une nounou, penses-y. D'accord ?

Il ouvre la bouche, et je pense qu'il est sur le point de répliquer quand il acquiesce.

— Oui, d'accord. Je dois retourner à l'intérieur.

Je le laisse partir, je le regarde s'éloigner. Il n'est qu'à quelques mètres de moi, mais ça fait mal. C'est comme s'il me tournait le dos, même si je ne mérite rien de moins.

Ses collègues et Amber ont déjà disparu du couloir. J'entre discrètement dans la salle d'audience et je m'assois à nouveau à côté d'Amber. Quoi qu'il arrive, nous voulons tous être là pour Noah.

Noah se présente à la barre et, forcément, la première question du juge est la suivante :

— Comment comptez-vous gérer votre fils et une carrière de hockeyeur professionnel ? Vous êtes en pleine saison. Je ne peux pas imaginer que le moment soit idéal.

— C'est mon fils. Je le ferai toujours passer en premier. Je ne gérerais pas Zayn, Votre Honneur. Je l'élèverais. D'autres joueurs professionnels ont des enfants et des familles qui les soutiennent. Mes coéquipiers ont proposé de m'aider pendant que je cherche une nounou, et j'ai des amis qui ont proposé d'intervenir si j'ai besoin d'aide au début, affirme Noah, son regard se fixant dans le mien.

Et pendant un instant, ça me redonne de l'espoir. Peut-être que tout n'est pas perdu.

— Je me suis occupé de tout. Je vous assure que

ce n'est pas une décision prise sur un coup de tête. J'ai déjà acheté un lit et des jouets. Ce qui était ma chambre d'amis est maintenant la chambre de Zayn. Je veux le ramener à la maison avec moi, Votre Honneur, et le protéger comme un père devrait protéger son fils.

— J'en ai assez entendu. J'aimerais appeler Mme Jasmine Brass à la barre, annonce le juge.

Noah se retire et les yeux de Jasmine s'écarquillent alors qu'elle murmure quelque chose à son avocat.

— Votre Honneur, puis-je vous dire un mot en chambre ?

Les deux avocats et le juge quittent momentanément la salle d'audience.

Je suis abasourdie, ne sachant pas ce qui se passe.

Dix minutes plus tard, les avocats retournent à leur table et le juge entre à son tour dans la salle d'audience.

— J'ai pris ma décision, déclare le juge.

VINGT

NOAH

Il est difficile de ne pas la fixer de l'autre côté de la salle. Elle ne m'a pas vu et ne sait pas que je suis ici, mais il m'a été facile d'entrer à la soirée de charité.

Tout le monde me reconnaît.

C'est pour ça que je déteste ce genre d'événements. Ils attendent tous de moi que j'ouvre mon portefeuille et que je verse un mois de salaire sans broncher, ce que je ne verrais pas d'inconvénient à faire si je n'étais pas plongé dans un million d'autres choses. L'une d'entre elles consiste à payer la facture finale à mon avocat pour les frais de justice relatifs à l'audience sur la garde de Zayn.

C'est cher.

Et ce n'est pas le pire. Je n'ai pas le temps d'assister au gala de ce soir, mais je lui dois bien ça. Dire que j'ai été occupé est un euphémisme.

Mais j'ai fait une promesse à Charlotte Grace, et je tiens toujours mes promesses.

Elle ignore complètement que je suis présent. Elle ne m'a pas encore vu. Elle se cache près du bar, une coupe de champagne à la main. Elle sirote son mousseux et jette un coup d'œil dans la salle, probablement à la recherche d'un visage familier.

Je suis à mi-chemin de la salle et derrière elle. Elle n'a même pas tourné pour que j'admire sa robe ou la façon dont elle la porte, qui est sexy à souhait.

Je ne sais pas trop quoi penser d'elle. Je la déteste pour m'avoir fait arrêter, mais j'apprécie ce qu'elle a fait au tribunal. Elle s'est mise en avant et a admis ses défauts et ses mésaventures.

Je crois sincèrement que c'est le témoignage de Charlotte qui a aidé le juge à comprendre mon arrestation et à démasquer les mensonges que l'avocat de Jasmine n'a cessé d'essayer de répandre. Je ne sais pas pourquoi Jasmine n'a pas témoigné, mais ça n'a pas d'importance. Elle n'aurait fait que mentir. Elle aurait protégé Grant au détriment de notre fils.

La voir renoncer à la garde de son fils et le quitter une nouvelle fois m'a brisé le cœur.

Zayn a pleuré.

Jasmine a pleuré.

J'ai refoulé mes larmes, mais mon cœur souffrait, et c'est encore le cas chaque fois que je pense à l'après-midi où Zayn m'a été confié.

Ça aurait dû être un souvenir heureux. C'était une victoire, mais pourquoi est-ce que j'ai l'impression d'avoir perdu quelque chose ?

Emerson, la fiancée de Kyler, a accepté de garder Zayn ce soir pendant que j'assiste à l'événement caritatif organisé par le père de Charlotte pour les Island Bruisers. Quand j'ai déposé Zayn cet après-midi, Amber était là aussi et elle a proposé de passer la nuit chez Emerson pour aider avec les enfants.

Zayn n'est pas si difficile que ça, mais il a ses problèmes.

Quel enfant n'en a pas ?

Je suis sûr que j'étais difficile pour mes parents, et d'une certaine manière, je m'en suis bien sorti. Mais ne leur posez pas la question. Je ne suis pas sûr qu'ils seraient d'accord.

Charlotte boit une gorgée de sa boisson pétillante et se tourne pour s'appuyer contre le comptoir du bar. Son regard croise le mien et elle lève un œil inquisiteur.

J'ai été surpris en train de la fixer.

Je souris et m'approche d'elle en commandant une bière pour moi.

— Je ne pensais pas que tu viendrais, confie-t-elle.

Le sourire qu'elle affiche me dit qu'elle approuve mon smoking. Ses yeux pétillent, et je jure que ma mâchoire touche le sol lorsque j'admire pleinement la vue de sa robe, y compris l'ample décolleté qu'elle exhibe.

— Tu m'as demandé de l'aide et je voulais te soutenir.

Je prends la bière du barman, jette vingt dollars dans le pot à pourboires et en bois une gorgée.

Le sourire grandit lorsqu'elle me prend dans ses bras.

— Merci !

Son excitation la fait rayonner et je ne peux m'empêcher d'être fier d'avoir fait naître ce sourire sur son visage.

— Ne me remercie pas encore. Nous n'avons pas encore fait les présentations avec ton père.

Charlotte roule des yeux à cette remarque.

— Je peux lui dire qu'on se fiance ? Ça le ferait vraiment chier.

Je m'étouffe presque à sa suggestion.

— Je jouerai ton faux petit ami. C'est tout.

Des fiançailles ? C'est une limite que je ne franchirai pas. Il y a probablement des journalistes et des caméras partout dans la salle. C'est le dernier type d'attention dont j'ai besoin en ce moment, mais au moins la bataille pour la garde de Zayn est terminée

— Merci, je considère que c'est une victoire, se réjouit Charlotte en me faisant un clin d'œil. Elle passe son bras dans le mien, pose sa coupe de champagne à moitié consommée sur le bar et m'entraîne sur la piste de danse.

— On devrait avoir l'air convaincants.

— Pour qui ? interrogé-je, ne voyant pas son père dans les parages.

Si je n'avais pas su qu'elle était Charlotte Grace, je n'aurais pas eu la moindre idée de qui est son père, mais maintenant que je le sais, je préfère rester hors de sa vue.

— Tous les autres invités, explique-t-elle. Il faut les rendre envieux, si je dois être vendue aux enchères pour un rendez-vous galant.

Je me penche vers elle, l'attire contre moi et l'entraîne sur la piste de danse.

— Peut-être que j'achèterai ce rendez-vous avec toi, lui murmuré-je à l'oreille

Un sourire sincère orne son visage.

— Peut-être ? me taquine-t-elle en me fixant. Un faux petit ami doit au moins commencer les enchères.

C'est si naturel de la tenir dans mes bras et de la garder contre moi, en se balançant au rythme de la musique. Il n'y a pas beaucoup de couples qui dansent, mais nous ne sommes pas les seuls.

Elle pose sa tête sur mon épaule et pousse un léger soupir.

— Je ne pensais pas que tu viendrais, et je ne savais pas comment je survivrais seule ce soir.

— Tu n'es pas seule.

Charlotte relève la tête et me regarde.

— Je le sais bien. Il y a des centaines de personnes ici, mais malgré tout je me sens seule. Je déteste ce genre d'événements extravagants avec des invités que je ne connais pas ou n'apprécie pas.

— Tu n'es pas la seule, lui chuchoté-je à l'oreille.

Ce qui me répugne le plus, c'est la façon dont son père se sert d'elle pour ses propres intérêts.

Ses joues s'empourprent alors qu'elle se détache de moi en souriant. Elle ajoute :

— Toi, tu es différent.

— À ce qu'on dit.

Ma main se pose sur le bas de son dos, la tenant contre moi. Elle est chaude et son corps se fond dans mon contact.

— Écoute, je n'ai jamais pu te remercier au palais de justice...

— Aucun remerciement n'est nécessaire. Je ne le mérite pas après ce que j'ai fait.

— Tu m'as aidé à obtenir la garde complète de Zayn. Si tu n'avais pas contacté mon avocat, je ne sais pas ce qui se serait passé.

— Tu as réussi par toi-même. Je t'ai juste compliqué les choses.

C'est peu de le dire.

— Je crois que je comprends pourquoi tu as fait ce que tu as fait cette nuit-là, avec la police, en me faisant arrêter. Je n'en suis pas heureux, mais je comprends tes motivations, de protéger mon fils.

— J'ai toujours essayé de faire ce qu'il fallait. Je suis désolée que Zayn ait été rendu à sa mère quand tu as été arrêté.

Le sourire disparaît de son visage, et il y a une ombre derrière ses yeux saphir maussades.

— Si seulement j'avais su ce que je faisais. Je ne pense pas pouvoir me le pardonner. Je ne m'attends pas à ce que tu me pardonnes un jour non plus.

— Je suis prêt à aller de l'avant, à me tourner vers l'avenir, la rassuré-je.

Ce qu'elle a fait est toujours douloureux, on ne peut pas nier qu'il y a eu des conséquences, mais je ne veux pas garder de rancune indéfiniment. Ma main touche son visage, amenant son regard à rencontrer le mien.

— Et si on apprenait à se faire confiance ? propose-t-elle en souriant faiblement. Repartir de zéro.

Mon pouce effleure sa lèvre inférieure.

Elle n'a aucune idée de ce que j'ai fait, de ce que j'ai prévu pour ce soir. Je ne suis pas sûr qu'elle me fasse confiance après cette soirée. Mais les rouages sont en marche. Il n'y a pas moyen de l'arrêter.

— Nous ne sommes pas obligés de sortir ensemble. Je comprends. Je suis probablement la dernière personne au monde avec laquelle tu veux avoir une relation amoureuse. Mais pour ce soir, pouvons-nous faire semblant d'être heureux et amoureux ?

Ses lèvres sont rouges et pulpeuses. Elles sont suffisamment proches pour que j'approche les miennes et l'embrasse. Mon esprit me hurle de reculer, mais son parfum est enivrant, et c'est comme si j'étais sous son charme.

— Je peux le faire, murmuré-je en me penchant pour goûter au fruit défendu.

Le baiser dure quelques secondes, mais j'ai l'impression qu'il dure des minutes, nous explorons nos bouches respectives, la pression est parfaite car elle commence lentement, et nous nous explorons avec avidité avec nos langues.

Mes doigts s'enfoncent dans sa hanche, se retenant de s'emmêler dans ses cheveux. J'ai envie de défaire sa coiffure, de lui faire secouer ses boucles rousses et de la faire se pencher sur le bar. J'aimerais la baiser par derrière, laisser ma bite remplir sa chatte serrée pendant qu'elle crie mon nom pour que tout le monde l'entende.

Mais ce n'est qu'un fantasme.

Et un fantasme que je ne suis pas prêt à explorer et pour mettre ma carrière et mon avenir en jeu, parce qu'il y a des journalistes et des invités avec des téléphones. Instinctivement, ils enregistreraient tout ce qui semble un tant soit peu juteux pour le poster sur leurs réseaux sociaux pour deux minutes de célébrité.

— Reece.

Une voix masculine rauque me tire de mon baiser avec Charlotte. Mon estomac se serre, sachant déjà à qui appartient cette voix sans même avoir à me retourner. Grant Brass.

Bien sûr, il serait présent à l'événement de ce soir. C'est l'un des joueurs vedettes des Island Bruisers.

Il a un timing impeccable.

— Qu'est-ce que tu fous ici ? demande Grant, d'un ton acerbe, en me jaugeant. C'est sur invitation seulement, et tu gâches l'ambiance.

Deux de ses collègues, Knox Storm et Mack Conrad, se rassemblent derrière Grant. Pense-t-il avoir besoin de renforts lors d'une soirée caritative ?

— Ma copine m'a invité, affirmé-je en passant un bras autour de la taille de Charlotte.

— Il ne vous a pas fallu longtemps pour vous remettre en couple, se moque Grant en jetant un coup d'œil à Charlotte. Heureusement pour moi, Char se met aux enchères pour une nuit.

Il agite ses sourcils de manière suggestive.

Je m'avance, empêchant Grant de s'approcher de Charlotte.

— Tu fais une offre, et je jure que je...

— Tu feras quoi ? intervient Knox, en inclinant la tête et en contournant Grant. De la façon dont je vois les choses, il n'y a qu'un seul Dragon et toute l'équipe des Island Bruisers ici. Tu n'as aucune putain de chance de nous échapper, Reece.

— Tu vas te battre contre moi ? Toute ton équipe contre un seul gars ? En quoi est-ce fair-play ?

— On n'a jamais dit qu'on jouait fair-play, ajoute Mack. Tu es sur notre terrain, tu t'attaques à l'un des nôtres.

— Un des vôtres qui bat des femmes et des enfants ? C'est très noble de ta part, Conrad.

— Il ment, accuse Grant en se passant une main dans les cheveux.

L'accusation le met dans tous ses états.

— Ta femme a le même œil au beurre noir que celui que tu as donné à mon enfant. Tu veux les retranscriptions du tribunal pour te rappeler ce qui s'est passé ?

— Il n'y a pas de retranscription. Elle n'a pas porté plainte contre moi, se vante Grant. Une femme sait mieux que quiconque qu'il ne faut pas trahir son mari.

Mack recule d'un pas.

— Tu veux dire que cette merde dans les journaux à propos du gamin, c'est vrai ?

Il a l'air stupéfait, comme s'il n'avait pas réalisé que Grant lui avait menti pendant tout ce temps.

— C'est des conneries ! s'écrie Grant, sa voix

s'élève, ce qui lui vaut quelques regards égarés de la part des participants.

Charlie Hayes s'en mêle :

— Emmène-le dehors.

C'est sa première saison avec les Island Bruisers, un jeune joueur talentueux. Au moins, il a le bon sens de garder le gala professionnel et la querelle entre rivaux.

— Nous n'allons nulle part, rétorque Charlotte. J'ai invité Noah à participer à cet événement. Vous devrez faire avec sa présence. Grandissez un peu !

Quelques-uns de ses coéquipiers rient nerveusement ; ils ne semblent pas emballés à l'idée de recevoir des ordres d'une femme, mais ils se redressent et se raclent la gorge.

— Boissons ?

Storm s'adresse aux autres membres de son équipe alors que le père de Charlotte s'approche.

Les autres s'éparpillent comme des cafards, et j'inspire nerveusement, devant rencontrer l'homme qui me détestera sans doute avant la fin de la soirée, surtout avec ce que j'ai prévu avec mes coéquipiers.

— Reece.

Les traits de M. Grace sont durs, ses yeux perçants et ses lèvres sévères. Il me fixe comme s'il m'étudiait pour un examen et que j'étais le sujet du cours.

— M. Grace, le salué-je en essayant d'être aussi formel et poli que possible.

S'il croit que je sors avec Charlotte, il faut que ça paraisse convaincant. Je tends la main pour me présenter.

Il ne la serre pas. Il l'ignore comme si je ne la tendais pas maladroitement et que je venais de me prendre un vent.

— Charlotte, tu veux bien nous laisser un moment ?

Elle se force à sourire.

— Bien sûr. Je vais nous chercher des boissons fraîches au bar, propose-t-elle.

Sa main se pose un instant sur mon bras avant de le serrer timidement, puis elle s'éloigne.

— Charlotte est ma petite fille, affirme-t-il en plantant ses yeux dans les miens.

Je me retiens de lui rappeler qu'elle n'est plus une fillette et que si c'était le cas, il ne l'enverrait pas à un rendez-vous pour une vente aux enchères caritative. Je reprends :

— Elle est importante pour moi.

C'est plus facile si je n'ai pas à mentir et s'il y a de la vérité dans mes mots. Je n'ai jamais été doué pour le mensonge. Enfant, je me faisais toujours prendre et finissais avec des fessées en punition.

— Charlotte est plus importante pour moi et pour l'équipe.

M. Grace penche légèrement la tête, ses cheveux grisonnants apparaissant sous les lumières vives mélangées au brun foncé.

Elle doit avoir la couleur de sa mère, avec ses yeux bleus et ses mèches rousses, parce qu'elle ne ressemble pas du tout à son père. Je pars du principe qu'elle n'a pas été adoptée.

— Quoi que tu penses ressentir pour ma fille, ce n'est qu'une amourette. Elle te jettera en temps voulu. Elle est assez intelligente pour savoir que son avenir appartient aux Island Bruisers quand elle viendra travailler pour moi. Ne rends pas les choses plus difficiles pour elle. Si tu as un peu d'intégrité, tu mettras fin à cette mascarade avant de lui briser le cœur.

―――――

On nous sert des hors-d'œuvre, un repas élaboré, puis, enfin, la vente aux enchères commence. Je suis reconnaissant pour cette distraction, car discuter avec son père était une pure torture.

Je ne devrais peut-être pas être surpris que ce cher papa veuille que sa fille suive ses traces, mais Charlotte ne m'a rien dit à ce sujet. Non pas que nous ayons parlé récemment de nos carrières, ou de quoi que ce soit d'autre.

Mais j'ai compris qu'elle travaille pour le centre de loisirs, ce qui pourrait mener à une carrière avec les Island Bruisers.

Ce n'est pas comme si nous sortions ensemble.

Ce soir, on s'amuse et on joue, du moins en faisant semblant d'être un couple. Ce n'est pas le seul divertissement prévu pour cette soirée de vente aux enchères.

— Je reviens tout de suite, murmuré-je en embrassant rapidement Charlotte sur la joue avant de m'éclipser pour me diriger vers la porte de derrière.

Je ne fais pas de bruit en me faufilant parmi les coéquipiers des Dragons. J'ai convaincu tous les joueurs de notre équipe de se joindre à nous pour l'événement principal parce que c'est pour une bonne cause.

Du moins, c'est ce que j'ai divulgué aux nouveaux. Après tout, c'est une œuvre de charité que nous aidons.

Kyler, Jasper, Owen, Chase et quelques autres

connaissent déjà la vérité. Ce sont eux qui m'ont soutenu avec Zayn au palais de justice et qui feraient n'importe quoi pour mettre les Bruisers dans la merde, surtout quand il s'agit de Grant Brass.

Quand j'ai conçu ce plan, j'étais encore en colère contre Charlotte et je voulais me venger d'elle. J'espère qu'elle trouvera de l'humour dans ce que nous avons prévu.

Si ce n'est pas le cas, notre fausse romance s'arrête ici.

VINGT-ET-UN

CHARLOTTE

Je jette un coup d'œil à ma montre. Noah est parti depuis un petit moment. Je suis assise au deuxième rang à la vente aux enchères, et bientôt, ils passeront de la vente de croisières et de voyages de luxe à une soirée avec moi.

J'avais espéré que Noah parviendrait à faire entendre raison à mon père, mais l'expression de son visage quand je suis allée nous chercher à boire était épouvantable. Je pense que mon père a tenu à Noah le discours qu'aucun homme ne veut avoir avec le père de sa petite amie. Le fameux : « si tu lui fais du mal, je te tue ». C'est du moins ce que je suppose, car aucun des deux n'a avoué.

Mon père est assis à côté de moi pendant que le commissaire-priseur énumère les prix et fait les enchères pour chaque article. Il parle si vite qu'il est étonnant que la vente ne soit pas terminée en quelques minutes. Mais il y a des centaines d'articles qui ont été donnés par différentes organisations pour l'événement de ce soir. Ça va des maillots dédicacés offerts par les Island Bruisers à un dîner.

Techniquement, je n'ai pas fait de don de moi-même pour ce dîner, mais mon père a décidé de le faire pour moi. Il aime à penser qu'il peut contrôler ma vie et mon avenir. Il se trompe.

— Le suivant, annonce le commissaire-priseur, est un maillot dédicacé de Mack Conrad. Viens ici, Mack.

Le commissaire-priseur l'encourage.

Il monte les marches sous les applaudissements et prend le maillot, l'ouvre et le signe pour que tout le monde le voie.

— Je signerai même un cœur à côté de mon nom, déclare Mack. Unique en son genre.

Il fait un clin d'œil, et je jure que toutes les femmes halètent d'excitation.

Même s'il n'est pas mon genre, Mack Conrad est

plutôt pas mal. C'est aussi un ami de Grant, ce qui le place automatiquement dans la catégorie des connards. Quiconque s'associe à Grant Brass est un connard.

— Nous allons commencer les enchères à mille dollars, prévient le commissaire-priseur.

C'est alors que j'aperçois Noah au bord de la scène. Il attend de sortir, mais je ne sais pas trop pourquoi.

Qu'est-ce qu'il fabrique, bordel ?

Les enchères pour le maillot de Mack montent à trente-trois mille dollars avant que je n'obtienne enfin ma réponse.

Noah monte sur le côté de la scène, s'approche du commissaire-priseur et lui chuchote quelque chose.

— Allez-y, accorde ce dernier en tendant le micro à Noah.

— Mesdames et messieurs, ce soir, nous avons un cadeau très spécial pour vous.

Mon estomac se serre et je m'inquiète de ce que Noah a prévu. Est-il en train de leur annoncer carrément que le rendez-vous avec moi est annulé, et qu'il achète ma soirée avant que quelqu'un d'autre n'en ait l'occasion ?

Ce ne serait pas si mal, n'est-ce pas ?

D'autant qu'il y a une chance que l'un des Island Bruisers fasse une offre pour un rendez-vous avec moi. Et si c'est Grant Brass, il se pourrait que je doive physiquement l'assassiner avant que nous n'arrivions au dîner.

— Qu'est-ce que c'est que ça ? questionne mon père en jetant un coup d'œil de la scène à Noah et à moi, s'attendant à une explication.

Je reste bouche bée, essayant de formuler quelques mots pour ne pas laisser mon père interrompre Noah.

— Regarde. Ça va être bien.

J'espère que j'ai raison. Je veux dire, Noah ne me ferait pas de crasse. Nous sommes en bons termes.

— Ça a intérêt à l'être. Ton cul est en jeu s'il me met dans l'embarras.

J'expire en tremblant alors que Noah s'avance au centre de la scène avec le micro.

— Mesdames et messieurs, j'ai un cadeau spécial pour vous ce soir.

Mes mains sont moites et je les essuie sur le bas de ma robe, en essayant de calmer ma respiration. La crampe dans mon estomac grossit comme un rocher, et j'ai l'étrange impression qu'il est sur le point de dévaler la pente à toute vitesse.

Sur le côté de la scène, Chase fait quelque chose

avec son téléphone. Une minute plus tard, la musique se répand dans l'auditorium, rythmée et entraînante.

Noah sourit, pas le moins du monde étonné par le début du son.

— Notre prochain objet mis aux enchères n'est pas seulement un maillot d'un joueur de la NHL. Il s'agit d'un rendez-vous galant avec le gardien de but dans un restaurant quatre étoiles.

Aiden s'avance sur la scène en costume-cravate. Il n'est pas exactement en cravate noire comme l'exigeait l'événement, mais il est tout de même sur son trente-et-un.

Il tourne sur lui-même au centre de la scène tandis que Noah fait un pas de côté pour laisser la vedette à Aiden.

— Votre rendez-vous comprend un dîner avec le gardien de but le plus sexy de New York. Il joue pour les Ice Dragons. C'est un bad boy. Un vrai dur. Mais c'est un beau gosse. Ce lot comprend un dîner avec Aiden Blake, où il vous invitera pour une belle soirée. Si vous êtes chanceuse, il pourrait même vous accompagner jusqu'à votre porte d'entrée.

Noah fait un clin d'œil à la foule.

Les femmes sont toutes captivées par sa présence et le rendez-vous avec le gardien de but.

— Dix mille dollars, crie une dame.

Noah sourit.

— D'accord, nous commençons les enchères à dix mille dollars.

Aiden a l'air surpris, mais en entendant ça, il exhibe ses muscles, puis il tourne sur lui-même et remue ses fesses pour que toutes les filles puissent les reluquer.

Je ne devrais pas le faire, mais je jette un coup d'œil à mon père, qui bouillonne sur son siège. Il n'a pas interrompu Noah, probablement parce que les filles sont folles d'Aiden et qu'elles aident l'association caritative par la même occasion.

— Tu auras des explications à donner plus tard, grince-t-il en me toisant.

Je jure que cet homme est sur le point de souffler de la vapeur par les narines, comme dans un de ces dessins animés de dragons.

Noah continue de mettre aux enchères des rendez-vous avec les joueurs des Dragons toute la soirée. Les soirées vont d'un repas entrée-plat-dessert dans un restaurant chic à, passons tout de suite au dessert, qui correspond à un moment ensemble à déguster une glace. Mais les dames ouvrent leur porte-monnaie comme si c'était Noël et qu'elles achetaient des cadeaux pour tous leurs enfants, et pour certaines d'entre elles, même leurs petits-enfants.

— Et le dernier lot, et pas des moindres, le rendez-vous ultime avec trois joueurs des Ice Dragons. Vous vous envolerez pour la destination de votre choix dans notre jet privé, où ils vous emmèneront dîner.

— Est-ce que ça inclut un vol direct pour le septième ciel ? plaisante un invité.

Quelques autres femmes gloussent à la question.

Noah se râcle la gorge et tente de reprendre contenance.

— Bien que ces hommes ne soient pas vraiment célibataires, ils savent comment choyer une dame et lui faire ressentir qu'elle seule existe au monde. Un tonnerre d'applaudissements pour vos serviteurs, Jasper Greyson, Kyler Greyson, et moi-même, Noah Reece.

Les frères Greyson sont les seuls à ne pas porter de costume. Ils échangent un clin d'œil avant d'arracher leurs t-shirts pour que toutes les femmes voient leurs abdominaux. Ils jettent les vêtements dans le public et tournoient au rythme de la musique tout en remuant leur fessier vers les invitées féminines.

Le reste des Dragons les rejoint sur scène, les

imitant, offrant un cadeau attrayant aux femmes et faisant monter les enchères.

— Vingt-cinq mille, hurle une femme du fond de la salle, levant son numéro en l'air tout en bondissant sur ses pieds.

— Cinquante mille, intervient une autre, agitant son numéro pour prouver qu'elle a l'intention de remporter le prix.

Les dames ne s'arrêtent plus de se battre pour enchérir et remporter les trois joueurs.

Noah me jette un regard, un air satisfait sur son visage, ravi de la tournure des événements.

Mon père commence à se pencher en avant pour se lever, et je lui attrape le bras, l'empêchant de se lever et de mettre fin à tout ça avant que les enchères ne soient terminées.

— Pense aux enfants. Ils ont le cancer, l'imploré-je de garder son cul collé à la chaise.

Il me toise et secoue la tête.

— Qu'est-ce que tu as fait ?

VINGT-DEUX

NOAH

Étonnement, nous ne sommes pas expulsés de la salle, mais les dames plus âgées qui ouvrent leur porte-monnaie et signent des chèques énormes nous sauvent certainement.

Les invitées sont plus excitées par notre présence que par celle des Island Bruisers. Je veux croire que c'est parce que nous sommes la meilleure équipe, mais ce n'est pas comme s'ils mettaient aux enchères une soirée en amoureux, un dessert ou un voyage en jet privé.

Et nous ne le faisons pas dans le cadre de notre accord publicitaire, conformément à notre contrat. Tout ça, c'était pour faire chier les Bruisers. Enfin, ça et pour éviter à Charlotte d'avoir à se mettre aux enchères pour un rendez-vous galant, car je ne suis pas d'accord avec ça.

Peut-être que si elle avait voulu s'offrir comme prix pour une nuit...

Non.

Je n'aurais pas voulu qu'elle le fasse non plus. Un type bizarre pourrait se faire de fausses idées après avoir payé une fortune pour un dîner et des boissons avec elle.

Mes coéquipiers et moi, nous pouvons nous débrouiller avec les femmes. La plupart d'entre elles sont plus âgées que nous. Certaines auraient pu être nos grands-mères. Honnêtement, il est un peu difficile de voir au-delà de Charlotte, assise à côté de son père.

Le regard sec de ce dernier me donnera probablement quelques cauchemars, mais ce n'est pas comme si je sortais avec sa fille. C'est de la comédie. Du *fake*.

Je devrais probablement retrouver Charlotte et m'assurer que je ne lui ai pas causé trop d'ennuis avec notre petite farce. Mais ça a soutenu une bonne cause. Combien de temps pourra-t-elle m'en vouloir de l'avoir sortie du pétrin ? Elle a clairement indiqué qu'elle ne voulait pas participer à la vente aux enchères, alors j'ai proposé quelque chose d'autre en échange.

Ses cheveux roux sont la première chose que je remarque. Ils sont assortis à son teint alors qu'elle se dirige vers moi à grands pas.

Oh, merde.

Elle est en colère.

Furieuse.

Je peux voir la chaleur qui irradie de sa petite forme, et j'ai à moitié envie de courir dans la direction opposée, de crier à mes coéquipiers d'abandonner et de tous nous échapper par la sortie arrière, de la même façon que j'ai laissé ces types entrer.

— C'était quelque chose, commente Charlotte, son attention rivée sur moi.

Elle est petite mais avec du caractère.

Je ne bouge même pas de l'endroit où je me trouve. Les gars sont derrière moi. Jasper et Kyler portent leurs costumes, mais leurs chemises ont été jetées depuis longtemps. Je suis presque sûr qu'ils ont fait sauter quelques boutons lorsqu'ils les ont arraché pour inciter les femmes à enchérir.

C'est ce que j'avais suggéré.

Tous les hommes auraient dû le faire plus tôt, mais Kyler a soulevé un point important. Si nous allions nous déshabiller, nous n'aurions qu'un seul essai et nous en aurions fini. On pourrait rapporter plus d'argent à l'association caritative si on faisait durer les enchères et si on offrait plusieurs rendez-vous et des prix.

Quelle humiliation pour les Bruisers.

Le fait que la presse soit présente pour prendre des photos était un bonus. J'ai surpris quelques invités avec leur téléphone. Je ne sais pas s'ils étaient en live ou en train de filmer, mais quoi qu'il en soit, ça fera le tour de l'internet d'ici demain matin.

La seule personne qui n'est pas encore au courant, c'est le coach Malone. Il vaut mieux qu'il l'apprenne après coup, pour ne pas lui causer d'ennuis. On lui sauve son cul.

— C'était plutôt génial, si je peux me permettre.

Je suis rayonnant, ravi que la vente aux enchères se soit déroulée comme prévu. J'étais un peu inquiet si le commissaire-priseur ne me donnait pas le micro, comment j'allais prendre le contrôle de la scène. Le corrompre devant des milliers de personnes ne passerait pas bien si c'était filmé.

— Mon père est furieux, et je suppose que les Island Bruisers le sont aussi, constate Charlotte.

Les membres de l'autre équipe tirent une sale tête, debout à l'autre bout de la salle. Quelques-uns scrutent leurs téléphones, attendant que la soirée se termine et qu'ils soient contractuellement autorisés à partir.

Charlotte n'a pas l'air contente de me voir. Je savais que ce que je faisais risquait de l'énerver. Ce n'est pas comme si je ne l'avais pas envisagé, et une petite partie de moi voulait se venger de ce qu'elle m'avait fait, mais pas au prix de blesser quelqu'un d'autre.

En ce qui me concerne, cette soirée a été un succès. Nous avons aidé l'association caritative. Les invités ont été ravis de notre apparition surprise. Nous avons peut-être énervé un vieil homme et sa fille, c'est la vie.

— C'est dommage, réagis-je d'un ton égal. Nous avons réussi à obtenir beaucoup de dons généreux, grâce aux mecs.

Charlotte pince les lèvres.

— Vous devriez partir, tous, ajoute-t-elle avec force, ses joues rougissant alors qu'elle évite mon regard.

— Est-ce que ça m'inclut aussi ? questionné-je en soulevant son menton pour que nos yeux se croisent.

— Oui.

Sa langue pointe à la commissure de ses lèvres. Elle retient quelque chose.

— Est-ce qu'on fait semblant de rompre ?

— Je ne vois pas d'autre choix. Après ce que tu as fait avec les autres.

Elle s'éloigne de ma portée et croise les bras sur sa poitrine.

— Je ne peux pas être vue en train de sortir avec quelqu'un qui s'incruste dans les fêtes.

Ma mâchoire se crispe.

— Ce n'est pas ce qui s'est passé.

Elle sait que nous n'avons pas saboté la soirée. Nous l'avons améliorée.

— Vous devez partir avant que la presse n'entre, et connaissant mon père, il fera tout ce qui est en son pouvoir pour détruire ta réputation et celle de l'équipe.

Les paparazzis et la presse attendaient devant l'entrée principale quand nous sommes arrivés. Sont-ils restés pour attendre le départ des Island Bruisers ?

Elle nous pousse vers la sortie arrière.

— Viens avec nous, proposé-je en repoussant une mèche de cheveux derrière son oreille.

Sa coiffure est en train de se défaire, de s'affaisser, ce qui correspond à ce que je ressens en ce moment.

— Je ne peux pas. Je dois réparer vos conneries.

Je ne la force pas. Si je le faisais, il faudrait la porter sur mon épaule et la traîner dehors. Son père appellerait les flics et me ferait arrêter pour avoir kidnappé sa fille. Je ne m'attends pas à ce qu'il m'aime, mais après ce que j'ai fait aujourd'hui, il ne fait aucun doute qu'il me méprise.

Je me penche, dépose un chaste baiser sur la joue de Charlotte avant de faire un pas en arrière par la porte ouverte et de sortir en dernier pour rejoindre les autres à l'extérieur.

La plupart de mes coéquipiers ont filé comme ils sont venus, s'entassant dans les véhicules. Je ne suis pas venu avec eux. Je suis venu seul.

Jasper et Kyler m'attendent dehors. Ce sont les deux qui ne semblent pas le moins du monde inquiets, probablement parce qu'ils ont des carrières prometteuses, du moins Kyler. Jasper est encore assez nouveau dans l'équipe, comme moi, mais son grand frère veille sur lui.

— On se retrouve chez moi ? demande Kyler.

— Et comment.

Sa fiancée surveille mon fils, et même si j'ai hâte que Zayn vive sa première nuit chez des amis, ça ne sera pas pour ce soir.

———

— Comment s'est passée la vente aux enchères ? questionne Emerson.

Elle est dans le salon avec les enfants.

Bristol, la fille de Kyler, est bien réveillée, assise sur son sac de couchage princesse. Elle grignote du pop-corn en visionnant un film Disney.

Mon petit tigre, Zayn, dort à poings fermés et ronfle doucement.

Nous emmenons notre groupe d'adultes dans le couloir, tout en gardant un œil sur les enfants, mais sans vouloir réveiller Zayn non plus.

— Parfait, annonce Kyler avec fierté. Nous avons récolté plus d'un demi-million de dollars avec tous nos prix.

— Et combien pour le rendez-vous avec vous trois ?

C'était l'idée d'Em de proposer le jet privé de Kyler pour emmener une chanceuse quelque part avec les trois joueurs de hockey les plus sexy de la NHL.

— Soixante-quinze mille dollars.

La mâchoire d'Emerson se décroche de surprise.

— Qui a remporté ce lot ?

On s'échange tous des regards, secouant nos têtes.

— Une dame avec un chéquier illimité ? plaisanté-je.

Kyler passe ses bras autour de la taille d'Em et l'attire contre lui.

— Tu m'as manqué, M&M.

Elle plisse le nez et lui lance un grognement enjoué.

Il l'embrasse, une main sur sa hanche, l'autre remontant pour s'emmêler dans ses cheveux tandis qu'il approfondit le baiser, la sondant de sa langue.

— Je vous jure que vous devriez prendre une chambre tous les deux ! intervient Amber. C'est ma sœur que tu galoches avec ta langue.

— Au moins, certains le peuvent, murmuré-je, m'appuyant contre le cadre de la porte.

Mes jours de célibataire sont révolus, surtout maintenant que j'ai mon fils.

Jasper arrive par derrière et passe ses bras autour de la taille d'Amber. Elle se penche vers lui et incline la tête en arrière pour l'embrasser tendrement.

Je me détourne, gêné. Depuis quand suis-je devenu le type seul ? J'ai toujours trouvé qu'il était facile d'avoir des filles et de s'envoyer en l'air, mais Zayn complique les choses.

Je suis content d'avoir obtenu la garde exclusive. Je suis reconnaissant qu'il fasse partie de ma vie et qu'il soit au centre de mes préoccupations. Mais cette chaleur, ces doux moments entre les draps, la sensation d'un corps féminin chaud sous moi alors que je l'embrasse et la baise me manquent.

Et dans ce fantasme, je vois un éclair de cheveux flamboyants.

Des yeux bleu vif.

C'est Charlotte Grace à cent pour cent.

Même quand je ne veux pas avoir de sentiments pour elle, elle est toujours au fond de mon esprit, toujours en train de se frayer un chemin à travers la barrière.

— Il faut que je ramène Zayn à la maison et que je le mette au lit, précisé-je en me dirigeant vers le salon.

— Il est le bienvenu ici. Tu sais qu'on a assez de lits pour les invités, propose Kyler.

— Merci.

Bien que j'apprécie son offre, j'essaie de donner une routine à Zayn et je veux que sa nouvelle maison avec moi soit son foyer.

───────

Une semaine s'est écoulée depuis l'événement de charité. Je n'ai pas eu de nouvelles de Charlotte. Je lui ai envoyé des fleurs pour essayer d'arranger les choses entre nous.

Je lui ai envoyé des messages, ce qui signifie que j'ai débloqué son numéro. Mais je ne suis pas sûr qu'elle ne l'ait pas fait, elle.

Pas un mot.

Elle est probablement en colère contre moi. Le coach Malone n'était pas très content quand il a découvert ce que j'avais orchestré, et la raison derrière tout ça a semblé l'énerver encore plus.

Mais il s'en est remis. Il sait que me mettre sur le banc n'est pas bon pour l'équipe, et tant que je suis à la hauteur de mes performances habituelles, il laisse couler.

Il est comme le parent sympa, celui à qui on s'adresse quand on veut veiller tard ou qu'on a besoin d'argent. Le parent qui ne vous punit pas pour nos conneries, et j'en ai eu ma part.

En y repensant, je ne suis pas sûr d'avoir jamais eu un parent facile à la maison. C'est probablement la raison pour laquelle j'aime tant le coach Malone. C'est une figure paternelle, contrairement à mon géniteur.

— J'attends de vous que vous fassiez de votre mieux et que vous restiez clean, car nous savons tous qu'ils ne le seront pas, après le coup que vous leur avez fait la semaine dernière.

Malone n'a pas besoin de nous rappeler l'événement caritatif.

Nous jouons contre les Island Bruisers ce soir, sur leur terrain, et je n'ai pas hâte d'y être. J'aime le hockey, le jeu, l'atmosphère, l'excitation au moment de la mise en jeu, tout ça. Mais savoir que Grant Brass est toujours là et qu'il est l'idole de jeunes enfants me fait mal au cœur.

— Ils voudront prendre leur revanche, affirme Aiden en riant. Laissons-les essayer.

— Ne sois pas arrogant, Blake, lance le coach Malone à Aiden. C'est comme ça qu'on se fait botter le cul. Allez-y et montrez-leur que vous êtes les meilleurs. Que la ville vous aime grâce à votre talent.

— Vous voulez dire que ce n'est pas à cause de notre attitude ? plaisante Owen.

— Je pensais que c'était parce que Jasper ct Kyler avaient déchiré leur chemise que les femmes les aimaient, renchérit Chase.

Les gars gloussent et rient, hochant la tête en signe d'assentiment. L'équipe devient de plus en plus bruyante.

— C'est peut-être ça, lâche Jasper. Les femmes veulent un vrai homme au lit.

— Ça suffit, les gars !

Malone nous réprimande comme si nous étions des adolescents, même si certains d'entre nous se comportent encore comme tels.

— Mettez votre équipement, concentrez-vous sur le jeu, et bottez le cul des Island Bruisers.

— Comment ça se passe avec ta nouvelle nounou ? m'interroge Kyler alors que nous sortons des vestiaires.

— Super. Elle est à la maison avec Zayn.

J'ai déjà envisagé d'emmener mon fils à un match, mais j'ai pensé attendre que ce ne soit pas contre Grant. Je ne veux surtout pas traumatiser le petit.

Honnêtement, j'avais un peu peur qu'il revoie Grant et se sente plus habitué et connecté à ce monstre. La relation que nous avons construite récemment en s'efforçant de tourner la page pourrait être mise à mal.

Je ne suis pas très à l'aise en ce qui concerne l'éducation d'un enfant. Je suis sûr que c'est comme apprendre le vélo, je vais tomber plusieurs fois avant de me relever et réessayer. Les erreurs sont inévitables, mais je refuse que l'une d'entre elles inclue Brass.

— Je suis content que l'une de mes recommandations t'ait convenu.

— Ouais, elle est géniale avec Zayn. Elle sait ce dont il a besoin avant moi.

Néanmoins, elle passe beaucoup plus de temps avec lui que moi, maintenant. C'est difficile avec la saison de hockey, et je ne peux pas prendre de congé pendant mes entraînements ou mes matchs pour élever mon enfant. J'ai besoin de cet argent.

— Tu y arriveras aussi. Elle est juste là pour t'assister, surtout en ce moment. Ce sera plus simple à la fin de la saison.

J'espère que Kyler a raison. Il a été père célibataire très longtemps. Aujourd'hui, sa fiancée l'aide avec sa fille Bristol, ils payent aussi une nounou.

Je n'ai pas l'impression qu'il y ait une fin de saison. Quand on n'est pas dans nos périodes de compétitions, on s'entraîne, pousse de la fonte, se maintient en forme et s'assure d'être toujours concentré.

— Je ne sais pas comment tu fais.

On dirait une épreuve, mais je m'y fais. Avoir un boulot stable et bien payé est une chance. Je ne m'inquiète pas de mes finances vis-à-vis de mon fils ou de rémunérer une nounou à plein temps, tant que je suis dans l'équipe.

— Pareil pour toi.

Kyler me tapote le dos alors qu'on arrive sur la glace. Il reprend :

— Tu vas réussir. Tu t'en sors très bien. Ne laisse pas le fait de voir Brass te perturber.

Mes coéquipiers me connaissent parfaitement. J'ai toujours été proche de Jasper, mais comme Kyler et moi sommes tous les deux pères, notre lien s'est approfondi. Il est devenu un mentor, m'aidant à comprendre comment fonctionnent les procédures de garde et maintenant l'éducation de mon fils.

Jasper me rejoint en glissant et désigne la vitre au loin.

— On dirait bien que tu as un rencard qui t'attend dans les tribunes.

Qu'est-ce qu'il raconte ?

On s'échauffe en glissant pendant quelques minutes pour s'assurer que les lames de nos patins sont opérationnelles. Puis on s'étire, ce serait dommage de se froisser un muscle dès le début du match.

Je jette un œil à ce que Jasper a pointé quand j'aperçois ses boucles rousses. Elle est assise au premier rang à la tribune de l'autre équipe. Son père a probablement choisi ces sièges pour qu'elle soutienne les Island Bruisers.

Elle porte un manteau, donc je suis incapable de distinguer son maillot en-dessous.

Est-ce qu'il a dit la vérité ? Qu'elle travaillerait pour eux après son diplôme ? Mon estomac se tord de l'imaginer à proximité de Grant. Je ne veux pas qu'il l'approche de près ou de loin.

— On sort Brass du jeu, murmuré-je à Owen.

Il est au poste d'ailier gauche contre Grant Brass, à moins que Brass ne parvienne à voler la *puck* et se diriger dans ma direction.

— Je sais que tu as une dent contre lui, et que quiconque s'en prend à un de mes frères des Dragons mérite une raclée, mais...

Les mots d'Owen restent en suspens dans les airs.

— ... mais je ne peux pas être exclu du match.

Je me mords la langue.

— Tu ne seras pas exclu. On ne sera pas exclus. Dans le pire des cas, on sera envoyé sur le banc pour faute.

Owen n'a même pas besoin d'y réfléchir.

— Je n'aime pas faire des crasses, habituellement, mais parfois, on doit faire ce qu'il faut pour le sport.

— Pour l'humanité, ajouté-je.

Bien que je ne projette pas de l'assassiner (je ne suis pas une brute), j'adorerais voir sa sale tronche écrasée contre les vitres quelques fois. Un nez ensanglanté, pourquoi pas. Et, si je suis extrêmement veinard, une jambe cassée ou quelque chose qui l'empêcherait de revenir sur la glace pendant un bon moment.

Mais blesser intentionnellement un autre joueur n'est pas dans ma façon de jouer. Je me protège, ainsi que mes coéquipiers, et cherche à m'emparer du palet. Si quelqu'un se retrouve blessé, alors c'est comme ça.

J'ai été correct.

Mon avocat voulait que je reste fair-play, et j'ai été un peu trop passif ces derniers mois. J'ai respecté ses règles, l'instruction de sa lettre, pour m'assurer de gagner la garde de Zayn.

L'envie de me bagarrer bout en moi, de plus en plus, prête à exploser au grand jour.

La chaleur croissante en moi contraste avec la glace froide sous les lames de mes patins.

Le match commence. Je suis défenseur gauche, c'est mon poste, mais je m'y attaque avec grâce, volant le disque aussi souvent que possible, empêchant les Bruisers de marquer.

Aiden est un gardien fantastique, mais il est notre dernier rempart contre le but. Si Chase et moi pouvons empêcher le disque de s'approcher de lui, il y a moins de chances de marquer.

Je charge Conrad contre la vitre. J'ai beau vouloir que ce soit Grant, il est à plusieurs mètres de moi.

Il me rend la pareille, mon dos heurte la bande, mais je continue à jouer, à me disputer le palet alors que nous nous battons à armes égales face-à-face.

— Si vous étiez tant en dèche de nanas, on aurait pu vous prêter quelques-unes de nos fans, provoque Conrad.

J'ignore sa remarque, dérobe la rondelle de plastique et l'envoie à Owen alors qu'on passe à l'offensive, pour tenter un but.

C'est une bataille sans merci, l'autre équipe plaquant Owen contre la balustrade. Kyler réussit à voler la *puck* et à l'envoyer à Jasper.

Je n'entends pas ce qui se dit, mais les Island Bruisers nous insultent dès qu'ils en ont l'occasion. Ils essaient de nous énerver, mais Jasper sait qu'il doit garder la tête froide.

Il est habitué aux insultes des autres équipes, comme nous tous. Ce n'est pas nouveau.

La seule différence, c'est que cette fois-ci, nous les avons énervés à juste titre avant le match. Il ne s'agit pas seulement de la bataille en jeu. Ils essaient de regagner leur fierté. Nous les avons ridiculisés devant la presse, surtout lorsque les chaînes d'information ont eu vent de notre visite surprise.

Le palet revient à Owen, et Grant est sur le coup. Il recule sa crosse et l'élance très haut, frappant le visage d'Owen au niveau du nez.

Des gouttes de sang tombent sur la surface gelée.

Kyler et moi traversons la patinoire à toute vitesse vers Grant, refusant de le laisser s'en tirer. Kyler l'applatit contre la bande et je me joins à lui. Nous ne sommes pas les seuls. Jasper est juste derrière nous. Les joueurs de l'autre équipe font de même, se précipitant vers Grant pour le protéger ou le défendre.

Demander à Owen d'aller chercher Grant pour moi était une erreur. Il ne devrait pas se battre à ma place. Non pas que ce que j'ai eu tant d'impact. Grant était clairement en quête de sang. Typique, à la maison comme sur la glace.

J'assène coup sur coup dans la cage thoracique de Grant quand Conrad me fait reculer.

— Arrête-toi, maintenant, me retient-il.

Charlie Hayes se joint au combat, attaquant Kyler en compagnie d'un autre joueur des Island

Bruiser. Ma posture de dos m'empêche de voir qui se bat contre qui.

Les arbitres sifflent pour tenter de mettre fin à cette démonstration de force générale. Grant est envoyé sur le banc. Il n'est pas le seul. Kyler et moi aussi. Ça ne me dérange pas vraiment, mais ils ont l'avantage d'avoir un joueur de plus que nous.

Kyler et moi retournons au front, mais nous sommes menés au score. Pas grave. Nous avons encore beaucoup de temps pour botter le cul des Bruisers.

La pause entre deux tiers temps nous permet de souffler un peu pendant que nous nous dirigeons vers les vestiaires. L'entraîneur ne fait pas de discours d'encouragement. Il secoue la tête et nous jette un regard déçu.

— Ils sont en train de vous insulter pour que vous vous battiez. Ils veulent que vous soyez éliminés du match, voire de votre carrière.

Il n'est pas insensible à ce qui se passe.

— Il nous reste encore deux périodes. Le match n'est pas encore terminé, ajoute Chase.

Il essaie de remonter le moral des troupes. Nous n'avons qu'un point de retard, mais c'est un point qui n'aurait jamais dû arriver. Grâce au banc de touche, ils ont pris l'avantage au score.

L'entraîneur nous donne quelques conseils et des points à travailler avant de nous faire sortir des vestiaires.

Je les suis jusqu'à notre banc et je m'assois en attendant la reprise. Je ne peux m'empêcher de jeter un coup d'œil vers Charlotte. Si je pouvais aller lui parler, je le ferais. Mais ce n'est pas autorisé. Je ne peux pas abandonner l'équipe.

Malone est le dernier à sortir du vestiaire.

— Qu'est-ce qu'il y a ? questionne-t-il.

Il a dû me surprendre en train de la dévisager. Ce n'est pas comme si je pouvais me détacher d'elle.

— Charlotte Grace.

— Je croyais que c'était fini entre vous. C'est un handicap, fils.

J'ouvre la bouche pour m'opposer à la description qu'il fait d'elle, mais il me coupe la parole.

— C'est une distraction. Y a-t-il quelque chose que tu dois lui révéler pour vider ton sac ?

Je hoche vigoureusement la tête. Malone appelle l'un de nos stagiaires chargés de l'équipement de hockey.

— Oui, monsieur, acquiesce le stagiaire avec des yeux brillants.

— Va chercher la rousse, ordonne Malone en désignant Charlotte Grace. Qu'elle vienne sur notre banc. Il faut qu'on lui parle.

— Oui, bien sûr.

Il s'élance à sa poursuite sans poser de questions, il applique ses ordres.

— Reconcentre-toi sur le match, Reece.

Malone ne veut rien lâcher. N'y a-t-il pas d'autres gars sur lesquels il pourrait s'acharner ? Je ne suis pas le seul à être distrait.

VINGT-TROIS

CHARLOTTE

Venir au match des Island Bruisers n'était pas mon idée de l'amusement. Oui, j'adore le hockey, mais je suis ici uniquement pour rendre service à l'un des parents du centre de loisirs. Leur fille n'a jamais assisté à un match, alors j'ai proposé de l'y emmener.

Et comme j'ai des billets gratuits pour les matchs des Island Bruisers, il était logique que je l'emmène. J'aurais aimé que nous puissions nous asseoir n'importe où ailleurs.

Derrière la vitre, c'est fantastique, les meilleures places à mon avis. Mais c'est aussi la pire parce que mon père crie sur ses joueurs, les harcelant pour avoir manqué un tir ou raté un but.

Abbi a l'air horrifié. Ce qui n'arrange rien, c'est que tous les mots qui sortent de la bouche de l'entraîneur sont des jurons. Mon père aurait dû être marin.

J'ai essayé de lui boucher les oreilles au début, mais j'ai abandonné depuis. C'est inutile. Il faudrait que je lui mette des bouchons d'oreille pour qu'elle n'entende pas ses propos.

C'est la pause, ce qui signifie au moins qu'il n'y a pas d'injures. Ou plutôt, s'il jure, il le fait dans les vestiaires avec les autres. Abbi et moi n'avons pas à subir ça.

— Tu crois qu'ils vont signer mon maillot ? demande Abbi, les yeux brillants.

J'adore cette gamine. C'est mon élève préférée à qui j'enseigne, bien que nous ne soyons pas censés avoir des préférés. Mais cette enfant n'est pas seulement douée en termes de capacités athlétiques, elle est aussi effrontée.

Abbi porte un maillot des Ice Dragons, plus précisément le numéro de Kyler Greyson. Il n'y a aucune chance qu'elle obtienne un autographe des Bruisers sur ce maillot. Mon père n'arrêtait pas de me fusiller sur place quand il voyait la petite fille avec moi.

Il a probablement pensé que c'était pour le travail ou un programme de bénévolat pour les jeunes. Il n'est pas assez fou pour s'inquiéter du fait que je lui ai caché une enfant de huit ans.

— Je ne pense pas qu'ils voient d'un bon œil l'équipe rivale, avoué-je.

— Non, je voulais dire l'équipe cool. Les Ice Dragons, explique-t-elle en montrant leur banc.

Leurs joueurs reviennent lentement des vestiaires et je croise le regard de Noah.

Enfin, je le remarque. Il porte son attention dans cette direction, mais je ne suis pas sûre qu'il sache que je suis au match. C'est idiot de ma part de penser qu'il peut me repérer dans la foule.

Un jeune garçon, qui à première vue pourrait être au lycée, mais je réalise qu'il travaille pour les Ice Dragons, s'approche de nous. Il porte leur logo sur le col de sa chemise, avec un pantalon noir. Il est beaucoup habillé de manière plus professionnelle que les fans.

— Hey, le patron veut vous parler.

— Et si je ne veux pas lui parler ?

Il grimace et traîne les pieds. Je l'ai mis mal à l'aise.

— Je ne suis qu'un stagiaire qui essaie de faire son travail. S'il vous plaît, venez avec moi.

Les sourcils d'Abbi se froncent tandis qu'elle croise les bras sur sa poitrine.

— On ne va pas avec des étrangers, affirme-t-elle.

Je pose un bras sur son épaule.

— C'est vrai, et je suis désolée, mais je ne vais nulle part sans ma protégée.

— Ça sonne trop bien, se réjouit Abbi, ses yeux admiratifs tournés vers moi.

— Elle peut venir aussi, mais vous feriez mieux de vous dépêcher. Le jeu va bientôt reprendre.

J'attrape mon sac et nous le suivons à travers les tribunes jusqu'à ce que nous arrivions à l'équipe. Kyler remarque immédiatement la petite :

— Qui est cette jeune demoiselle ?

Les yeux d'Abbi s'écarquillent et elle se retourne pour lui montrer son maillot Greyson.

— Cette fille sait reconnaître le vrai talent, plaisante-t-il, souriant et fier qu'elle soit l'une de ses fans.

— Voici Abbi, la présenté-je à l'équipe. C'est l'une des enfants du cours de hockey que j'entraîne.

— Vous êtes vous-même entraîneuse ? m'interroge Malone, visiblement surpris.

— J'aime ce sport, parfois je n'aime pas le joueur, mais j'aime le jeu.

— Trop vrai ! s'écrie Abbi en claquant des doigts.

Noah lui sourit.

— Quelqu'un doit bien avoir un marqueur. Coach, est-ce qu'on peut avoir un marqueur permanent pour le maillot de l'enfant ?

— Je veux que Kyler Greyson signe mon maillot, demande Abbi.

— J'allais suggérer de tous le signer, propose Noah en levant les mains en l'air. Mais si tu ne veux que la signature de Greyson...

— Vous tous ? s'exclame Abbi, qui a du mal à se tenir tranquille et qui se met à glousser. Pour de vrai ?

Elle commence à sauter de haut en bas.

Les autres gars acquiescent et haussent les épaules nonchalamment.

— Oui, bien sûr. On peut tous signer ton maillot, petite.

— C'est Abbi, corrige Kyler, et je jure que la fille est sur le point de s'évanouir.

Le fait qu'il connaisse et se souvienne de son nom suffit à faire flamber ses joues.

Quelqu'un a un gros crush.

Je ne vais pas lui briser le cœur en lui disant qu'il

est fiancé ou qu'elle est bien trop jeune pour aimer un homme trois fois plus âgé qu'elle.

— C'est pour ça que vous nous avez appelées ? questionné-je, en jetant un coup d'œil à Noah, soupçonnant qu'il a quelque chose à voir avec ça. Tu as vu Abbi avec son maillot des Ice Dragons ?

Les oreilles de Noah rougissent, son casque posé sur le banc.

— Je voulais qu'on parle, avoue-t-il en me faisant signe de le suivre loin d'Abbi, ce qui nous donne quelques mètres d'intimité loin des oreilles attentives et des coéquipiers.

Je croise les bras sur ma poitrine.

— Alors, parle.

J'attends qu'il m'explique pourquoi il nous a tirées de nos sièges, même si je suis reconnaissante à ses coéquipiers de faire plaisir à Abbi et de signer le dos de son maillot.

— C'est Abbi avec un « I », insiste-t-elle en s'assurant qu'ils écrivent bien son nom. Et j'aime les cœurs et le hockey.

Les gars rigolent, ils essaient tous de signer ou de dessiner des petits caractères sur son dos et ses manches. Elle a une pléthore de couleurs permanentes différentes signées sur le maillot.

— On peut repartir à zéro ? propose Noah.

Je serre les lèvres. Ça ne semble pas être une option réaliste.

— Je ne vois pas comment.

On a déjà eu trop de dramas entre nous.

— Je t'ai pardonnée de m'avoir fait arrêter. Ce que j'ai fait à la soirée de charité n'était pas si grave. En vrai, en comparaison, ce n'était littéralement rien. J'ai aidé des enfants malades.

— C'est ce que tu te dis ? Parce que tu as embarrassé mon père, ton équipe rivale et moi.

— Comment as-tu été embarrassée ? interroge Noah en se rapprochant d'un pas.

— Je me suis portée garante pour toi, je t'ai invité en tant que faux petit ami, ce qui, je le sais, est de ma faute, mais ensuite tu es allé tourner en dérision ce que mon père avait prévu. C'était humiliant.

— Pour lui ou pour toi ?

Je me mords la langue. Je n'étais pas si embarrassée que ça par ce qui s'est passé. Au contraire, j'avais défendu Noah et ses coéquipiers pour leurs actions envers mon père.

— Tu aurais dû me le dire. J'aurais pu t'aider.

— Tu ne serais jamais allée jusqu'au bout.

— Tu n'en sais rien. J'aurais pu être partante, mais au lieu de ça, tu as manqué de respect à l'événement tout entier et, pire que tout, à moi.

Noah ferme les yeux pendant une seconde, et expire une grande bouffée d'air. Il retrouve son calme avant de me fixer. Son regard réveille les papillons dans l'estomac.

— Arrête d'en faire une affaire personnelle. Tout le monde a passé un bon moment. L'association caritative a reçu plus de contributions qu'elle n'en aurait reçues autrement. Tout le monde y a gagné.

— Les Bruisers ne sont pas d'accord. Arrête d'être égoïste.

Sa mâchoire se décroche.

— Alors, on en est aux insultes, c'est ça ?

— J'ai dit que tu as été égoïste. Ce n'est pas une insulte. C'est un fait. Tu étais là pour la gloire. La reconnaissance. Tu voulais être au premier plan et au centre, et tu as eu ta chance aux dépens de tes plus grands rivaux.

— Ce n'est pas juste, rétorque Noah.

Ses sourcils se froncent et il m'entraîne loin du banc des joueurs, dans le couloir qui mène à leur vestiaire.

— Ce que j'ai fait était destiné à t'aider, à t'éviter d'avoir à sortir avec un connard qui n'aurait eu qu'une envie : te sauter.

— Tu crois que je ne peux pas me débrouiller toute seule ?

La mâchoire de Noah est serrée.

— Tu parles à ma place. Je n'ai jamais sous-entendu ça. Je ne le pense pas non plus.

— Tu l'as fait si tu penses que n'importe qui sortant avec moi pourrait avoir sa chance. Ce n'est pas parce que j'ai couché avec toi au premier rendez-vous que je fais ça avec tous les hommes que je rencontre.

Je déplace mon poids sur mes pieds, mal à l'aise avec cette conversation.

— Tu m'as dit que ton père te forçait à te proposer comme cavalière pour la vente aux enchères. Je t'ai rendu service, j'essayais d'aider à rapporter plus d'argent à l'association caritative, de garder ton père à distance, et de m'amuser un peu.

— C'est dans la partie un peu amusante que tu as merdé, annoncé-je. Tout allait bien jusqu'à ce que tes potes décident de faire un strip-tease lors de la vente aux enchères. Ces vieilles dames auraient pu avoir une crise cardiaque !

Le rire qui jaillit de sa poitrine est trop fort. Il se penche en avant, essayant de reprendre son souffle alors qu'il rit de l'image que je lui ai mise en tête.

— Arrête. Tu vas me tuer !

De nouveaux rires le traversent.

— Ce n'est pas drôle, le coupé-je.

— Ça l'est un peu, affirme Noah en se redressant. Peut-être que je n'aurais pas dû demander à mes coéquipiers de se déshabiller, mais c'était juste leurs torses — leurs boxers sont restés bien en place.

— Bien sûr, trop aimable ! Non mais tu t'entends ?

— Tu t'entends ? répète Noah. Je savais que tu ne me remercierais pas pour ce que j'ai fait, mais je pensais que tu te rendrais compte de l'aide que j'ai apportée et que tu m'en serais reconnaissante.

Il se rapproche de moi, envahissant mon espace personnel, alors que nous nous tenons côte à côte.

— Ça n'a aucun sens !

— Toi non plus ! s'écrie Noah et ce que je ressens ensuite, c'est que ses lèvres sont sur les miennes alors qu'il me ramène contre le mur et que ma bouche s'ouvre avidement à lui.

Une main s'emmêle dans mes cheveux, l'autre caresse ma joue et descend le long de mon cou, caressant mes seins.

La chaleur envahit mon corps. Il ne fait aucun doute qu'il la ressent également.

Il a un goût de châtaigne et de chêne. Son contact met le feu à mon cœur et me procure des sensations de picotement le long de ma colonne vertébrale. Il a éveillé tous mes sens, les mettant en état d'alerte.

Je le repousse après notre baiser intense.

— Tu ne peux pas juste m'embrasser et t'attendre à ce que je tombe mollement dans tes bras et que nous vivions heureux jusqu'à la fin de nos jours.

Noah tressaille.

— Je m'attendais à ce que ça te fasse taire.

— Ha ! répliqué-je en le pointant du doigt. Eh bien, tu as encore tort.

VINGT-QUATRE

NOAH

Charlotte Grace est la femme la plus frustrante que je connaisse.

Correction.

Charlotte Grace est la personne la plus frustrante de cette planète. Et probablement de toutes les autres planètes qui existent dans cet univers ou dans tout autre univers.

Je jure qu'elle aime compliquer les choses juste pour jouer avec moi.

Je suis sur le banc de touche et l'entraîneur me fait m'asseoir sur une partie du match parce que je suis arrivé en retard après la pause. Il y a une chance qu'il me fasse entrer, mais je paie la pénalité.

Oui, embrasser Charlotte a peut-être quelque chose à voir avec ça. Mais ce n'est pas tout. C'est aussi la trique qu'elle m'a donnée qui m'a poussé à me précipiter dans les vestiaires pour récupérer avant de retourner en jeu.

Je n'avais pas prévu que mon soldat se mettrait au garde-à-vous.

J'ai mis ça sur le compte d'un spasme musculaire dans mon mollet, mais l'entraîneur n'a pas cru à ma version de l'histoire. Il m'a prévenu que si mes muscles se contractaient à ce point, je devais m'asseoir sur le banc et me reposer.

Je n'ai pas réfléchi à ce petit mensonge.

Malone n'est pas un idiot. Je suis sûr qu'il savait ce que nous faisions. Je ne sais juste pas ce qu'il fait.

Abbi et Charlotte sont assises sur le banc à l'arrière avec les joueurs. Pourquoi ne les a-t-il pas fait retourner à leur place après le début du match ?

— Tu as encore des trucs à régler ? questionne Malone en me jetant un coup d'œil avant de reporter son attention sur ses joueurs sur la glace.

— Non, monsieur.

Il n'a pas l'air convaincu, mais j'essaie tant bien que mal de paraître crédible.

— Je vais bien. Je suis prêt à jouer.

— Tes spasmes vont peut-être mieux, mais ta tête n'est pas dans le jeu.

Il faut encore cinq minutes pour qu'il me laisse entrer et qu'il fasse sortir Cole Stephens. Je rattrape mon erreur en m'assurant que le palet ne s'approche pas du but lorsque les Bruisers se dirigent vers notre côté de la patinoire.

———

Nous gagnons d'un point, et c'est tout ce qui compte. Le match serré a peut-être été brutal, mais au moins nous avons gagné ce soir.

En sortant de la patinoire, les joueurs se dirigent vers les vestiaires.

Charlotte et Abbi sont debout, attendant que les gars sortent.

— C'était tellement amusant ! s'écrie la petite par-dessus le bruit de l'aréna.

Les fans célèbrent encore la victoire.

Je ne m'attends pas à voir Charlotte ce soir au bar pour fêter ça, étant donné qu'elle accompagne une enfant, ce qui est probablement mieux ainsi. De toute façon, il faut que je rentre voir Zayn.

Je commence à comprendre pourquoi Kyler et

Em ne sortent pas avec nous après les matchs quand on gagne. Priorités. Bien sûr, je me suis rendu compte qu'il faisait passer son enfant et sa famille avant la fête, mais le sentiment de faire ce qui est juste fait gonfler ma poitrine de fierté.

— Merci de nous avoir soutenus ce soir, affirmé-je en fixant Abbi du regard.

— Bien sûr ! s'exclame-t-elle, ravie qu'un joueur des Dragons lui parle.

Je ne sais pas quelle équipe Charlotte encourageait ce soir. Peut-être que ça ne devrait pas avoir d'importance, mais ça en a pour moi. Je veux qu'elle porte mon maillot et qu'elle me soutienne.

J'expire un grand coup.

— Il faut que j'aille aux douches.

— Bon match, Reece, lâche Charlotte en serrant sa lèvre inférieure entre ses dents.

Est-ce qu'elle pense encore au baiser autant que moi ?

Je lui offre un sourire de travers et me rapproche.

— Comment rentrez-vous chez vous toutes les deux ?

— Nous allons prendre le métro.

— Si vous pouvez attendre vingt minutes, je vous raccompagne.

— Tu es sûr ? Je dois passer déposer Abbi chez

ses parents, prévient Charlotte en jetant un coup d'œil à sa montre.

Elle aura du mal à prendre le métro en moins de vingt minutes, et je ne veux pas risquer qu'elle perde Abbi dans la foule.

— Ma famille d'accueil. S'il te plaît, on peut ? questionne Abbi en saisissant les mains de Charlotte, ses yeux écarquillés la suppliant.

J'aime bien cette gamine.

— Oui, nous t'attendrons à l'extérieur des vestiaires.

———

Ça prend un peu plus de temps avec l'entraîneur qui braille après le match, et je prends une douche rapide. Bien que j'aie pris le bus pour me rendre à l'aréna avec les gars, une des exigences pour les matchs à l'extérieur, je me suis arrangé pour qu'un chauffeur me ramène à la maison. Ce n'est pas que je n'aime pas rentrer avec eux, mais je voulais rentrer retrouver Zayn un peu plus vite et ne pas être tenté d'aller boire un verre après.

Lorsque j'ai terminé dans le vestiaire, je salue mes coéquipiers et je me dirige vers le couloir où Charlotte et Abbi m'attendent patiemment.

J'aime bien que Charlotte soit douée avec les enfants. Pour quelqu'un qui m'a dit qu'elle n'en avait jamais voulu, je pensais qu'elle détesterait les enfants.

—Sortons d'ici, proposé-je.

Je les guide à travers le labyrinthe de couloirs et sors mon téléphone, envoyant un SMS au chauffeur pour l'informer que nous sommes en route.

— Tu es venu en voiture ?

— Pas tout à fait, avoué-je.

Landon, mon chauffeur, attend déjà à la sortie latérale. Il sort et ouvre la porte arrière du SUV pour nous laisser nous entasser à l'intérieur.

Il y a trois rangées de sièges, et Abbi grimpe dans la toute dernière rangée, me laissant de la place à côté de Charlotte.

Cette enfant est un génie.

Charlotte donne au chauffeur l'adresse d'Abbi avant que nous nous éloignions de la patinoire.

— Super match ce soir, me félicite Landon.

Il a probablement écouté le match à la radio en m'attendant. Je lui ai proposé de lui offrir des billets, mais il n'accepte jamais aucun cadeau. Il travaille pour une entreprise et j'ai toujours pensé qu'il était interdit de recevoir quoi que ce soit d'autre qu'un pourboire.

— C'était tellement amusant ! s'écrie Abbi depuis la banquette arrière. Le premier et le meilleur match de hockey de tous les temps.

— Tu t'es bien débrouillé sur la glace ce soir, confirme Charlotte en souriant.

Mon souffle se bloque dans ma gorge. L'étincelle dans son regard embrase mon corps. Elle me dévore des yeux, mais elle ne m'a pas touché depuis ce baiser enflammé.

Il faut que je me souvienne de garder ma bite sous contrôle. Il y a un enfant sur la banquette arrière, et Charlotte et moi sommes toujours en terrain instable.

J'ai réussi à lui pardonner. Ce serait bien qu'elle fasse preuve de la même indulgence.

Ce que j'ai fait n'est pas aussi grave que ce qu'elle a fait, même si Kyler m'a empêché d'aggraver la situation lors de la soirée de charité. Je le remercierai plus tard pour ça, quand Charlotte me pardonnera, car elle finira par le faire. Il le faut. Je n'abandonnerai pas tant que nous n'aurons pas arrangé les choses entre nous.

Même si rien ne se passe entre nous, nous nous croiserons. Elle est la meilleure amie d'Amber, qui sort avec mon meilleur ami.

Nous nous dirigeons vers la maison d'Abbi et

Charlotte descend, accompagnant la gamine jusqu'à la porte d'entrée. Elle s'assure de la remettre à ses parents d'accueil avant de retourner au véhicule.

— Où va-t-on ? questionne le chauffeur.

Je commence à donner à Landon l'adresse de Charlotte quand elle pose une main sur mon bras et m'arrête.

— Et si on allait chez toi ? Pour discuter. En plus, je suis sûre que tu as hâte de voir Zayn, propose-t-elle.

— Merci.

Landon se dirige vers chez moi. L'air à l'arrière du véhicule est chargé de tension.

Elle veut venir chez moi pour parler. Est-ce un code pour le sexe ? Connaissant Charlotte et sa franchise habituelle, probablement pas. Mais au moins, quand nous aurons fini de discuter, avec un peu de chance, assez calmement pour ne pas réveiller Zayn, je pourrai aller me coucher.

— Tu as bien joué ce soir, me complimente Charlotte.

— Tu l'as déjà dit.

Je souris à moitié.

— Tu m'as débloquée en tant que contact. Du moins, je suppose que tu l'as fait puisque tu m'as envoyé un message récemment. Merci pour les fleurs, souffle-t-elle avant d'expirer lourdement, comme s'il lui avait fallu toute son énergie pour prononcer cette simple phrase.

— Je t'en prie. Merci d'être venue à l'audience.

Un silence suit, mais il est plus calme, plus serein, et je lui tends la main. Charlotte répond à ce contact, ouvre sa paume et nos doigts s'entremêlent.

— Abbi est une enfant adorable, confié-je, surpris que Charlotte l'emmène à un match.

— Oui, cette petite en a pas mal bavé.

— C'est ce que j'ai supposé, lorsqu'elle a évoqué sa famille d'accueil.

Charlotte hoche la tête.

— Oui, beaucoup d'enfants avec qui je travaille ont des vécus difficiles. Parents drogués, ou qui cumulent trois boulots pour garder un toit au-dessus de leur tête. Ce sont des enfants livrés à eux-mêmes, sans ne serait-ce qu'un frère ou une sœur plus âgé à la maison. La plupart ne peut pas s'acheter d'équipement, donc on essaie de leur fournir comme on peut grâce à des dons ou de l'équipement d'occasion.

— Je pourrais en parler à l'équipe et voir si on pourrait vous donner ce qu'on n'utilise plus, proposé-je.

Elle sourit timidement.

— Merci, mais je pense que vos pieds sont trop grands, tout comme vos crosses, dont la taille doit dépasser celle de la majorité des enfants.

— Tu as dit que ma crosse était grande, blagué-je en lui mettant un petit coup de coude.

Elle rit, ce que je considère comme une véritable victoire.

— Et donc, qu'est-ce que tu fais avec les enfants ?

— J'anime les cours de hockey et de découverte du patinage.

———

Lorsque nous arrivons chez moi, Zayn dort sur le canapé à côté de la nounou.

— Désolé, M. Reece. J'ai essayé de le mettre au lit, mais il n'arrêtait pas de se réveiller et de vous réclamer.

— C'est pas grave. Je peux le border.

Je me penche et soulève un Zayn endormi dans mes bras, le portant à travers le hall jusqu'à sa chambre.

Charlotte observe la scène depuis la cuisine, un sourire tendre sur ses lèvres. Je reviens dans le salon après avoir mis le petit au lit

— Avez-vous besoin d'autre chose ?

— Non, c'est tout. Je vous verrai demain matin, la salué-je.

Elle sort de l'appartement.

— La pauvre, elle doit revenir demain matin ? questionne Charlotte en jetant un coup d'œil à sa montre.

Il est déjà plus de minuit.

— Oui, mais elle ne vient pas de bien loin. Je lui loue un appartement quelques étages plus bas. Ce n'est pas l'idéal, mais je n'ai pas de place ici.

— C'est très bien, confirme Charlotte, ce qui me surprend. Si j'étais nounou, j'aimerais bien ne pas avoir à me réveiller en pleine nuit pour m'occuper d'un bout de chou.

Je lui donne une petite tape sur les fesses.

— C'est comme ça que ça va se passer ? interrogé-je en riant. Tu refuseras de t'occuper de notre enfant la nuit ?

— Notre enfant ? rétorque Charlotte en haussant un sourcil. Tu parles de Zayn ou d'un futur enfant parce que, pour info, je ne suis pas enceinte. Cet utérus préfère être inhabité.

— Je ne pensais pas que tu étais enceinte, mais j'apprécie ton honnêteté.

C'est quelque chose que Jasmine ne m'a jamais donné.

— Inhabité ?

Elle a une drôle de façon de définir les choses, mais trouve ça attachant et adorable.

— Oui, parce que les enfants sont des petits cons. Je suis sûre que Zayn est une exception, mais je ne mettrai pas en moi un petit bébé que je devrai expulser. Putain de pas moyen.

Je suis sidéré.

— Attends. C'est pour ça que tu es contre les enfants ?

— Je ne suis pas contre, réplique Charlotte. Je ne veux pas les porter. Il y a une différence. J'aime les enfants. Abbi est super.

— Abbi a quoi, dix ans ?

— Elle a huit ans, me corrige Charlotte. Plus de couches. Pas de nourriture pour bébé ou de lait en poudre. C'est l'âge idéal avant qu'ils ne commencent à être insolents et qu'ils n'atteignent l'adolescence.

— Laisse-moi deviner, tu étais un peu rebelle, ado, imaginé-je.

— Oui, et je ne veux pas élever un petit démon. Je buvais, j'embrassais des garçons... J'avais les deux pieds dedans.

VINGT-CINQ

CHARLOTTE

Je n'ai jamais aimé les mariages. Je suis heureuse de célébrer avec les mariés et de partager leur journée, mais quand on promet d'aimer quelqu'un pour toujours, pourquoi a-t-on besoin d'une bague pour prouver sa loyauté ?

Peut-être suis-je simplement blasée.

Je suis à moitié romantique. J'aime les films à l'eau de rose. Installez-moi au coin du feu et je me blottirai sous une couverture en regardant deux amoureux lutter pour trouver leur bonheur.

Je ressens la même chose avec les livres.

Mais dès qu'une relation est réelle et que les

couples commencent à afficher des dates de mariage et des photos de fiançailles, j'ai envie de vomir.

Noah m'a invitée en tant qu'accompagnatrice. Ma meilleure amie est également présente, comme sa sœur aînée est la mariée, ce qui rendra la fête un peu plus amusante. Et je connaîtrai pas mal d'invités qui sont des collègues de Noah.

Je suis heureuse pour Emerson et Kyler.

Leur mariage se déroule en plein air, dans leur jardin. Pour un milliardaire qui pourrait se marier n'importe où, il a choisi la maison. Il y a quelque chose de doux dans cette simplicité.

Leur jardin est magnifique, avec les lumières blanches de Noël qui entourent les plantes d'hiver. Les torches Tiki offrent juste ce qu'il faut de clarté pour profiter des festivités nocturnes. Une tente a été transformée en salle de banquet et piste de danse pour accueillir les invités après la cérémonie. Des chauffages géants assurent une température agréable contre le froid de ce mariage hivernal.

La neige qui tombe du ciel saupoudre le sol en une fine couche, ce qui rend l'air encore plus glacial.

Bristol descend l'allée en tant qu'enfant d'honneur et a l'air d'une petite princesse. Elle laisse tomber avec précaution un pétale à la fois et attend qu'il finisse sa course au sol avant de continuer.

Lorsqu'elle atteint le bout de l'allée, elle lance le reste des pétales en l'air et les laisse pleuvoir sur elle.

Cette fille sait comment faire son entrée.

Il y a quelques rires dans le public et Kyler avertit sa fille de bien se tenir pendant qu'il attend que sa fiancée descende l'allée.

— Bristol ! s'écrie Zayn en la saluant alors qu'elle se tient au premier rang avec son père.

Le visage de Noah devient aussi rouge que le nez de Rudolph. Je suppose qu'il ne s'attendait pas à une explosion de la part de son bambin.

Noah s'assoit à côté de moi avec Zayn sur ses genoux, emmitouflé dans son petit costume. Noah avait insisté sur le fait qu'il ne voulait pas que son fils prenne froid puisque le mariage avait lieu à l'extérieur.

Le mariage de Kyler et Emerson est parfait. Leur cérémonie est courte, mais leurs échanges de vœux me font même monter les larmes aux yeux. Il est clair qu'ils sont follement amoureux et je suis heureuse pour eux.

Après la cérémonie, Noah doit tenir Zayn pour l'empêcher de courir sur la piste de danse et renverser le gâteau pendant que nous attendons que Kyler et Em le coupent et fassent leur première danse.

Zayn est grognon, et il est clair que ça met la patience de Noah à rude épreuve. Il est debout et berce son fils, qui n'a aucune envie de rester immobile.

— Je peux ?

Je lui propose de lui prendre Zayn.

Le petit s'extirpe des bras de Noah pour se glisser dans les miens.

— Bonne chance, annonce Noah, mais son regard inquiet m'indique qu'il n'est pas sûr que je ferai mieux.

— Tu veux aller te promener dans le jardin ? questionné-je Zayn.

Il semble se calmer, et je jette un coup d'œil à Noah, qui nous surveille de près. Nous nous dirigeons vers les parterres de fleurs qui sont vides à cette époque de l'année. Mais il y a quelques arbres magnifiquement éclairés avec des lumières blanches qui scintillent derrière eux.

De quoi capter l'attention du petit pendant quelques minutes. De loin, il est difficile de voir la découpe du gâteau, mais ça ne me dérange pas de la manquer si ça signifie que Noah a quelques minutes à lui. Il essaie de garder Zayn dans ses bras depuis que nous sommes arrivés au mariage, et le gamin est à deux doigts d'exploser.

Noah lui a donné à manger et de l'eau. Il l'a emmené deux fois aux toilettes. Je pense que le petit veut courir librement, et j'espère que Noah le laissera faire quand les invités se lèveront pour danser.

Loin du tumulte et de l'excitation, Zayn pose sa tête sur mon épaule et ferme les yeux. Je passe ma main sur son dos pendant qu'il se calme quelques minutes.

J'apprécie le calme et la tranquillité de la nuit. Loin des autres invités, c'est tranquille et calme.

— Mission baby-sitting ? plaisante Amber en me rejoignant près des arbres décorés.

Elle porte une robe sans manches et enroule ses bras autour d'elle, visiblement frileuse.

Je porte une robe à manches longues avec des bordures en dentelle, conçue pour l'hiver.

— J'essaie d'occuper quelqu'un jusqu'à l'heure de la danse, expliqué-je.

— Ou jusqu'à l'heure de la sieste.

— Pas de sieste, réagit Zayn en levant la tête, les yeux écarquillés.

— Pourquoi les enfants détestent-ils les siestes, alors qu'en tant qu'adultes, je tuerais pour en avoir une pendant la semaine ? philosophé-je.

Amber hausse les épaules et devine :

— Tu veux ce que tu ne peux pas avoir ?

Noah se racle la gorge derrière moi. Je ne l'ai pas entendu approcher.

— Qu'est-ce que tu veux mais que tu ne peux pas avoir ? m'interroge-t-il.

Sa voix dégouline de désir, ce qui me fait frémir. La chaleur envahit mon corps et je suis sûre de rougir, mais peut-être que Noah mettra ça sur le compte du froid.

Nous avons pris notre temps depuis que je suis restée chez lui après le match, il y a quelques semaines. Nous avons platoniquement partagé le lit. Noah dormait sur son côté, moi sur le côté opposé. Au cours de la nuit, son bras s'est enroulé autour de ma taille et nous nous sommes fait des câlins. C'était la meilleure sensation au réveil, jusqu'à ce que Zayn saute sur le lit et se blottisse entre nous.

Amber sourit.

— On se revoit sur la piste, nous lance-t-elle.

Elle nous fait un signe de la main avant de retourner sous la tente, où il fait chaud. Je réponds enfin à Noah :

— On parlait de sieste.

— Bien sûr, si tu le dis.

Noah propose de reprendre Zayn, et je le confie à son père.

Le petit est tout agité.

— Je pense qu'on peut le laisser courir sur la piste de danse pendant un petit moment. Ils ont déplacé le gâteau, donc au moins il ne gâchera pas leur mariage.

Noah lâche Zayn quand nous arrivons sur la piste de danse. Il n'est pas le seul à courir comme un fou. Bristol virevolte sur le sol, ce qui soulève doucement les volants de sa robe.

— Je pense que même un gâteau renversé ne parviendrait à ruiner leur mariage.

Non pas que je veuille voir ce désastre, mais je suis presque sûre qu'ils en riraient et l'ignoreraient.

— Eh bien, je suis content de ne pas avoir à le découvrir.

— Danse avec moi, propose Noah en me prenant la main et en me tirant de mon siège.

J'ai bu quelques verres de vin. Je n'ai pas compté combien lui en a bu, mais il est allé à l'open bar plusieurs fois.

Zayn s'est déjà écroulé après une heure de danse et s'est endormi sur le canapé dans la maison de Kyler. Peut-être qu'organiser un mariage dans l'arrière-cour était une idée de génie, surtout avec la présence d'enfants.

Bristol lutte contre le sommeil, danse et chante sur la musique, même si je ne pense pas qu'elle ait bien compris les paroles. Personne ne s'en soucie, car tout le monde s'amuse.

Noah m'accompagne sur la piste de danse et la chanson est parfaite pour un slow.

— Donc, je réfléchissais... commence-t-il et je glousse.

— Ne te fais pas du mal.

Il grogne de manière espiègle et se penche pour m'embrasser.

C'est sa technique pour me faire taire, et je ne m'en offusque pas. Si nous n'étions pas au beau milieu d'une foule de danseurs à un mariage, j'approfondirais ce baiser. Mais j'essaie de me contenir, surtout devant les enfants, comme Bristol, qui est toujours debout et nous observe danser.

Mes bras s'enroulent autour de son cou, mes doigts jouent dans ses cheveux tandis que nous nous balançons au rythme de la musique.

— Nous ferions de beaux enfants ensemble, murmure Noah à mon oreille.

Je me mets à rire.

— C'est ta façon de m'avouer que tu m'aimes bien ?

— C'est ma façon de te dire que je veux concevoir un bébé en toi.

La chaleur de ses mots me brûle la peau. Je me mords la lèvre inférieure et me détourne.

— Tu es insolent.

Pour un homme qui a voulu qu'on prenne notre temps, cette proposition est plutôt inattendue.

— Et je veux voir Zayn avec un petit frère ou une petite sœur, susurre-t-il.

Ses yeux se fixent sur les miens.

Il est sérieux.

Mon estomac fait un salto arrière.

— Quelqu'un a une folle envie de bébé, plaisanté-je en déposant un baiser sur son nez. C'est mignon.

— Mignon ? répète-t-il en riant. Ne dis pas aux autres que tu me trouves mignon. Tu vas ruiner ma réputation de gros dur.

Je me penche vers son oreille, comme si j'allais lui chuchoter un secret, quand je m'amuse à lui mordiller et lécher le lobe.

Il gémit, et je suis reconnaissante à la musique de couvrir le son de son désir pour moi.

— Tu essaies de m'exciter ?

La voix de Noah est grave et rocailleuse. Il recule légèrement, un sourire provocateur sur le visage.

— Tu es sûre de vouloir en arriver là ? Parce que je peux te faire crier mon nom sans que nous quittions la piste de danse.

— Je veux te voir essayer.

VINGT-SIX

NOAH

En regardant Charlotte avec Zayn ce soir, les doux
sentiments que j'éprouve pour elle ont pris une toute
autre tournure.

C'est difficile de ne pas remarquer son déhanché
sexy alors qu'elle traverse la piste. Alors que mon
corps effleure le sien, la chaleur devient brasier.

Je la désire comme je n'ai jamais désiré
quelqu'un depuis longtemps.

Elle n'est pas une femme comme les autres. Je ne
veux pas d'elle comme d'un flirt ou d'une aventure
rapide.

Charlotte Grace détient la clé de mon cœur. Je ne l'ai pas réalisé jusqu'à ce soir. Tout en elle est parfait.

Bien sûr, elle a ruiné ma vie lorsqu'elle a rencontré mon fils pour la première fois, mais je sais que c'était par pur instinct de protection. C'était une erreur, et on en est tous deux responsables. Je lui avais caché son existence. Peut-être que si je ne l'avais pas fait, l'arrestation, son retour chez sa mère, et la bataille pour obtenir la garde, rien de tout ça ne serait arrivé.

Mais c'est du passé. On ne peut pas revenir dessus.

Il est temps d'aller de l'avant, et je me suis lentement autorisé à le faire avec Charlotte. Je l'ai poussée dans la friendzone autant que possible après tout ce qui s'est passé entre nous.

Mais à chaque occasion, quand elle est insolente et culottée, je me retrouve à l'embrasser pour la faire taire. Que ce soit mon cœur ou ma queue qui se tende vers elle, c'est une seule et même envie : je veux Charlotte Grace.

J'ai juste été trop aveugle pour le voir, trop concentré sur Zayn, ce qui n'est pas mal. Mon fils mérite la première place dans ma vie, avant ma carrière, ce qui n'a pas été facile. Heureusement, j'ai eu le soutien de la nounou pour me permettre de me concentrer dans mon travail. Je suis à l'heure aux matchs et aux entraînements.

En voyant Charlotte avec Zayn, la gentillesse dont elle fait preuve avec lui et sa capacité à gérer ses petites crises me font envie. Pour une femme qui jure qu'elle ne veut pas d'enfants, plus je l'entends en parler, plus je réalise qu'elle a simplement peur.

Peur de ce qui va suivre.

Terrifiée par l'acte d'accouchement.

Effrayée par l'inconnu.

Il n'y a aucune garantie. J'ai appris cette leçon en cours de route. Et certaines des meilleures surprises sont celles auxquelles on s'attend le moins, comme Zayn. Il n'était vraiment pas prévu.

Danser avec Charlotte est facile. Ma main est tout naturellement posée dans le bas de son dos. Nous flirtons tous les deux en y allant doucement, jusqu'à ce qu'elle me fasse ce truc coquin avec sa langue sur mon oreille, et putain, je peux sentir mon sexe répondre à ses provocations.

Heureusement, je suis serré contre elle. Je suis sûr qu'elle sent que ma bite s'étire contre mon pantalon, blottie contre elle, mais elle ne regarde même pas vers le bas et ne fait aucun commentaire à ce sujet.

C'est alors que fais l'impensable. Elle me fait

gémir et je la mets au défi de crier mon nom sur la piste de danse, sans jamais quitter notre place.

Charlotte ne me répond pas que je suis fou, ce qui est probablement le cas.

Elle ne me demande pas de m'éloigner d'elle, ce qui me gênerait énormément car n'importe lequel de mes potes pourrait remarquer ma bosse au niveau de mon pantalon.

Non, Charlotte Grace m'avoue qu'elle veut me voir essayer de l'exciter.

Putain de merde.

Je dois le faire sans que personne ne sache ce qui se passe jusqu'à son dernier moment d'extase. Et il n'y a pas assez de couples sur la piste de danse pour que je puisse la toucher physiquement et l'exciter.

Je dois faire preuve de créativité.

Je la rapproche, je la serre plus fort. Mon genou se glisse entre ses cuisses et elle émet un souffle surpris lorsque j'exerce une pression en son centre.

— Gentille fille, dis-je, satisfait de sa respiration et de ses doux gémissements.

Sa langue sort, traçant la commissure de ses lèvres alors qu'elle essaie de retrouver un semblant de contrôle.

Bonne chance, ma belle.

La main gauche posée sur le bas de son dos, je la

caresse par-dessus sa robe, mes doigts bougeant d'avant en arrière comme ils le feraient s'ils étaient enfouis entre ses cuisses. Mes doigts descendent plus bas, mais ils continuent à la titiller, toujours sur son dos, en descendant vers ses fesses.

Charlotte émet un gémissement étouffé au fond de sa gorge. Ses joues sont rouges, son regard est lointain.

Mon souffle chatouille son oreille et son cou. Si je ne peux pas la baiser avec les doigts ou enfoncer ma bite en elle, je vais devoir faire preuve de créativité pour la faire jouir d'une autre façon.

— Je veux arracher cette robe de ton corps, lui murmuré-je à l'oreille.

Elle respire bruyamment et hausse un sourcil. Le silence s'ensuit. Elle ne parle pas, je le prends comme un signe pour continuer.

— J'ai pensé au goût que tu aurais sur ma langue. Je veux guider ta main entre les lèvres de ta chatte et te laisser sentir ta moiteur recouvrir tes doigts. Puis je les guiderais vers mes lèvres.

Elle soupire doucement pendant que nous nous balançons au rythme de la musique, ma bite la touchant de telle façon que je sens ses hanches se balancer contre moi. Elle emmêle ses doigts dans mes cheveux, me rapproche, me serre, ses lèvres descendent sur les miennes pour un baiser brûlant.

J'ouvre les lèvres, je la laisse me goûter, m'avoir, mais tout ce qu'elle obtient, c'est un baiser sur la piste de danse.

On est au mariage de mon coéquipier. On ne peut pas baiser ici pour que tout le monde nous voie. Son toucher, lorsqu'elle passe ses doigts le long de mon cuir chevelu, est attirant.

Je jure que je pourrais la faire craquer et crier mon nom, et je suis quasi sûr qu'elle me rendrait la pareille. Je ne sais pas si je devrais être heureux ou ennuyé qu'elle essaie de gagner mon défi.

Charlotte est indubitablement en train de me distraire, mais je ne pense pas que ce soit intentionnel. Plus je l'observe, ses lèvres roses, ses joues en feu, son regard lointain, plus je pense que je devrais abréger sa souffrance : la faire jouir et atteindre l'orgasme tant attendu.

— Je veux te baiser, Charlotte, lui murmuré-je à l'oreille, et elle gémit en poussant ses hanches contre moi.

Je prends ça comme un encouragement et je la taquine, mes doigts remontant sa robe.

Ses lèvres s'écartent, ses paupières luttent pour

rester ouvertes. Elle est déjà très proche, et au mieux, ce serait un orgasme médiocre.

En la baisant, elle crierait encore plus fort. J'ai entendu les sons de plaisir qu'elle a émis dans le lit avec moi. Ses légers gémissements actuels sont bien pâles en comparaison, mais je refuse de perdre ce petit défi.

Elle m'attrape par la main et m'entraîne hors de la piste de danse, à travers le jardin, et à l'intérieur de la maison, où c'est plus calme.

Ma bouche est sur la sienne, accrochée tandis que je tâtonne avec la fermeture éclair de sa robe tout en l'entraînant à reculons dans le couloir.

Les chambres d'amis sont trop loin, à l'étage, pour finir ce qui a été commencé. Je la traîne jusqu'à la porte fermée la plus proche. Il y a un bureau au centre de la pièce avec un ordinateur et plusieurs écrans fixés au mur.

Je remonte la robe de Charlotte pendant que ses doigts défont la boucle de ma ceinture.

— Préservatif ? s'enquiert-elle.

J'en sors un de mon portefeuille et déchire l'emballage. En quelques secondes, il est en place et je la fais se pencher sur le bureau.

Charlotte écarte les jambes et je passe mes doigts

sur sa chaleur, étalant sa moiteur, m'assurant qu'elle est prête avant de la pénétrer.

D'une main, j'attrape sa pince à cheveux, je la détache et je sépare ses mèches. De l'autre main, je positionne ma bite à l'intérieur de son entrée, la titillant.

— Baise-moi, Noah. Profondément.

Elle remue les hanches, essayant de faire correspondre ma vitesse lente à son besoin plus intense.

Mes mains se déplacent vers ses hanches, la stabilisant tandis que je pousse ma bite en elle, faisant exactement ce qu'elle demande jusqu'à ce qu'elle soit rassasiée.

Ses gémissements ne sont pas du tout silencieux, mais ils sont noyés par les pulsations sonores de la musique du groupe à l'extérieur de la maison.

— Putain.

Je jure. Déjà, elle est serrée autour de mon sexe, ce qui ne me permet pas de tenir encore longtemps.

— Ne t'avise pas de chercher d'avoir un orgasme pour l'instant, la préviens-je en grognant.

Charlotte gémit, je glisse hors d'elle et je la fais tourner face à moi. Elle est à bout de souffle. Ses joues sont rouges et je trouve la fermeture éclair de sa robe, la faisant tomber sur le sol avec un sourire en coin.

Il y a quelque chose de beaucoup plus intime à voir la personne que l'on baise. Je veux la dominer, ses yeux dans les miens pendant que je la fais jouir, nue et frémissante sous moi.

N'importe qui pourrait entrer. Aucun de nous n'a pris la peine de fermer la porte à clé, mais la fête est à l'extérieur, et j'espère qu'elle le restera.

— Monte sur le bureau, ordonné-je.

Elle soulève ses hanches et s'assoit sur le bord du bureau en bois. Charlotte écarte les jambes, me montrant sa chatte.

— Tu vois quelque chose qui te plaît ?

Je passe une de ses jambes par-dessus mon épaule et me penche pour passer ma langue sur son sexe. Ses doigts s'emmêlent dans mes cheveux et elle me fait remonter le long de son corps.

— Nous pourrons faire ça un autre soir. Pour l'instant, je veux que tu me baises. Fort.

Rien que de l'entendre parler de cochonneries, ma bite tressaille d'impatience. Elle enroule ses jambes autour de moi pendant que j'enfonce ma bite en elle. À chaque coup, ses hanches accompagnent mon mouvement en pivotant, me suppliant de lui donner son extase.

Je passe la main entre nous, encerclant son clito, je la sens frémir et j'écoute sa respiration qui s'essouffle. Elle n'est pas la seule à être proche du septième ciel.

— Jouis pour moi, lui murmuré-je à l'oreille, mordillant son cou alors qu'elle tremble dans mes bras.

Les parois de sa chatte se resserrent sur ma bite, me faisant basculer avec elle dans l'orgasme.

Haletant, à bout de souffle, mon cœur bat à tout rompre contre ma poitrine lorsque je me retire, jetant le préservatif dans la corbeille à papier voisine.

Je récupère la robe de Charlotte sur le sol et l'aide à la remettre avant que nous sortions discrètement du bureau sur la pointe des pieds, seulement pour être surpris par Jasper, avec un énorme sourire sur le visage.

— Quoi ? grogné-je.

Il me montre son téléphone et je jure que s'il a pris une vidéo de nos réjouissances, je le tue.

Grant Brass a été arrêté pour agression et viol.

— Jasmine ?

Jasper secoue la tête.

— Une étudiante, quelqu'un de l'université de New York. Il aurait discuté avec une rousse au bar qui n'était pas intéressée, et il n'aurait pas accepté un non comme réponse.

— Sale bâtard, murmuré-je.

Avait-il pensé que la rousse était Charlotte, ou n'était-ce qu'une coïncidence ?

— La ligue organise déjà une conférence de presse pour demain. Tu crois qu'il va être exclu de la NHL ?

— Oui. Il ne peut pas jouer s'il est en prison.

ÉPILOGUE

CHARLOTTE

Noah et moi sortons ensemble depuis plusieurs semaines. Tout est parfait et ça m'inquiète.

Je vais forcément me planter. Je l'ai déjà fait une fois, mais cette fois, j'ai beaucoup plus à perdre.

Je l'aime vraiment, même si je n'ai pas prononcé ces trois mots. J'ai trop peur d'être la première à les prononcer.

Et si je le repousse ?

Et s'il trouvait que j'allais trop vite ?

Un millier de pensées se bousculent dans ma tête lorsque j'envisage de dire « je t'aime », toutes m'étranglent avec une anxiété paralysante.

Les rendez-vous et les rencontres étaient tellement plus faciles. Mais trouver l'amour et le garder, c'est la partie la plus difficile. Mais la vérité, c'est que je ne veux personne d'autre.

Mon père a appelé pour savoir si je sortais toujours avec Noah Reece. Il a essayé de faire un pas vers moi en nous invitant tous les trois, Noah, Zayn et moi, à venir dîner à Noël avec la famille. Ce sera bizarre si Noah accepte l'invitation, mais honnêtement, tout ce qui m'importe, c'est de célébrer les fêtes avec Noah et Zayn.

J'emporte mes patins pour me rendre à la patinoire du centre de loisirs. Les cours de l'université de New York sont terminés pour le semestre d'hiver, et aujourd'hui, c'est le dernier cours de patinage avec les enfants jusqu'à la fin de l'année.

— Charlotte !

Abbi me fait de grands gestes, comme si je ne savais pas qu'elle était dans mon prochain cours. Elle prend des cours de patinage avec moi depuis qu'elle a quatre ans, quand je lui ai appris à patiner dans mon cours de débutants.

— Tu t'es entraînée à faire tes exercices ? l'interrogé-je.

Elle a un talent naturel pour le hockey. C'est pourquoi ses parents d'accueil ont envisagé de la retirer du centre et de l'inscrire à un programme plus intensif.

Je respecte leur décision, mais elle va me manquer.

— Oui, confirme Abbi en s'approchant du mur, attendant que je finisse de lacer mes patins et que je la rejoigne avec les autres enfants. Nous avons une surprise pour toi, Mme Grace.

Sa voix chantante et le fait qu'elle m'appelle par mon nom me font lever un sourcil.

— Qu'est-ce que vous faites, les enfants ?

Abbi et les autres enfants sifflent, ce qui rend l'atmosphère bizarre.

Il s'avère qu'ils font signe au Père Noël.

Je ris, voyant un homme portant un costume de Père Noël qui s'avance sur la patinoire.

— Le Père Noël sait faire du patin ? plaisanté-je en riant.

Est-ce que ça fait partie des plans de l'aréna dont ils ont oublié de me parler, ou est-ce que c'est une farce montée par l'un des parents d'élèves ?

Alors que le Père Noël se rapproche, je le vois de plus près, et ce n'est certainement pas le vrai Père Noël.

J'hallucine complètement quand je vois qui se cache derrière la barbe et le bonnet.

Noah Reece.

— N'oublie pas ton traîneau ! crie Abbi.

— Ou les cadeaux ! ajoute Lotti avec excitation, ce qui fait rire les autres enfants.

Noah tire une luge sur la glace. À l'avant se trouve Zayn, vêtu d'un costume de lutin, à l'arrière se trouvent des tas de cadeaux.

— J'ai pensé vous apporter un peu de joie pour les fêtes de fin d'année.

Je reste bouche bée, surprise par ce geste grandiose.

— Wow, tu n'aurais pas dû.

— Ne dis pas ça. Il nous a apporté des cadeaux ! déclare Georgia en s'approchant de la luge en patinant, ses nattes blondes se défaisant légèrement.

Elle jauge le Père Noël en croisant les bras sur sa poitrine.

— Oh mon Dieu !

Le cri aigu sorti de la bouche de cette enfant de huit ans est presque trop fort.

Noah attend qu'elle finisse car nous savons que Georgia a quelque chose d'autre à ajouter.

— Tu n'es pas le Père Noël ! C'est Noah Reece.

Sa mâchoire s'affaisse et elle le regarde avec stupéfaction.

— Tu es un joueur de hockey.

Il se penche et pose un doigt sur ses lèvres.

— Tu ne peux le dire à personne. Ça doit rester notre secret.

Les autres enfants gloussent et avancent en patinant, se dirigeant vers Noah et la luge géante remplie de cadeaux qu'il a apportée pour eux.

— Je n'arrive pas à croire que tu aies fait tout ça, confié-je, abasourdie par la surprise.

Je n'ai rien vu venir.

— Je t'aime. Alors forcément, je voulais rendre leurs vacances très spéciales.

— Je t'aime, murmuré-je en tirant sur son manteau de Père Noël et en écartant sa barbe pour l'embrasser.

— Pas fan de la barbe, hein ?

— Ce duvet blanc et ébouriffé ? Non, merci.

Willow Fox aime écrire depuis qu'elle est au lycée (il y a bien longtemps). Ses romances de petite ville reflètent la vie dans une petite ville de l'Amérique rurale.

Qu'elle écrive des romances ou qu'elle s'assoie près d'un feu de camp pour lire un bon livre, Willow aime la magie des mots écrits.

Elle rêve d'être transportée et espère le faire pour ses lecteurs !

Visitez son site Web à l'adresse suivante : https://authorwillowfox.com

AUSSI PAR WILLOW FOX

Aigle Tactique

Révélation : Jaxson

Furtif : Mason

Dissimuler : Lincoln

Clandestine : Jayden

Mariages Mafieux

Vœu Secret

Vœu Captif

Vœu Sauvage

Vœu Non Consenti

Vœu Impitoyable

Frères Bratva

Boss Brutal

Boss Vicieux

Boss Possessif

Boss Obsessif

Père, célibataire et autoritaire

Le Milliardaire Grincheux

Grincheux des montagnes

Le Célibataire Grincheux

Ice Dragons Hockey Romance

Faux-semblants avec le Milliardaire

Défier le Joueur de Hockey

Faire Arrêter Le Joueur De Hockey

www.ingramcontent.com/pod-product-compliance
Lightning Source LLC
Chambersburg PA
CBHW022242020726
47496CB00004B/1018